U0919079

THE ROAD TO SCIENCE FICTION

科幻之路

④

火星奥德赛

[美国] 詹姆斯·冈恩 编著
James Gunn

何锐 等 译

译林出版社

图书在版编目（CIP）数据

火星奥德赛 / （美）詹姆斯·冈恩（James Gunn）编著 ; 何锐等译. -- 南京 : 译林出版社, 2025. 1.
（科幻之路）. -- ISBN 978-7-5753-0418-4

Ⅰ. I561.45; I712.45

中国国家版本馆CIP数据核字第202463BR15号

著作权合同登记号　图字：10-2023-21 号

火星奥德赛　［美国］詹姆斯·冈恩 / 编著　何　锐 等 / 译

策　　划　姬少亭　李兆欣
统　　筹　陆志宙
责任编辑　陈　悦
翻译监制　东方木
装帧设计　孙逸桐
责任校对　张　萍
责任印制　闻媛媛

出版发行　译林出版社
地　　址　南京市湖南路 1 号 A 楼
邮　　箱　yilin@yilin.com
网　　址　www.yilin.com
市场热线　025-86633278
排　　版　南京展望文化发展有限公司
印　　刷　江苏凤凰通达印刷有限公司
开　　本　880 毫米 × 1240 毫米　1/32
印　　张　8
插　　页　1
版　　次　2025 年 1 月第 1 版
印　　次　2025 年 1 月第 1 次印刷
书　　号　ISBN 978-7-5753-0418-4
定　　价　65.00 元

目录

文字地上徒步，思想天空高翔 1

行人的反叛 ［美国］戴维·H. 凯勒

时空哲学家 39

最后与最初的人类（节选） ［英国］奥拉夫·斯台普顿

福特安坐他的车中 61

美丽新世界（节选） ［英国］阿道斯·赫胥黎

密尔沃基的外星人 86

火星奥德赛 ［美国］斯坦利·温鲍姆

谁在那儿? 122

黄昏 ［美国］约翰·W. 坎贝尔

点子机器 151

比邻星 ［美国］默里·莱因斯特

火星上的“世界排险员” 216

火星什么样? ［美国］埃德蒙·穆尔·汉密尔顿

文字地上徒步，思想天空高翔

现在，出现了一份科幻杂志（要不了四年，就会是三份了），那么，会用他们的故事来填充版面的作者们要去哪里找呢？自动浮现的答案有好几种：有些作者一直在为根斯巴克的大众科普杂志或者普通的纸浆杂志提供科幻和奇幻小说稿件；另一些作者则只是将《惊奇故事》视为他们在诸多领域的作品的又一个市场；还有一些作者发现，《惊奇故事》那独一无二的格调让他们的内心涌现出一股热情，或是推想，或是灵感。

埃德加·赖斯·巴勒斯曾为根斯巴克的《惊奇年鉴》[1]（*Amazing Annual*）写了一部名为《火星大师》（*The Mastermind of Mars*，1927）的小说。雷·卡明斯漫长的写作生涯是由《金原子中的姑娘》（"The Girl in the Golden Atom"，1919，载于《故事大全》）开始的，他也为所有科幻杂志供稿，写了论打数的故事。默里·莱因斯特（Murray Leinster，本名威廉·菲茨杰拉德·詹金斯）1918 年开始大量发表

1. 根斯巴克发行的一本刊物，本来想每年发行一期，但实际上仅仅在 1927 年发行了一期。

作品，于 1919 年在《阿尔戈西》杂志上发表了《失控的摩天大楼》（“The Runaway Skyscraper”）；但他更忙于其他的市场，1940 年代之前都只是偶尔给科幻杂志投稿。

一些全职作家同时在多个领域写作。如果写得够快够顺，哪怕以每个单词半分到一分的价格卖出，他们也能得到一份可观的收入。传奇人物弗雷德里克·福斯特（Frederick Faust）是此类作家中最有名的。他以许多笔名写作并售出了数百万词的作品，尤以笔名马克斯·布兰德（Max Brand）名下的西部小说最为成功。表面上他未曾直接为科幻杂志写过稿子，但他早期为芒西的杂志所写的一些短篇小说在 1940 年代被《奇幻神秘名作》杂志重刊过。从 1930 年起，有一位高产作家为科幻杂志撰稿，那就是阿瑟·J. 伯克斯（Arthur J. Burks），他号称曾经一天内就能写 10 万个词，写出来的东西大部分都能卖给各家纸浆杂志。

也有些多产的作家主要甚或完全为科幻杂志写作。S. P. 米克（S. P. Meek）从 1929 年到 1932 年发表了 34 个短篇。哈尔·文森特［Harl Vincent，本名 H. V. 斯卓普林（H. V. Schoeplin）］于 1928 年至 1941 年间发表了 73 篇小说。斯坦顿·A. 科布伦茨情之所钟的一直是诗歌，但 1928 年至 1950 年间他在各种杂志上发表了 61 篇小说；他发现科幻小说是用来讽刺社会的绝好武器。

然后，新的作家出现了。科幻小说是全新的、理想化的、开放的——它引来了那些醉心于未来及其前景，或是人类及其潜力的人。他们会将生命中的许多时间耗费在写奇幻和科幻小说上，尽管其中很少有人能成为专职作家；这片田地太小，不足以养活他们。

此类人中第一个赫赫有名者是爱德华·埃尔默·史密斯博士（一位甜甜圈调味料专家）。他于 1920 年完成了自己的第一部太空歌剧小说《太空云雀号》，但不得不等到 1928 年才能看到它在《惊奇故事》上发表。菲利普·诺兰写了2篇主角叫安东尼·罗杰斯的故事；它们先后在1928年和1929年发表于《惊奇故事》，继而引出了一长串与巴克·罗杰斯这一角色有关的连环漫画。迈尔斯·J. 布鲁尔博士（Dr. Miles J. Breuer）于1927年在《惊奇故事》上发表了他39个短篇故事中的第一个。P. 斯凯勒·米勒（P. Schuyler Miller）在掌管《惊异》的书评栏目之前发表了37个短篇。还有些其他的作家，譬如阿瑟·K. 巴恩斯、雷蒙德·Z. 加仑、尼尔·R. 琼斯、纳特·斯科纳，还有阿瑟·利奥·扎格特。

在这本选集的后面还会专门提到这样的几位作家：约翰·W. 坎贝尔、埃德蒙·汉密尔顿和杰克·威廉森。

有些作家将科幻小说当作了自己的家园；其中之一就是医学博士戴维·H. 凯勒。凯勒是一位心理学专业医师，先后在多家医院的精神科工作。他著有大量医学方面的作品（700篇文章，10本书），还写了许多科幻小说和怪诞小说。奇怪的是，直到47岁，他才开始为自己的兴趣创作小说，并把自己的故事和自己的专业联系在一起。

他发表的第一个短篇《行人的反叛》（"The Revolt of the Pedestrians"）刊登在1928年的《惊奇故事》上。他在科幻杂志上发表了66个短篇，大都出现在随后的6年内，不过也有些迟至1941年才被发表。他还为《怪谭》写了许多短篇小说。他最有名的作品包括《地窖里的东西》（"The Thing in the Cellar"，1932）、《一块油毡》（"A Piece of Linoleum"，1933）、《速记员的手》（"Stenographer's Hands"，1928）和《常春藤战争》（"The Ivy War"，1930）等短篇，以及长篇《生命永恒》（*Life Everlasting*，1934）、《孤独的猎手》（*The Solitary Hunters*，1934）和《深渊》（*The Abyss*，1948）。

《行人的反叛》展示了一些复杂的技巧，在当时令人耳目一新：人们对变革的平静接受，把人类漫不经意地分为"机械代步者"和

“步行者”，还有从故事本身的事件和背景中表现出来，而不直接形诸评论的讽刺。和《大机器停转》有所相似，但启人深思的方向却有所不同。在凯勒的故事中，有些人对局面有清醒的认识，虽然人数很少；这些人也在努力改变现状。在《美丽新世界》中，“野人”自缢身亡。在《1984》中，温斯顿·史密斯遭到了洗脑。在科幻小说中的反乌托邦要到威廉森的《无所事事……》(“With Folded Hands ...”)之后才会是彻底绝望的，然而即便在那篇故事里，省略号也还暗示存在改变的可能[1]。

1928年的时候，科幻杂志仍怀抱希望：如果认识到了问题，热爱思考的男男女女们就能找到解决的办法。

（何锐　译）

1. 这种可能出现在次年连载的续集《……殚思极虑》中。

行人的反叛

［美国］戴维·H. 凯勒

一个年轻的步行者母亲正缓慢地沿着一条乡间小路前行，手牵着年幼的儿子。他们正是一对美丽的步行者范例，尽管此时他们都已精疲力竭，遍身灰垢，因为两人已经长途跋涉了很久。母子二人从俄亥俄州来，向阿肯色州去，幸存下来的可怜步行者们正要向那里集结做最后的挣扎。连日来他们俩一直朝西走，一次又一次奇迹般死里逃生。可是这天下午，这个母亲又累又饿，又被催眠的落日余晖照在脸上，因此居然走着走着就睡着了，直至死到临头的那一刻才在尖叫中清醒过来。她意识到自己避无可避，于是一把将儿子推进路旁排水沟的安全之处，她本人则当即命丧于一辆时速六十英里的汽车车轮下。驾驶员显然技术娴熟。

轿车里的夫人对车子的颠簸感到不悦，于是透过对话筒尖刻地质问驾车司机：

“刚才那一下是怎么回事，威廉？”

“女士，我们刚刚碾过一个步行者。”

“哦，这样啊？好吧，那你起码该小心点儿。”车中的女士继续对自己的小女儿说，“威廉刚刚碾过一个步行者，所以稍微颠了一下。”

小女孩骄傲地看着自己的新裙子。今天是她八岁生日，他们正在去祖母家庆祝的路上。她扭曲而萎缩的腿正在有节奏地晃动着。她的母亲以自己的女儿从未试图用双腿行走而骄傲。不过小女孩依然能思考，而且有什么念头正在困扰她，于是她抬起眼睛。

“妈妈！”女孩发问，“那些步行者也会和我们一样觉得疼吗？”

“为什么这么问，宝贝，他们当然不会了，”母亲回答，“他们和我们不一样，事实上他们根本不是人类。”

“那他们和猴子差不多吗？”

“嗯，或许比猴子高等一些，但比汽车差远了。”

汽车飞驰而去。

在汽车身后几英里，一个惊恐的男孩正躺在血肉模糊的母亲的尸体旁哭泣，此前他拼尽全力将母亲拖到了路边。他一直躺在母亲的身旁，直到第二天黎明才离开母亲慢慢地爬上山丘进入了森林。他又累又饿，困乏而心碎。但他还是在山丘顶峰停留了片刻，无言而又悲愤地攥紧了拳头。

从这天开始，他的灵魂当中形成了刻骨的仇恨。

这个世界已经鲁莽地走向汽车化。交通警察已经无暇顾及行动宛如蜗牛的步行者——他们威胁文明——他们妨碍进步——他们悖逆科技发展。在人类的身体当中，重要的只有大脑。

机器作为满足人世间各种欲望的一种手段已逐步代替了肌肉。生活的构成要素无非是汽油或酒精–空气混合物在空心气缸里的一系列燃烧，或者蒸汽在涡轮机当中的一系列膨胀。由此带来的动力能够运用在人类意志指定的任何方面。能量以电力的形式通过电线传输到大型人口中心供人应用，电力又化成许多小份的机械能，全人类都在利用这些机械能满足自己的一切欲望。

天空中总有飞机飞行。稍高的空域用于市内交通飞行，稍低的空域则单独用于市外交通——那些由钢筋和混凝土所建筑的道路往往都是单行线，根据上路行驶的机器数量专门修建，为的是避免连续撞车。尽管一部分人已经欣然走向天空，大部分人却因半规管[1]不够发达而被迫留在地面上。

在人类双腿萎缩的同时，汽车也在不断发展。福特的继承者们再也不满足汽车只能在户外使用，于是研发出了室内使用的更加小巧的代步机械，盘旋上升的通道随之取代了所有台阶。人类开始在金属的身体中生活，只有在睡觉的时候才离开。逐渐地，半是迫于需求半是出于自愿，汽车又被应用到了体育与娱乐方面。专门为高尔夫球运动设计的特殊型号机械逐步完善；儿童乘坐的自动车飞快地驶过树荫浓密的公园；一位女士懒洋洋地躺在一台代步机器上面舒适地漂过佛罗里达度假胜地的热带水域。人类已经不再使用自己的下肢。

弃用伴随着萎缩；随着萎缩加剧，人类的体形也发生了日益明显的变化；体形变化带来了对于女性美的全新看法。这一切并非发生在一代人或者十代人身上，而是逐步发生在好几个世纪之间。

习俗改变，法律也随之改变。法律不再捍卫所有人的利益，而仅仅造福于代步机械使用者。曾经施惠于所有人的道路最终只容许机械代步者使用。在高速路上行走一开始仅仅很危险而已，后来则沦为违法犯罪。就像所有的变化一样，这一过程也很缓慢。开始一些法律出台，将特定道路限制性划归给机械代步者使用；后来法律禁止步行者使用道路；再后来法律不再保护在高速公路上受伤的步行者；最后在高速公路上行走成了一项重罪。

1. 维持姿势和平衡有关的内耳感受装置。

在那之后，一项法律宣布，在高速公路上“谋杀”步行者是合法行为，无论他们在何时何地被汽车撞倒。

无人再满足于缓慢前进——整个世界都疯狂地追求着速度。机械代步者无论身处何地都有一种想去其他城市的欲望。因此每到周日与节假日，总有成千上万机械代步者要“出去转转”。没有人满足于安静地度过闲暇时光。于是乡间出现了这样一番景象，排成长列的代步机器以每小时八十迈的速度掠过高墙一般的路边广告，时不时停在加油站加油，进出休息区，或者呼啸而过卷落道路两旁树木的花朵。空气中充满了代步机械排放的废气与四面八方传来的数不清的刺耳喇叭噪声。谁都看不到周边的景色，谁都不关心周边的景色；每一名驾驶者都只想着超过自己前面的车。用当时时兴的用语来说，这无非是又一个“宁静的乡间周末”。

再也没有步行者了；或者说几乎一个都没有了。即使是在乡村，人类也依赖着由机械驱动的轮子。耕作全部由机械完成。有些地方仍旧存在少数步行者，就像山羊攀缘在人迹罕至的山岩。他们或许是出于选择，但更多是迫于必需，依然想要使用自己的双腿。这些人通常都非常贫困。最初法律对他们毫无威慑作用。每个州都有一些步行者家庭。机械代步者最初只是嘲弄地看着他们，但后来看向他们的目光则变得警惕起来。

在国家法律禁止步行者使用高速公路之前，没有人意识到，同为人类，步行者和机械代步者之间居然有如此鸿沟。马上，在全美国范围内，步行者的起义爆发了。尽管邦克山战役[1]已经过去了数百年，但邦克山战役的精神仍旧存在，禁止步行者在道路上行走只会让人更想这样做。死于意外的步行者数量骤然攀升。死难者的家人

1. 美国独立战争期间的一场大规模战役。

用让机械代步者感到不快甚至陷入危险来进行报复，钉子、大头钉、碎玻璃、原木、铁丝网以及大石头都成了他们的武器。在奥扎克，荒蛮林地的居民们热衷于击碎挡风玻璃，用准头很好的步枪击破轮胎。另一些人则在道路上步行，向机械代步者表达他们的轻蔑与反抗。如果公平对待双方，那么就会造成无政府的境况，如果不公平对待双方，那么很明显步行者就是惹人厌恶的累赘。纽约州参议员格拉斯在参议院将阶级分化的对立状态推向了顶峰，他这样说道：

“一个停止发展的种族必须灭亡。数百年来，人类一直在轮子上生活，一直在向完美的机械化不断进发。而步行者们，毫不关心自己使用机械的固有权利，不仅顽固地坚持使用双腿，而且竟然还主张自己理应与更高等的机械代步者平起平坐，享受平等权利。如今忍耐已不再是一种美德。我们对这些不幸的堕落者无能为力。现在最仁慈的做法就是发动灭绝行动。只有这样，我们才能终止这场动乱，以免我们美好家园一贯和平的历史遭到玷污。所以，除了敦促通过《步行者灭绝法案》之外，我别无选择。

“如您所见，该法案要求步行者无论在何时何地被各州警察发现后都应当被处决。上次人口普查显示，全国步行者人口仅剩一万左右，而且大部分都集中在中西部几个州。我很自豪地说，在我自己的选区，直到昨天也仅只发现了一个步行者，一个九十来岁的老头。现在他也已经被清理了。我刚刚收到的电报表示，这个老糊涂当时正在一条公共道路上一步一挪，想去给他妻子上坟，一个机械代步者当场结果了他。尽管纽约目前尚无步行者，我们仍旧焦灼地希望帮助更加不幸的其他各州摆脱祸患。”

法律几乎立刻得到通过，只有肯塔基州、田纳西州和阿肯色州的参议员表示反对。为了鼓励公众，杀死步行者可以换取悬赏金。彻底扫清步行者的县市可以获得银星奖励。全部居民都是机械代步者的州将获得金星奖励。步行者就像是赛鸽那样被逼上了绝路。

灭绝行动诚然不能一日功成。仍旧有一些步行者成为漏网之鱼。当那行人母亲的孩子发誓要对毁灭人性的机械方式进行报复时，灭绝行动已经过去一年了。

一百年后的一个周日下午，费城自然科学学院里照例挤满了来找乐子的人们，每人都驾驶着各自的自动车。他们沿着长长的走廊前进，橡胶轮胎无声无息地转动着，时不时在这样那样吸引他们注意力的展品跟前停下来，一个父亲带着他的小男孩，两个人都乐在其中。小男孩被这个新鲜的世界所吸引，而父亲则饶有兴致地欣赏着孩子的聪慧提问与敏锐洞察力。最终小男孩在一个玻璃柜前停住了自己的自动车。

“爸爸，那是什么？他们看起来和我们一样，只是形状太奇怪了。”

“那是一家步行者，我的孩子。那是很久之前的事情了，我之所以知道也是因为我的母亲告诉过我。这个家庭在奥扎克山脉被枪打死了。人们相信他们是最后的步行者。”

“我很难过，”男孩慢慢地说，“如果还有更多步行者存在的话，我倒愿意你替我搞个小的来玩玩。”

“已经没有了。”父亲说，“他们已经灭绝了。”

这名男士认为自己对儿子讲述了事实。事实上他也因为自己总对孩子们说真话而得意。但这次他错了。世上仍旧存在着一部分步行者，他们的领袖，他们当中最为聪慧的首脑，就是那个很久之前站在山顶上心怀仇恨的小男孩的曾孙。

不论身处怎样的气候条件与自然环境，面对怎样五花八门的敌人，人类始终能够生存下来。步行者这一族群就是适者生存的范例。只有最敏捷、最聪明和最强壮的人才能幸免于计划缜密的灭绝行动。尽管人数减少，但他们仍旧幸存了下来。尽管步行者被剥夺了所谓的现代文明的一切权益，但他们仍然生存下来。他们不仅被迫捍卫自己的个人生命，还需要捍卫自己种族的存在。他们继承了来自荒蛮之地的祖先的狡黠，并生存下来。整整两代步行者生活、狩猎、恋爱和死亡，与此同时机械代步者始终没有意识到他们的存在。他们有自己的政治组织、自己的法院；基于布莱克斯通[1]和宪法所判定的正义统治社会。步行者的统治者历来都是米勒家的人：那个心怀深恨的男孩成年之后成了第一任统治者；他的儿子从孩提时代就接受训练，以仇恨机械文明为唯一任务；接着是他的孙子，聪慧、狡猾，是一位筑梦者；最后是他的曾孙亚伯拉罕·米勒，肩负着三代传承，为最终复仇做好了准备。

亚伯拉罕·米勒是隐藏在奥索卡山脉的步行者聚居地的世袭总统。他们与世隔绝但并不蒙昧无知，人数不多但善于适应环境。许多最初的流亡者都是充满智慧的人：发明家，大学教授，爱国者，甚至是博学的法学家。这些人保留并传承了他们的知识。他们开垦荒野，在树林里打猎，在溪流中钓鱼，并在自己的实验室中进行建设。他们甚至拥有代步机械，他们经常会捆绑住自己的四肢，再像间谍一样潜入敌人的领土。一些孩子从小就接受了这种间谍活动的训练。甚至有证据表明，一些间谍曾经在圣路易斯居住数年。

这片聚居地只有一个宏愿，人们为了唯一的目的组成联盟；牙牙学语的孩子学着它，学生们在学校里日日重述它，年轻人在月光下以耳语彼此传述它，它镌刻在实验室的每一堵墙上，年迈者聚集自己的子孙并命令他们向它宣誓；聚居地的每一项行动为的都是这唯一的目标——“我们要回去”。

他们是为仇恨所驱使的偏执狂。他们的祖先无一例外像野兽一

---

1. 即威廉·布莱克斯通，英国 18 世纪法学家、法官、政治家，创作多部法学著作，对英美法系产生重要影响。

样被猎杀，像害虫一样被无情地灭绝。他们想要的不是复仇，而是自由——随心所欲地生活与往来出行的权利。

聚居地的三代人都保守着他们存在的秘密。作为一个整体，他们年复一年地生活、工作、死亡，这一切都是为了一个目标。现在该是他们执行计划，实现愿望的时候了。

与此同时，机械者们生活的世界则是拜物的、机械化的、自私的。社会主义曾经为人们提供慰藉，但唯独没有带来幸福。所有人都不愁生计，所有人都有收入，有房子、食物和衣服。但是房屋由混凝土建造，按照统一制式数以百万计地成批浇筑出来；家具也是混凝土的，与房子一起倒模筑成。服装的材质是防水纸制品：所有的衣服只有一种式样，每人一年四套。食物成块出售，每块都包含维持生命所需的所有元素，上面还标有卡路里含量。几个世纪以来，发明家都在持续创作，到最后生活变得千篇一律，工作也只是按一下按钮的事。然而，因为没有人用肌肉工作，机械者的世界并不幸福。在夏季当然需要出汗，但已经有几代人没有出过汗了。字典中已经删除了“辛劳”“劳碌”“工作”等词汇。

可是没人感到高兴，因为从机械技术层面来讲，不可能发明出一辆时速超过一百五十英里并且能在普通乡村道路上行驶的代步机械。机械代步者们不可能想走多快就多快。空间无法被消灭；时间无法被摧毁。

此外，每个人都中了毒。尽管许多机械靠电驱动，空气中依然充满了数百万加仑汽油及其替代物燃烧所产生的危险气体。但是，导致这种毒血症的最大原因是经由皮肤排泄的毒素大大减少，而肌肉运动几乎不再产生力量。用一句古老的术语来说，机械代步者已“不再出力了”。因为不再出力，他们也不再出汗。每天在工厂的椅子上或桌子后坐几个小时就足以赚取生活必需品。机械代步者从不劳累，自然也只需要更少的睡眠时间；多出来的时间全花在了开车去某地上。只要走得快，去哪儿并不重要。就连婴儿都由机器抚养。实际上，所有活人都由机械抚育维系。美国家庭消失了——它被代步机械所取代。

机械代步者对前进的方向感到迷茫。步行者则很明确自己要去往的方向。

现代意义上的社会奉行社会主义。这意味着所有阶层都是舒适的，因此犯罪在前几代人中就已经不再存在。依照布莱恩特的理论，所有犯罪行为都是由人口中的百分之二所犯下的，如果将他们隔离与绝育，犯罪就将在这代人中停止。当布莱恩特第一次发表他的论文时遭到了质疑，但这一理论的实际应用却得到了并未直接受到影响的人们的极力拥护。

但是，即使这个看似完美的社会也仍旧存在缺陷。尽管每个人都拥有全部的生活必需品，但人们却依然无法平等拥有奢侈品。换句话说，仍然有富人和穷人，而富人仍然控制着政府并制定法律。

在富人中，没有比海斯勒家族更加大权独揽、身世显赫的。他们在哈德逊郡的住所被三十英里长十二英尺高的铁栅栏围绕着。很少有人可以吹嘘自己有幸到访过那里，在松树、山毛榉和铁杉林环绕的石制宫殿里度过周末。他们家权势熏天，甚至家族成员竟无一人担任过公职。他们扶植总统，却从不在乎家里出没出过总统。他们的敌人说，他们的财富来自与福特和洛克菲勒家族的联姻，但是毫无疑问，这只是出于嫉妒的谣言。海斯勒家族拥有银行和房地产；他们拥有工厂和办公楼；可以肯定地说，他们还拥有美国总统和最高法院法官。但有一件他们的私事很少在报纸上被谈论或提及：掌管家族的那一支的独生女居然用双腿行走。

威廉·亨利·海斯勒是一位不寻常的百万富翁。当他获知自己的妻子为他生下一个女儿，他向众神保证（尽管他不确定是哪些神），他每天要花至少一个小时陪伴他的孩子，亲自过问孩子的养育情况。

几个月以来，这个小女孩并没有任何异常，尽管所有的护士一开始就议论过她丑陋的双腿。她的父亲只是认为或许所有婴儿的腿都很丑。

在小女孩一岁的时候，她试图站起来并迈出一步。就连这一苗头也被忽略了，因为儿科医生们一致认为所有的孩子在几个月的时候都试图用腿走路，这是一种通常很容易纠正的坏习惯，就像吮吸拇指一样。他们本来打算要求看护按照寻常方式处置她，可是她父亲说："每个孩子都有个性。别管她，看看她会做什么。"为了确保自己的意志得以贯彻执行，威廉选择了一名私人秘书，让他经常看管孩子并每天做书面报告。

这个孩子长大了。她不再被叫"宝宝"，而是得到了"玛格丽塔"这个体面的名字。随着她的成长，她的腿也在生长。她使用双腿走得越多，双腿就变得越强壮。没有人可以帮助她，因为没有一个成年人用腿走路，也没有人见过别人走路。她不仅用双腿走路，甚至还以婴儿的方式反对机械运动。当人们第一次向她介绍代步机械时，她像野猫一样大喊大叫，甚至对于室内自动车的态度也毫不缓和。

待到为时已晚之际，她的父亲才慌了手脚。海斯勒咨询了所有可能了解这种情况或有办法补救的人。他希望孩子培养自己的个性，却并不愿意她沦为怪胎。因此他把神经科医生、解剖学家、教育学家、心理学家以及研究儿童行为的学生召集在一起商量，却得不到令他满意的答案。

所有人都认为这是一种令人遗憾的返祖现象，一种退化，并且建议了上千种治疗方案，从心理分析到为小女孩下肢戴上残酷的夹板和绷带。最终，海斯勒厌恶地支付了他们的诊费，并用钱封住了他们的嘴让他们滚蛋下地狱。海斯勒不知道地狱究竟在哪里或者这个词究竟代表什么，但是这样说让他能够稍稍发泄情绪。

所有人都立刻离开了，只有一个人除外。在他的职业之外，他还是一个家谱研究爱好者。他是一位老者，他和海斯勒在各自的自动车中面对面坐着，两人彼此对照，十分有趣。海斯勒正值壮年，精力旺盛，堪称人中魁首，除了干瘪的双腿之外其他部位都十分壮硕。而另一位则老态龙钟，头发灰白，身形干瘪，是一位梦想家。房间里除了他们俩再没有外人，小女孩则在巨大凸窗的太阳光下愉快地玩耍。

“我不是让你和其他人一样滚蛋下地狱去吗？！”人中魁首咆哮着。

“我怎么做呢？”老人温和地回答，“其他人也并没有听从您的话。他们只是离开了您的家。我在等您告诉我该怎么下地狱。您命令我们去的地狱在哪里？我们的潜艇已经探索了海平面以下五英里的海床。我们的飞机朝着星星飞行了几英里。珠穆朗玛峰已被征服了。我读过所有这些游记，但在任何地方都看不到地狱。几个世纪前的神学家说，地狱是罪人们死后去的地方，但是自从布莱恩特所说的百分之二的人口被鉴别并消灭以后，世界上也不再有犯罪。可是当您看着异常的孩子时，尽管您拥有数百万美元的财富和无尽的权力，您却比以往任何时候都更加接近地狱。”

“但是她头脑很聪明，教授，”海斯勒抗议道，“她只有七岁，比奈-西蒙智力量表却显示她有十岁的智力。只要她不再步行，该死的！啊！我为她感到骄傲，但我真希望她能像其他女孩一样。谁愿意和她结婚？这看起来太不像样了。你看看她，她在做什么？”

“为什么不像样，我的天！”老人喊道，“几天前，我在一本三百年前的书中读到了这种情况。很多孩子都曾经这样。”

“但她在干什么？”

“怎么，这种行为以前叫作‘翻筋斗’。”

“但是这是什么意思，她为什么这样做？”

海斯勒擦掉了脸上的汗水。

“如果这种事被人们知道了，我们准会沦为笑柄。”

“哦，好吧，您可以凭借权力压住这件事——但是您是否曾经了解过您的家族历史？您知道她身上流着什么样的血吗？”

“没有。我从来不感兴趣。当然，我是‘美国革命后人’协会以及其他各种类似组织的成员。他们给我带来文件，我在虚线上签名。尽管我花大钱出版了一本关于我的家族历史的书，但我从没读过它们。”

“所以您有一位革命者祖先？这本书在哪里？”

海斯勒给自己的私人秘书打了电话，秘书驾驶着代步机械进来，收到了他的简短命令，很快就带回了海斯勒家族的历史。老人如饥似渴地翻开它。房间里仍旧一片死寂，唯有那个正在玩一只毛绒玩具小熊的孩子发出了些许声音。突然，老人笑了。

“这便一目了然了。您那位革命先祖是米勒；汉密尔顿镇的亚伯拉罕·米勒。他的母亲被印第安人抓住并杀死。他们是步行者，当然，那时所有人都是步行者。米勒家族和海斯勒家族联姻。那是几百年前的事情了。您的曾祖父海斯勒有一个姐姐嫁给了米勒。在第330页这里提到她。让我读给你听。

“‘玛格丽塔·海斯勒是威廉·海斯勒唯一的姐妹。她在许多方面都独立而古怪，她愚蠢地嫁给了一个叫亚伯拉罕·米勒的农夫，他是宾夕法尼亚州步行者暴动中最著名的领导人之一。在他死后，他的遗孀和唯一的孩子——一个八岁的男孩——失踪了，毫无疑问在灭绝步行者行动期间被消灭了。在她结婚之前，她曾经给她的兄弟写信，信中炫耀她从未使用任何代步机械，并永远不会使用它们。上帝赋予她双腿，她决心使用它们。她是幸运的，因为她最终找到了一个同样拥有双腿并且渴望使用它们的男人，这正是上帝为男人与女人做出的安排。'

“这就是关于您的孩子的秘密。她就像是您曾祖父的姐妹的倒影。一百年前那位女士选择死亡而不是顺从潮流。您亲口说过，当你们试图将这个小家伙放进代步机械中时，她几乎因痉挛抽搐而死。这很显然是遗传。如果您试图打破孩子的习惯，很可能会杀死她。您唯一要做的就是让她一个人待着，让她按照自己的意愿发展。她是您的女儿。她的执拗不亚于您。你们双方都不可能改变彼此。让她使用自己的双腿吧。她可能会爬树，奔跑，游泳，去她想去的地方漫步。”

“那就只能这样了，”海斯勒叹了口气，“这意味着我们家族要完蛋了。不管她多么聪明，没人愿意和猴子结婚。所以你认为有一天她会爬树吗？像您说的那样，如果真的有地狱，这就是我的地狱。”

“但是她很快乐！”

“是的，如果以笑声衡量。但是随着年龄的增长，她依旧会像现在这样快乐吗？她会改变的。她要怎样与人交往？当然，他们不会对她采用灭绝法案；我的权力和地位可以阻止这种情况发生。我甚至可以废除它。但是她会很孤单——非常孤单！”

“或许可以让她学习阅读，这样的话她就不会那么孤独了。”

两人一起看向那个孩子。

“她现在在干吗？”海斯勒发问，“在这些事情上，您似乎比我认识的任何人都更有见识。”

“为什么这样问？她在单腿跳。那不是很明显吗？尽管她从未见过任何人单腿跳，但她现在正在这样做。我从未见过哪个孩子这样做，但是我认得出这种行为，也能叫得上名称。在凯特·格林纳威[1]的插图中，我见过孩子们跳来跳去的画面。”

“该死的米勒们！”海斯勒咆哮道。

在那次谈话之后，海斯勒聘请了那位老者，他的唯一职责是调查步行者儿童的课题，并研究他们如何玩耍和使用双腿。在对此进行调查之后，他将教导这个小女孩。

小女孩活动与训练的全部事宜都交给这位老者。因此，从那天起，倘若有好奇的观察者乘坐飞机越过此地，可能会看到一个老人坐在草坪上，向一个金发孩子展示古老书籍中的图像，两人会就图像进行交谈讨论。然后这个孩子会做一百年来都没有哪个孩子做过的事情——踢球，跳绳，跳民俗舞蹈，跳过由两根立杆支撑的竹棍。他们花了很多时间来阅读。老人总是会说：

“人们曾经这样生活。”

偶尔她会举行一些聚会，附近的富人家庭的小女孩们会来参加，并在这里待上一天。她们很有礼貌——玛格丽塔·海斯勒也是——但聚会并不成功。离开自动车，大家寸步难行，同时她们对这位小女主人好奇而轻蔑。她们与这个充满好奇的、用双腿走路的孩子没有共同之处，这些聚会总是让玛格丽塔掉眼泪。

“为什么我不能和其他女孩一样？”她质问父亲，“事情总是会这样吗？你知道其他女孩因为我用双腿走路而嘲笑我吗？”

海斯勒是一个好父亲。他践行自己的誓言，每天用一个小时陪伴自己的女儿。在这段时间里，他像工作时一样认真，诚挚而热切

1. 英国维多利亚时代的插画家及绘本作家，被誉为儿童绘本的先驱之一。

地奉献自己的才智。他经常像对待同龄人那样与玛格丽塔交谈，将女儿当成心智成熟的成年人。

“你有自己的个性。”他对她说，“你和别人不一样，但并不代表你是错的他们是对的。也许你们都是对的——至少你们都遵循自己的天性。你的渴望和体格都与我们其他人不同，但或许你比我们更正常。教授给我们看了古人的图像，他们都有着和你一样发达的双腿。我如何能判断人类是在退化还是进化？有时，当我看到你奔跑和跳跃时，我会羡慕你。我和我们所有人都被束缚住了——在日常生活的每一部分我们都依赖机械。但你可以去你想去的任何地方。你可以做到这一点，而你所需要的只是食物和睡眠。在某些方面，这是一个优势。但另一方面，教授告诉我，你每小时只能走四英里，而我可以前进超过一百英里。”

“可是当我哪儿也不想去的时候，干吗要走那么快呢？”

“这真是令人惊讶。你为什么不想去？看来，不仅你的身体，而且你的思想、性格、欲望都是过时的，落后数百年的那种过时。我每天要与你在房子或花园中一起度过至少一小时，但其他时间我想去其他地方。教授把你做过的最奇怪的事情全都告诉了我，比方说，这是你的弓箭。我给你买了最好的枪，可你从不使用，而是从某个博物馆获得了弓箭并成功射死了一只鸭子，教授说你用木头生起了火，烤熟鸭子并吃掉了它。你甚至还让教授也吃了一些。”

“但是鸭子的味道很不错，爸爸，比人造食物强多了。甚至连教授都说，那滋味让他感到年轻了许多。”

海斯勒笑了：“你真是个小野蛮人——绝对的野蛮人。”

“但我能够读写！”

“这我承认。好吧，继续玩吧。我只希望能找到另一个野蛮人可以和你一起玩，但是没有其他野蛮人了。”

“你确定吗？”

“我确定。实际上，在过去的五年中，我一直派人在文明世界中搜寻步行者的聚居地。西伯利亚和塔塔高原有一些，但它们不可能和你玩在一起。与其那样，我更希望你和猿猴一起玩。”

“我梦见了一个，父亲。”女孩害羞地小声说，“他是一个好男孩，他会做我能做的每一件事。梦是否会成真呢？”

海斯勒笑了。“我相信它会实现，现在我必须赶紧回到纽约。我能为你做点什么吗？”

“可以，帮我找到一个可以教我如何做蜡烛的人。”

“蜡烛？为什么？”

她跑去带来一本旧书并读给他听。书名是《温柔的海盗》，英雄们总是躺在床上借着烛光读书。

“我明白，”他合上这本书时终于说，“我想起来，我曾经读过天主教会中有类似的东西。所以你想制作一些蜡烛吗？去找教授然后向他要你需要的东西。嗯——蜡烛——如果断电，它们会在晚上派上用场，不过电是不会停的。”

“但是我不想要电。我要蜡烛，还想要火柴来点亮它们。”

“火柴？”

“哦，爸爸！在有些方面你真无知。尽管你已经很博学了，但我知道很多你不知道的单词。”

“我承认，我都承认。我们会找到办法给你做蜡烛的。还要我送几只鸭子给你吗？”

“不用了。把它们打下来更有趣。”

“你真是个野蛮人！”

“而你真是个笨蛋。”

玛格丽塔·海斯勒就这样成长到了十七岁生日这一天，她身材高挑、强壮、敏捷，因为总是暴露于风和日光下而拥有棕色的肌肤。她能跑善跳，精通箭术，喜欢吃肉，喜欢借着烛光读书，喜欢编织地毯，并且热爱大自然。她主要与老者为伴，偶尔接触些邻里的女士们。她能够容忍仆人、女佣和管家。她爱教授如同爱自己的父亲，但他已经传授了她想知道的一切事情，并且随着岁月流逝越发衰老困乏。

最后，她心中萌发了去旅游的强烈欲望。她想见一见纽约的两千万机械代步者；一百层的办公大楼；无烟工厂；制式的房屋。没人比她父亲更知道这样的旅行会有多么艰难。在道路上行走是不可能的，现在整个纽约都是街道或房屋。既然没有步行者，自然也就没有人行道。同时，一名步行者出现在大都市这样的咄咄怪事必然引起骚乱，即使海斯勒的财富也无法防止这一点。海斯勒很有权势，但他却害怕女儿在纽约自由行走将会带来的后果。此外，到目前为止，只有少数人知道她的畸形。一旦她进入纽约，城里的报纸将向全世界公布他的耻辱。

纽约矗立着许多百层高楼。它们没有楼梯，出于安全考虑，每个建筑中都建造了环形坡道，以供代步机械在电梯无法正常工作时使用。但这种情况从未发生过，也很少有租户知道坡道的存在。到了晚上保洁女工们通过它们从一层楼去另一层楼。楼层越高，空气越纯净，每年的租金就越高。在摩天大楼的较低楼层和街道上，每隔几英尺就需要一台臭氧机来净化空气，才能使人免于使用防毒面具。但较高的楼层则拥有从大西洋吹来的洁净微风。值得一提的是这里没有苍蝇蚊子。鸽子将巢筑在建筑的缝隙中。在最高的屋顶上，一对美国鹰年复一年地筑巢，嘲弄着数千英尺下川流的代步机械。

在纽约的最新建筑的最高楼层上，开设了一间新的办公室。门上是常见的镀金徽记，“纽约电气公司”。箱子还堆在门口，负责装修的人已经收拾好了最大的那个房间，使其成为一间简洁标准的办公室。一名速记员已经到位，坐在一台无声机器上，在必要的时候接听自动电话。

六月份的一天，十几位行业领袖应邀来到了这间宽敞的套房。他们到来的时候都以为自己是唯一受到邀请参加会议的人。惊讶和狐疑是这次会议的明显特点。这其中有三个人正各自密谋削弱海斯勒的权力，将他从金融宝座上拉下来。

海斯勒本人也在，看上去很平静，但内心却压抑着翻腾的情绪。待大家到场后，速记员安排他们在一张长桌旁各自就位。他们仍旧坐在自动车中，没有人使用椅子。有一两个人彼此开着玩笑。所有人都向海斯勒点了点头，但是没有人和他交谈。

家具、周边环境、速记员都是这间业务部门标准办公室的一部分。房间中只有一处引起了他们的好奇。桌子的尽头放着一把扶手椅。桌子周围的所有人都不曾使用过椅子，也没有人见过大都会博物馆中收藏的那一把椅子。自动车取代了椅子，就像代步机械取代了人类的双腿。

钟楼的钟声宣告了两点的到来。在座的十二个人都纷纷看向他们的手表。一个男子皱了皱眉。他的手表慢了几分钟。下一刻所有人都皱着眉头。他们与这个陌生人约定在两点会面，但他并未守时。对这些人来说，时间非常宝贵。

门开了，一个男人迈动双腿走进来。那是第一件令人震惊的事情，紧接着他们惊讶于男人的身量和体格。有哪里不对——很古怪。

然后那个人坐下来，就在那把椅子上。尽管他比其他人都年轻，但他现在看上去似乎并不比其他人高大多少。他的棕色皮肤与其他人病态的死灰肤色形成鲜明对比。然后他开始用一种严肃的，几乎有些机械化的清晰声音讲话。

“看来各位先生都如约在今天下午出席了本次会议，对此我感到荣幸。请原谅我没有通知你们其他人也收到了邀请。如果我那样做了，你们中的一些人就会拒绝出席，而少了你们中的任何一位，这次会议都将不会像我预期的那样成功。

“这家公司的名字是纽约电气公司。但那只是虚设的幌子。在现实中并没有这样一家公司。我是步行者国家的代表。实际上，我是他们的总统。我叫亚伯拉罕·米勒。众所周知，在四个世代前，国会通过了《步行者灭绝法案》。在那之后，继续使用双腿步行的人像野兽那样遭到了毫不留情的追猎与屠杀。我的曾祖父亚伯拉罕·米勒就在宾夕法尼亚被杀。他的妻子试图去往奥扎克，加入那里的步行者们，却在俄亥俄州的公路上被撞身亡。没有战斗，没有冲突。当时，全美国只有一万名步行者。在那之后的许多年都没有步行者的存在，至少您的祖先这样认为。但是步行者种族幸存下来。我们继续生活。这一系列早年的艰辛考验全都写进了我们的历史，并教给我们的孩子。我们建成了聚居地并继续生存下去。尽管就你们所知，我们已从世界上消失了。

“年复一年，我们繁衍生息，直到现在我们的共和国中已经有两百人。我们并不无知，事实上从来就不无知。我们一直在为回到这个世界而奋斗。这一百年来，我们秉持的箴言都是‘我们要回去’。

“这也是我来到纽约并邀请你们参加这次会议的原因。你们被选中，不仅仅因为你们的影响力、财富和个人能力，还有一个非常重要的原因。你们所有人都是当年投票赞成《步行者灭绝法案》的美国参议员的直系后裔。你们想必可以意识到这一点的重要性。你们有权取消强加在一部分美国公民身上的巨大不公正。你们是否能够让我们回归？我们希望以步行者的身份回来，想要随心所欲地平安来去。我们中有些人可以驾驶代步机械和飞机，但我们不想这么做。

我们想用双腿行走。如果我们一时兴起想去高速公路上走两步，我们希望这一做法不至于招致任何死亡危险。我们不恨你们，我们可怜你们。我们并不想与你们对立，而是希望与你们合作。

“我们信任劳动——用肌肉劳动。不管我们培养年轻人干什么，都要教他们劳动，干体力活。我们懂机器，但不喜欢使用机器。我们所能接受的助力只有畜力，比如马和牛。在一些地方，我们也使用水力来推动我们的磨坊工作，加工木材。我们以打猎，捕鱼，打网球，在高山湖泊中游泳为乐。我们在保持身体清洁的同时也试图保持思想的清洁。我们的男孩在二十一岁结婚，我们的女孩在十八岁结婚。偶尔也会有小孩长大以后不正常——变得堕落。坦率地说，这样的孩子都已经消失了。我们吃山谷中所种植培育的肉类、蔬菜、鱼类和谷物。我们已经无法承载人口的持续增长，我们必须重返世界的时刻到了。我们所需求的是安全保证。现在我将离开，留给你们十五分钟时间讨论，在那结束之后我将回来听取你们的答案。如果你们有任何问题，届时我都会回答。”

他离开了房间。有人驱使代步机械去拿电话，却发现电话已经被切断；另一个人去到门边，却发现门已经被锁住了。速记员已经不见了。随后发生了充满怒气，缺乏逻辑的激烈争执。只有一个人保持着沉默。海斯勒静坐不动，他是如此的安静，连他咬在牙齿之间的雪茄都已经熄灭了。

米勒回来了。一大堆问题向他袭来，一个人还朝他咒骂。最后总算安静了。

“怎么样？”米勒问。

“我们需要时间——至少一周来讨论——同时征询民众的意见。”一个人试图说服米勒。

“不。”海斯勒回答，“我们现在就该给出答案。”

“呵呵，难怪呢，”海斯勒的一个对手冷笑道，“你要求马上决定不就是为了你那点事吗？虽说这事从没登上过报纸。”

“你要这么说，”海斯勒说，“我非得弄死你不可。你这个卑鄙小人，你清楚自己是个什么东西，否则不会把我的家人卷进来。”

“去死吧！海斯勒，都到这时候了你还想吓唬我！”

米勒一拳砸在桌面上——

“你们的答复是什么？”

其中一个人举起手，示意别人听听他的意见。

“我们都知道步行主义的历史：这里所代表的两个群体不能共存。我们有两亿人口但对方只有两百人。让他们留在山谷里吧。这就是我的想法。如果这个人是他们的领袖，他们所谓的聚居地是个什么鬼样子也就不言而喻了。他们是无知的无政府主义者。假如我们听从他们的话，天晓得他们还会提什么要求。我认为我们应该逮捕这个人。他是社会的威胁。”

一席话打破了沉默。他们一个接一个地发言，当他们全部结束的时候，显然除了海斯勒之外的所有人都充满敌意，执意对抗，心如铁石。

米勒转向他：“那么你的决定是什么？”

“我将保持缄默。这些人什么都知道。你已经听到了，他们观点一致。我的话什么也改变不了。实际上，我也不在乎。我已经有一段时间什么都不在乎了。”

米勒转动了转椅，俯瞰着这座城市。某种意义上，这确实是一座美丽的城市，如果人们喜欢这种地方的话。在他脚下，在城市的街道中，在如同蜂巢一般的城市里，超过两千万的机械代步者在机器轮上度过一生。没有一人想过要冲破城市边界的限制。道路将这座大都市与其他城市相连，在这些城市的动脉里，穿行的自动车像是血细胞，大型自动卡车像是血浆。米勒对这座城市心怀敬畏，但他怜悯居住在这座城市里的无腿侏儒。接着他再次转过身，向寂静的人群发问。

“我本来想要完成和平的演变。我们不愿再流血，不愿再相互残杀。但是从刚才的谈话当中，你们这些代表公众舆论的人已经向我表明，步行者不可能期望从当今政府手中得到一丝一毫的怜悯和仁慈。你我都知道，这已不再是人民统治的国家。真正掌权的人是你们，你们选举合乎你们心意的参议员与总统。你们挥鞭，他们跳舞，这就是我找上你们这些人，而不直接向政府呼吁的缘故。因为我确信你们将会怎样做，我已经准备了一份简短的文件，需要你们在上面签字。它只包含一条声明：‘步行者不得回归。’

“在你们全部签字之后，我将向你们解释我们打算干什么。”

“我们为什么要签这玩意儿？”坐在米勒右边的男人率先说道，“这就是我的态度！”他把文件攥成一团，扔到了桌子下面。他的行为立刻得到其他人的掌声。只有海斯勒坐着没有动。米勒看着窗外，一直到所有人安静下来。

最后他再次开口：

“在我们的聚居地，我们已经完善了一种新的电动力学原理。一旦得到释放，它会立刻分裂，使一切动力成为可能的原子能，仅留肌肉动能。我们已经在小范围内的小规模机械上进行了测试，并且清楚了解了我们能做到什么。但是我们不知道怎样在任何一块我们曾经破坏过的土地上恢复能源。我们的电力专员正在等待我的无线电信号。实际上，他们听到了这里所有的谈话，而我现在将给出让他们揿动开关的信号。这个信号就是我们的箴言——‘我们会回来’。”

“所以那就是信号？”其中一个男人冷笑道，“那现在又怎么样了？”

“什么也没发生，”海斯勒回答，“至少我没觉得哪里不一样。亚伯拉罕·米勒，应该发生什么？”

“倒也没什么，”米勒说，“只是除了步行者以外其他人类全部毁灭而已。我们试图设想当我们的电力专员撤动开关，释放这种新能量时会发生什么，但是即使是我们的社会学家，也无法完全想象出结果将会如何。我们不知道你们有没有活路——或许你们中有些人能够幸存。毫无疑问，城市居民很快将会在他们的人造蜂窝里纷纷死去。但是乡村里的人们或许可以幸存。”

“嘿，嘿，”一个亿万富翁大叫道，“我没感到任何异状，你就是个白日做梦的疯子。我一离开这里就要向警方报告。打开这该死的门让我出去！”

米勒打开了门。

大多数人都按下了他们代步机械的启动键，并握住转向杆。但没有一台机械移动。其他人也在惊恐中试图离开，可是他们的代步自动车全都没反应。一个人歇斯底里地咒骂着，向着米勒举起自动枪，扣下扳机。但枪只是咔嗒响了一下，除此之外什么都没有发生。

米勒拿出了手表。

“现在是下午两点四十分。代步机械正在开始死去。他们现在还不知道。但等到他们知道以后，恐慌就会降临。我们不能提供任何援助。我们仅有几百人，我们无法帮助照顾数以百万计的跛足者。值得庆幸的是，这栋建筑中设有环形的坡道与平道，而且你们的代步车都装有制动闸。我会把你们一个个推向通道，你们自己负责掌控车辆的方向。很明显你们并不想留在这，但同样明显的是电梯也都停了。我会让我的速记员来帮助我。或许你们之前曾经怀疑过，他是一个从少年时期就接受训练执行女装任务的步行者。他是我们最优秀的间谍之一。现在我们要说再见了。一个世纪之前，你们存心想灭绝我们，但我们幸存了下来。我们不想消灭你们，但我对你们的命运表示忧虑。”

接下来他走到一辆自动车后面，开始把它推向门口。已经恢复步行者身份的速记员也出现了，他穿着裤子，推着另一辆车。很快只剩下海斯勒。他举起手表示抗议。

“你们介意推我到窗户那边去吗？”

米勒照做了。这位代步者好奇地向外眺望。

“天上没有飞机。本该有数百架才对。”

“毫无疑问，”米勒回答，“它们都已经掉下来了。你知道它们失去了动力。”

“一切都停摆了吗？”

“大多数吧。肌肉力量依然存在。像是弓箭那样由木材弯曲产生的动力仍旧存在。钟表弹簧那样由金属盘曲产生的弹力仍旧存在，比如你会注意到你的手表仍旧在工作。当然，家畜也可以提供动力——那只是另一种形式的肌肉动力。在我们的山谷中，我们有许多水力磨坊。依我们看来，它们没有任何理由会停摆。但其他一切能源都被摧毁了。你意识到了吗？现在没有电，没有蒸汽，也没有任何形式的燃爆。所有这些机器全都报废了。”

海斯勒掏出一条手帕，缓慢地、机械地擦了擦脸上的汗水，然后说：

“我听到了这座城市的低泣声浮升到窗口，就像是远处海浪有节奏地拍打沙滩的声音。除了这种低泣声，我听不到其他声音。它让我想起蜂群离开旧巢，将蜂后簇拥在中间飞行，试图寻找新家园。这种噪声和远处瀑布所发出的声音一样。这意味着什么？我想我或许知道答案，但我不愿用言语来表达。”

“这意味着，”米勒说，“在我们脚下与周围，在办公楼、商店和家里，在地铁、电梯和火车上，在隧道里，在渡船上，在街上以及在饭店里，两千万人正开始死去。他们突然意识到他们动不了了。没人能帮助他们。有些人此时已经离开了他们的代步机械，试图用手拖着身子移动，他们萎缩的双腿徒劳地拖在身后。他们试图向彼此求助，但即使是现在，他们也不知道这场灾难的全貌。到了明天，所有人都将沦为原始的动物。几天之内食物和水就会消耗殆尽。我希望他们可以快点死去——在他们彼此相食之前。这个国家会倒台，但没人会知道这件事，因为将不会再有报纸、电话和无线网络。我将通过信鸽和我的人民保持联系。在几个月之后，我才能重新回到他们中间。但同时我会活下来。我可以随意移动。你在城里听到的声音其实是绝望灵魂的悲鸣。”

海斯勒战栗地抓住米勒的手。“但如果是你停下了这一切机器，你也能让它们重新启动吗？”

“不行。我们通过电让一切停摆。但现在已经没有电了，我相信我们自己的机器同时也停摆了。”

“所以我们要死了？”

“我想是这样。或许你们的科学家会找到补救的方法。我们像这样生活了一百年。我们活了下来。你们的国家用各种科技摧毁我们，但我们仍旧活了下来。或许你们也可以。说到底我又知道些什么？我们所要求的只是公平。你已经看到了其他人的表决和他们的想法。如果他们有能力的话，肯定会立刻摧毁我们的聚居地。我们刚才的所作所为只是为了保护自己。”

海斯勒试图点燃雪茄。但是电子打火机已经失灵了，他只好将雪茄烟干巴巴地叼在嘴角咀嚼了起来。

“你说你叫亚伯拉罕·米勒？我想我们是表亲。我有一本书讲述了我们的亲属关系。”

“我知道。你的曾祖父和我的曾祖母是兄妹。”

“我相信教授也是这么说的，只不过那个时候我们还不知道你的存在。但我想讨论的是我的女儿。”

两个男人谈了很多。来自城市的音潮仍旧在继续，既不间断又不止息，充满了当代人从未听过的调子。而在远方，从地面到一百层楼的高空，只有一个声音。千万种声音交汇成了一个整体。米勒开始来回踱步，从办公室的墙边走到窗边又走回来。

“我想现在没有人比我更轻松了。我一生都被教导着为这一刻做准备。我们拥有正义与力量，甚至早被遗忘的上帝也站在我们这边。我无法选择任何其他道路，我别无选择。但这一切仍旧使我感到恶心，海斯勒；这让我反胃。小时候我曾经发现过一只困在谷仓门上的老鼠，它几乎被撕成两半。我想要帮助它，但这只饱受折磨的动物却咬了我的手指，为此我只好扭断它的脖子。它没法活下来——我试图帮助它，它却咬了我，所以我杀死了它。你明白吗，我必须这样做，我必须这样，尽管我是正义的，但我仍旧感到恶心；我吐在了谷仓的地板上。在我们脚下，一模一样的事情正在发生。我们周围足有两千万畸形的身体正在逐渐死去。他们或许就和我们聚居地的男人女人一样，但他们沉迷于各种各样的机械装置。如果我试图帮助他们——比如现在走到街上——他们就会杀了我。我无法摆脱他们，我也无法足够快地杀死他们。我们是正义的——朋友——我们是正义的一方，但我依然感到恶心。”

“对我来说倒不是那样，”海斯勒回答道，“我已经习惯了粉碎我的对手。我必须这样做，否则他们就会粉碎我。我把这一切看作一场精彩的试验。多年以来，为了我的女儿，我一直在思考我们的文明。现在我已经失去了兴趣。在很多层面上，我都已经失去了斗志。我不关心将会发生什么，但我很乐意跟在那个沿着环形坡道下行的卑劣小人身后，用我的手扼紧他的脖子。我不希望他仅仅死于饥饿。”

“不，你就待在这儿。我要你把所有的一切，也就是事情发生的整个过程写成历史。我们需要一份准确的记载来证明我们的行动是正义的。你留在这里，和我的速记员一起工作。我会去找到你的女儿。我们不会让任何一个步行者受苦。我们还会带你回去。你将会借助合适的设备学习如何骑马。”

“你想让我活着？”

“是的，但不是为了你自己。有许多理由需要你活下去。在接下来的二十年，你可以向我们的年轻人宣讲。你可以告诉他们，当整个世界停止劳动和流汗之后，当人们把家宅替换成代步工具、用机械来完成劳动之后都发生了什么。你可以告诉他们一切，他们会相信你。”

“真是太好了！”海斯勒大声说，“我曾经扶植过总统，但现在我只是新世界里的一个无腿人标本。”

“你将会非常有名。你将是最后一个机械代步者。”

“那我们赶紧开始吧，”海斯勒催促道，“打电话叫你的速记员过来！”

在米勒与机械代步者代表们会面之前，速记员已经提前在纽约待了一个月。在此期间，多亏他作为间谍早年接受过模仿训练，这才成功地蒙蔽了所有他接触过的人。在自动车里，他打扮成速记员的模样，脸上涂脂抹粉，身上喷了香水，手上戴着戒指，不为人知地来往于上千个体貌相似的女人之间。他出入机械代步者们的餐馆和剧院，甚至拜访他们的家。他是一个完美的间谍，但他是一个男人。

他一直受训从事间谍工作。多年来接受的教育要求他向步行者共和国奉献忠诚与热爱。他曾宣誓要把共和国放在首位。亚伯拉罕·米勒之所以选中他，也是因为他值得信任。这名间谍很年轻，脸颊上几乎没有绒毛。他独身，是一名爱国者。

但这是他人生中第一次来到大城市。楼下的公司也雇用了一名速记员。在各个方面她都是一名高效的员工，这名新来的速记员引起了她的兴趣。在第一次相遇之后，他们就安排了再一次见面。他们讨论爱情，女人之间的新式爱情。这位密探从未听说过这种感情，对此并不能理解，可他最终还是明白了爱抚与接吻。她建议两人同居，他自然找到了反对的理由。但是他们仍旧度过了许多闲暇时间。有很多次，步行者都差一点向她吐露了心中的秘密，并不仅仅关于即将到来的灾难，也包括他的真实性别和真心的爱。

当男人爱上女人时，一切都难以解释。爱情通常都难以解释，这里却存在着某种扭曲，某种心理病态。爱上一个无腿女人多么荒谬！他原本可以耐心等待，最后迎娶一位双腿白如象牙、膝盖白如雪花石膏的女士。可是他却深深爱上了一个栖身在机械中的女人。而这个女人爱上了一个女人，这也是与他类似的病态。他们两个都病了——灵魂上的病态——并且都为了维持亲密关系而继续欺骗彼此。现在这座城市正在他脚下逐渐死去，速记员产生了想要拯救这个无腿女人的强烈愿望。他认为自己或许可以设法说服亚伯拉罕·米勒允许自己和这个女人结婚，至少将她从这场灾难中拯救出来。

于是，他身着柔软的衬衫和齐膝短裤，瞧了一眼正在认真交谈的米勒和海斯勒，然后蹑手蹑脚地溜出门，沿着坡道来到楼下。这里一片混乱。他鼓起勇气大步径直走进速记员工位所在的房间，俯身环抱住她，开始对她坦白一切。他告诉她自己是一个男人，一个步行者。接着他很快向她透露了真相：下面的哭喊声，一动不动的代步机械，失灵的电梯，无声的电话，这一切都意味着什么。他告诉她机械代步者的世界即将消亡，但她会活下去，因为他爱她。他想要的只是能够照顾她、保护她的权利。他们可以去某个远离城市的地方生活。他会为她在草地上翻身。她可以养鹅，一群鹅崽，当她呼唤时它们都会拥到椅子旁边。

没有腿的女人听着这一切，两颊上的胭脂巧妙地遮掩了本该苍白的脸色。她一边听一边端详着他，一个男人，一个拥有双腿并用它们行走的男人。他说他爱她，但她爱的人是一个女人，一个像她一样拥有干瘪悬垂的美丽双腿的女人，而不是眼前这个肌肉发达的丑陋怪物。

她大笑起来，说她会嫁给他，无论他想要让她去哪儿。然后她抓紧他，与他深深亲吻，接着趁机咬住了他的颈静脉，然后他就死去了，鲜血流进她的口中，血混合着腮红让她的脸变成了生动的嫣红色。几天之后她死于饥饿。

米勒永远不会知道他的速记员死在了哪里。如果有时间他会去寻找他，但他同海斯勒一样开始为那个步行女孩担忧，此刻她正孤身一人深陷在垂死的机械代步者的世界里。对于她的父亲来说，她是他的独生女，是他家族的最后血脉。对于米勒来说，她是一个符号，象征了大自然的反抗。为了恢复人类在这世间的原本位置，大自然做出了最后的顽强努力，这个女孩就是明证。她的父亲想要拯救她，因为她是他的女儿；步行者们想要拯救她，因为她是他们中的一员，是步行者族群中的一员。

在那栋百层高楼上，桶装水和食物已经准备充足。为了在遍地死亡当中维持一条生命，米勒做好了万全准备。他向海斯勒展示了所有这些物资，并且将他安置得非常舒适。米勒本人收拾停当之后则带上一壶水、一张地图与一根粗棍子，离开了那个平静安宁的地方，沿着盘旋向下的通道前进。值得庆幸的是向下走并不难，环形坡道宽得足以防止眩晕。米勒原本担心坡道会在某处被纠缠在一起的代步机械堵住，但很明显所有设法登上坡道的代步机械都已经滑下去了。他走走停停，一听到哭喊声便不寒而栗，然后继续向下、向下，一直走到街上。

这里甚至比他想的还要糟糕。从电动能从奥扎克山谷中释放出来的那一刻——就在那一瞬间，所有机械都停止了运转。在那一刻纽约的两千万人或是在代步机械上，或是在自动车上。他们正在办公桌前，正在商店里，正在吃饭，正在俱乐部闲逛，或者正要去某个地方。突然所有人都被迫停在了原地。除了人声没有任何其他的沟通方式；电话，广播，报纸都无法使用了。每一辆自动车都停了下来；每一辆代步机械都不再移动。男人和女人都只能依赖自己的身体活下去，没人可以帮助别人，也没人能够帮助自己。公共交通已经停运，没人知道自己眼见耳闻的范围之外发生的事情，因为通信工具的失效终结了沟通交流。每个机械代步者都停在了事发时他们所在的地方。

当他们逐渐意识到自己再也无法移动的时候，恐惧以及伴随恐惧的恐慌也随之而来。但这是一种全新的恐慌。从前一切恐慌的表现形式都是数量众多的人群为了逃离真实或者想象中的恐惧而突然逃往同一个方向。现在这种恐慌的表现形式却是动弹不得。在一天之内，普通的纽约人们都被恐惧攫获，在战栗中哭泣，滞留在代步机械里。接着群体迁移就开始了，但并不是从前那种恐慌导致的迁移。无数跛腿动物依靠缺乏锻炼的手臂，拖着没有双腿的身体，缓慢而曲折地向前挪动。那不是失去理智，饱受恐惧折磨的暴民们迅疾如风的移动，而是一种缓慢抽搐、像虫子那样蠕动的恐慌。沙哑低语从一个人传到另一个人，说这座城市是死亡之地，是停尸房，还说几天之后城里的所有食物就会耗尽。虽然没有人知道发生了什么，但是所有人都知道，除非食物及时从农村运来，否则这座城市撑不了多久。农村突然间不仅仅只是标记牌之间长长的水泥路，而是个能获得食物和水源的地方。这座城市陷入了干渴。巨大的水泵曾经抽取数百万加仑水来供应漠不关心的人们，如今也停止了工作。除了污染严重的环城河就没别的水源了。

但是在乡下一定还有水。

因此，从第二天开始，人们开始纷纷逃离纽约。逃难大军的成员都是跛足的人类而非迅捷的鹰隼。每个人都好像战争时期的残兵。他们速度快慢不一，但其中最快的人每小时也只能爬行不到一英里。哲学家们会待在原地死去，饱受折磨的动物也会静静等待结局的到来，但这些机械代步者既不是哲学家也不是动物，他们必须要移动。他们毕生都在移动。桥梁是首先发生拥堵的地方。桥面上到处都停满了代步机械，但下午两点的交通流量还不算特别大。逐渐地，到了第二天中午，这些横跨河流的交通干线上已经黑压压地挤满了爬离城市的人们。首先发生了堵塞，堵塞导致了停滞，停滞当中的人们无论如何扭动身躯也不得寸进。然后在这一层停滞的人体上面又缓慢爬上了另一层人，这层人同样陷入了堵塞与停滞。再然后在第二层人上面又覆盖了第三层。有许多道路通向桥梁，但每座桥都仅仅与街道一样宽。逐渐地，最上层外侧的人们开始掉入桥下的河流。最终许多人都决定用这种方式自行了断。桥上传来了好似海浪拍打岩礁海岸一样的咆哮声。绝望由此导致了疯狂。

桥上的人们很快都死了，但在死前他们开始疯狂地撕咬彼此。在城里的其他地方也发生了同样的拥塞。餐厅和咖啡馆里的尸体几乎堆到天花板上。这里确实有食物，但是除了那些一开始就在附近的人之外，谁也够不到它们。而这些人还没来得及享受自己的好运气就被随后爬过来的一层层人活活压死了。他们的尸体又挡住了其他寻找食物的活人的去路。

在二十四小时之内，人类就失去了信仰，失去了人性，失去了道德准则。每个人都尽力想要多活一会儿，哪怕这样做马上就会要了别人的命。但在个别场合，也有些许个人展现了崇高的英雄主义。在医院里，一位代班护士仍旧陪护在她的病人身边，为他们提供食物，直到他们和自己一起饿死。在一间产科病房，一位母亲生下了她的孩子。被所有人抛弃后，她仍旧把孩子抱在胸前哺乳，直到饥饿拉下了她那生气枯竭的臂膀。

米勒离开办公大楼之后就步入了这样一个恐怖的世界。他带了一根结实的棍棒，但是满地爬行的机械代步者们几乎没有注意到他。于是他缓慢地走过第五大道，然后向北，一面走一面祈祷。不过在第一天，他几乎没看到后来将会看到的景象。

他走啊走，来到水边，他继续游泳前进直到再次上岸，到了晚上他离开城市来到乡村并且停止了祈祷。在这里他偶然遇到一个机械代步者，对方只是为自己的机器抛锚而感到恼火。最初在乡村没人知道发生了什么；就算死在自家农舍之前的人们也不清楚这一切究竟是怎么回事；只有城市居民知道，不过他们也并不理解。

第二天，露宿在草地上的米勒很早就醒来了。在谨慎查阅地图后，他继续出发。他避开了城镇，绕过它们。他意识到自己忍不住想要与那些饥饿的跛足者分享物资，这个想法持续不断并且无法逃避。但他需要保存体力，并且把食物留给她，那个步行者女孩。她正孤身一人置身于无助的仆人中间，周遭围着一道三十英里长的铁栅栏。他的第二天行程接近了尾声，他走了几英里但是没有看到一个人。低垂在橡树林中的太阳在混凝土地面上投落下美妙的阴影。

道路的尽头，一辆奇怪的大篷车正在向他靠近。三匹马被系在一起。罐装水被笨拙而稳固地绑在两匹马的背上。第三匹马上，一位老人坐在马鞍上休息，此时他已经睡着了，下巴靠在胸前，尽管在睡梦中，他的双手也紧攥着马鞍。

一个年轻、高挑、强壮而可爱的女人领着第一匹马，轻松地沿着水泥道路大步向前。她背后挂着一张弓和一筒箭。她的右手提着一支沉重的手杖。她走得自信而无所畏惧，似乎充满了力量、自信和骄傲。

米勒站在道路中间。大篷车靠近他，然后在他面前停下来。

“喂。”那个女人说，她的声音奇妙地和落日的阴影与摆动的树叶融合在一起。

“喂，你是谁，你为什么要挡住我们的路？”

“哦，我是亚伯拉罕·米勒，而你是玛格丽塔·海斯勒。我在找你，你父亲很安全，他让我来接应你。”

“那么说你也是一个步行者吗？”

“和你一样货真价实！”他们说了很多。

教授从瞌睡中醒来。他低头看着这对年轻男人和女人，他们用双腿站立，彼此交谈，几乎忘记了世界上其他的一切。

“哦，这就是过去的样子。”教授在心中思索。

数百年后的一个周日下午。一个父亲和他的小儿子来参观重建后的纽约市自然科学博物馆。整座城市现在就是一个巨大的博物馆。人们前来观光，但并不愿意长居于此。实际上，凡是能够住在农场里的人们都不愿意住在像城市这样的地方。

在这座机械代步者的城市里度过一天或者更久，是每个儿童都要接受的教育。因此在这个星期日下午，父亲和他的小儿子缓慢地走过那些巨大的建筑。他们看到了乳齿象、野牛、翼龙。他们在一个玻璃展柜前停留了一会儿，里面装着典型美国印第安家庭的棚屋。最终，他们来到一辆大马车前，这辆车有四个橡胶轮子，但没有辕可以让牛或者马的挽具套在上面。男人、女人和小孩坐在这辆货车的座位上。男孩好奇地看着他们，拉了拉父亲的袖子。

“看啊，爸爸。那是一辆什么货车，还有那几个没有腿的人真好玩。这是怎么回事？”

“我的孩子，那是一个机械代步者的家庭。”然后他停住脚步，为他的儿子简短讲述了所有步行者父亲依照法律必须讲给孩子们听的故事。

（后德嘉树　译）

时空哲学家

到 1930 年，科幻杂志激增。根斯巴克成功渡过了他的破产危机（他曾一度每盈利 1 美元就要向投资人支付 1.08 美元报酬，《纽约时报》称之为“奢侈破产”），并在不停刊一期的情况下[1]创造出了一个全新的杂志系列，在此过程中，他还发明了“科幻小说”这个崭新的词语。随后，在 1930 年 1 月，“超科学的惊异故事”这个名字出现在了报刊亭中。

这档杂志的出版商是威廉·克莱顿。由编辑哈里·贝茨推出，起初是为了填补公司用以制作四色封面的巨大印刷纸上的三处空白之一，当时印刷纸上已经包含了克莱顿杂志集团的其他 13 个动作冒险类纸浆杂志封面。《超科学的惊异故事》公然效仿《惊奇故事》之名，但贝茨和克莱顿想要的是动作和奇幻色彩更多的故事，正如克莱顿出版的其他杂志一样。

贝茨能为每篇故事支付的稿酬达到了惊人的 2 美分 / 词，而且

1. 美国 20 世纪的廉价杂志往往因为经费原因临时停刊。

他们的稿酬结算时间是在收稿之时，而非出版之后甚或更晚；但供稿者依旧寥寥。没有足够多的科幻作家能够供应 3 本杂志的故事需求量，而让公司里原本那些专写动作冒险小说的作家改写科幻小说，则为贝茨带来了更多难题：未达预期的改写，大量的编辑校对，或是干脆自己下场用笔名撰写或与人合写小说。

《惊异》从未能像传统的克莱顿杂志那么赚钱，而是徘徊在收支平衡线上；由于克莱顿收购合作伙伴的尝试失败，克莱顿杂志集团本体因财政困难于 1933 年宣告破产。1933 年，《惊异》被斯特里特与史密斯出版公司收购，这是一家由廉价小说及少年杂志出版商转型而成的纸浆杂志集团。

杂志对科幻阅读及写作所产生的影响开始以种种方式显现，这种影响将改变科幻的文类性质。但那些意义重大的科幻作品——多数是长篇小说——依然发表在科幻杂志以外的平台，且很大程度上对杂志视而不见。威尔斯依然时不时地撰写一些政治宣传性小说，如《未来事物的形态》（*The Shape of Things to Come*，1933）和《天生恐怖》（*The Holy Terror*，1939），以及推理传奇故事如《受生之星》（*Star Begotten*，1937）；菲利普·怀利于 1930 年发表了《角斗士》[1]（*Gladiator*），1931 年发表了《隐形杀人犯》（*The Murderer Invisible*），1932 年在《蓝皮书》上发表了与埃德温·巴尔默（Edwin Balmer）合著的《当世界相撞》（*When Worlds Collide*）；而辛克莱·刘易斯[2]（Sinclair Lewis）于 1935 年发表了《不会发生在这里》（*It Can't Happen Here*）。

1930 年代，职业哲学家队伍中出现了一位令人意想不到的科幻作家。奥拉夫·斯台普顿在利物浦大学取得了他的哲学博士学位，

1. 开“超人”类主人公之先河，对 20 世纪流行文化产生影响。
2. 1930 年诺贝尔文学奖得主。

并在母校和一些其他地方短暂担任过教职。他于 1929 年发表了《当代伦理学理论》(*A Modern Theory of Ethics*), 1938 年发表了《哲学与生活》(*Philosophy and Living*), 1939 年发表了《圣徒与革命者》(*Saints and Revolutionaries*)、《大英新希望》(*New Hope for Britain*)。

在创作自己第一部哲学论著的同时，他也在想象的世界中放飞自我，产出了第一部科幻小说《最后与最初的人类》(1930)。凭借这部作品的成功，他放弃了自己在大学的职位，开始了作家生涯，并写出了《伦敦最后的人》(*Last Men in London*, 1932)、《怪人约翰》(*Odd John*, 1935)、《创星者》(*Star Maker*, 1937) 和《天狼星》(*Sirius*, 1944) 等作品。

他的故事受众覆盖了广泛的普通读者以及日益壮大的科幻读者群，而他的推想也影响了那些为杂志供稿的作者，以及即将被称为科幻迷的读者，这些人也会发展为作者。《怪人约翰》被誉为对超人主题的终极处理方案。《创星者》对宇宙创生、银河文明和帝国、文明星球和星云的描述令人惊叹。《天狼星》则讲述了一只超能狗和为其开发智力的人类之间关系的故事。

在斯台普顿的 4 部主要作品中，2 部是小型故事，着眼于个人细节和人物发展，另 2 部则是宏大叙事的小说。《最后与最初的人类》的时间跨度从 1930 年到大约 20 亿年后的遥远未来，覆盖了大约 17 个进化的人类种族，这些种族移民金星，终至海王星，并在那里迎来有尊严的灭亡，心怀太阳风暴会将人类孢子投向银河系其他部分的希望。J. B. 普里斯特利将之称为杰作，休 · 沃波尔称其“与太阳系一样独特”。

斯台普顿可能对科幻杂志一无所知，但他很清楚自己在写的是何种小说。在《最后与最初的人类》的前言中他写道：

遥想未来看起来或许就像为追求奇迹而毫无节制地沉溺在幻想之中。但是，有很多人对现实及其可能性感到困惑不解，对他们而言，在科幻层面上进行有节制的想象，可能是一种弥足珍贵的练习。如今，我们应当欢迎，甚至应当研习每一个试图展望我们种族未来的严肃尝试，我们将会面临的可能性形形色色且常常难逃悲剧，这种尝试不仅是为了抓住这些可能性，也是为了让我们明白，对于更高级别的智力而言，我们最为珍贵的创意也可能是愚蠢幼稚的。遥想未来，就是尝试寻找人类在宇宙背景中的位置，就是重塑我们的心灵，以期适应新的价值观念。

但如果这种对于未来可能性的想象式构建有任何实际影响，我们的想象力就必须受到严格的规训。

他写的不是幻想小说，而是“对于未来可能性的想象式构建”，这正是其他人称为科幻的东西。“单纯的幻想力量甚微，”他写道，“我们必须有目的地进行甄选……我们想要建构的既非单纯的历史，也非单纯的小说，而是神话。”《最后与最初的人类》是对未来神话的一个重要贡献，这个未来神话是 E. E. 史密斯博士和埃德蒙·汉密尔顿已经开始构筑的，而此后仍会有许多作家继续积章成篇，共筑这份共识性的未来历史，其中最著名的就是罗伯特·海因莱因和艾萨克·阿西莫夫。

（憬怡　译）

最后与最初的人类（节选）

［英国］奥拉夫·斯台普顿

第八章
金星上的人类

1. 再扎根

人类在金星上逗留的时间比他们在地球上生活过的全部岁月更为漫长。我们已知，从猿人时代到最后撤离母星，人类经历了各种各样的形态变化与环境变迁。在金星上，尽管人类作为一个物种而言更为稳定，但在文化方面却呈现出巨大的差异性。

要详述这一时期，即便只采用目前这种极小的尺度，也需要再写整整一卷书。因此，我只能勾勒出一个大致的轮廓。人类就像一株被移植到新环境的幼苗，一开始几乎连根部都枯萎了，在经过漫长周期的自我调整后，逐渐发展壮大，获得了稳定持久的形态。跟随季节变化，嫩芽逐渐生长，一代代文明与文化不断涌现、更替，发芽开花。遇到连续的寒冬，则减弱生命活力，陷入冬眠。最终（如果坚持用这个比喻的话）依靠常绿的体质和持续的花期，从反复的挫败中崛起。接下来，又再次经历命运的奇妙安排，被连根拔起，扔到另一个世界。

第一代定居金星上的人类清楚地知道——这里的生活是惨淡的。为了将这颗行星改造得适宜人居，他们已经做出了最大的努力，但也绝不可能把金星变成另一个地球。这里陆地面积很小，气候几乎令人难以忍受。漫长的白昼和黑夜之间温差极大，形成了惊人的风暴，雨势如千万条连续的瀑布倾盆直下。此外，电气干扰也非常严重，浓雾厚得人连自己的脚都无法看清。更糟的是，空气中的含氧量很低，只能勉强维持呼吸。而有时候，解析出的氢气不能被顺利地排出大气层，而和空气混合形成易爆物。爆炸不时发生，形成剧烈的大气闪光。这类灾难反复出现，摧毁了岛上的许多建筑，导致无数人类居民丧生，并进一步减少了氧气供应量。幸好，随着植被不断增多，这一危险的电解过程有望得到遏制。

与此同时，这些大气爆炸也严重削弱了人类的生命力，使他们无法应付迁徙后一种更诡秘的新麻烦——消化器官莫名其妙发生腐烂。最初这只是一种罕见病，后来几个世纪逐渐发展到威胁人类生存的境地。除了生理上的影响，由于无法抵御这场灾祸而产生的挫败感——对人类心理更是造成了灾难性的打击。在此之前，人类的自信心已经受到了严重的动摇，曾经高度条理化的心智出现了紊乱的症状——那是由变幻莫测的月球带来的神秘感，以及金星生物灭绝造成的罪恶感带来的——这种自责虽毫无道理，却深植人心。这种新发疾病的根源最终被追溯到金星水里的某种物质。那是一种特定的分子群，原本很罕见，后来由于陆源有机质出现在海洋中，致其滋生，无法可解。

而今，又有另一场灾难降临到这个衰弱种族的头上：人体组织一直没有完全接纳火星人用来“心电感应”的交流组件，由于整体健康状况不佳，诱发了一种神经系统的“癌症”——根源便是那些不受控制四处扩散的零件。先不说罹患这种绝症的可怖后果。随着时间推移，它还在不断发展恶化，即便没有真正患病的人也长期活在疯狂的恐惧中。

酷热的环境加剧了这些问题。人类曾寄望于人体的生理属性发生进化，以适应闷热地区的生活，但这个希望也在几个世代更替之后落空了。不仅如此，不到一千年，南极和北极地区一度人口稠密的岛屿就几乎都被废弃了。在每百座巨塔中，仅有少量入住率超过了百分之二，其中的居民也全是饱受疾病折磨和精神崩溃的人类遗老。他们能做的只有将天文望远镜对准地球，等着观看月球的碎片撞击他们的母星——不知为何，这场劫难一再延迟了。

人口数量进一步下降，素质也一代不如一代。每个世代都很短暂，人口平均智力降低，教育变得肤浅、局限，根本不可能维持在过去的水准。艺术失去了意义，哲学也不再支配人心，甚至连应用科学，如今都变得艰涩难懂。由于人类不熟悉如何操控亚原子动力源，又引发了一系列的灾难。这导致了一种迷信思想——一切试图“干预自然”的举动都是邪恶的，所有古老的智慧都是人类敌人设置的圈套。于是，书籍、工具等一切人类文化的宝藏都被焚毁了，唯有经久耐用的建筑幸免于难。曾经无与伦比的世界秩序消亡了，第五代人类建立的文明仅残存了少量的岛屿部落。海洋让他们彼此隔绝；而自身的无知，也让他们被排除在了广袤的宇宙时空之外。

经过几千年的演化，人类的生理特性终于开始适应金星的气候、带毒性的水源，毕竟这些都是生命赖以存续的要素。与此同时，第五代人类的新变种也开始出现，他们身上没有长火星组件，因此这个种族的精神总算恢复了一定程度的稳定性，代价是他们无法再通过“心灵感应”交流了——而人类几乎要等到世代的末期才会重新获得这种能力。此外，尽管人类已经从外星世界的影响中恢复过来，昔日的荣耀却已不复存在。因此，让我们加快进程，略过那些不值一提的时代。

在金星上的早期岁月，人们从一个个巨大的漂浮岛上采集食物过活，这些岛屿长满植物，都是在迁移之前，人工建设的。不过，在陆生动物群的影响调节下，海洋生物日渐丰富，数量大增。人类部落越来越转向捕鱼的猎食方式。在海洋环境的影响下，很快就有一个人类的分支养成了水生的习性，其生物特征也开始逐渐改变，以适应海洋的生活。人类仍然能够进行自发的变异，听起来或许令人讶异。但第五代人原本就是人造人，具有发生大规模突变的倾向。经过数百万年的变异和自然选择，一种非常成功的亚人种诞生了，他们外形类似海豹，体态呈流线型，肺活量大大增强。他们的脊柱变长，灵活性提高了；双腿退化，长到了一起，形成一个扁平的水平舵；双臂缩短，变成了鳍，不过灵活的食指和拇指得以保留；头部缩进了身体里，向前看着游泳行进的方向。因为具备肉食动物强健的牙齿、高度群居的生活习性以及一种新的、带有人类狡黠的捕猎方式，这些海豹人成了海洋的霸主，并一直存续了几百万年——直到出现了另一个更接近人类的族群，对海豹人在捕鱼方面的成就感到恼火，就拿鱼叉把他们赶尽杀绝了。

第五代人的另一支退化的种群保留了更多原始人类的形态，以及陆生的习性。不幸的是，不管是从身材还是大脑来说，这些可怜的生命都有所退化，与最初入侵金星的人类先驱截然不同。因此，将其视为新人种更为合理——他们被称作第六代人。年复一年，他们在森林覆盖的岛屿上搜寻树根，捕猎鸟类，并利用陆地诱饵在潮汐口捕捞鱼类，勉强度日。他们还常常猎杀自己海豹状的远亲，或者被这些亲戚吞食。长年累月在如此严苛的环境下求生，这支残存的人类后代在生理和文化层面都一直停滞不前，原地踏步了几百万年。

不过，最终，地质运动再次为人种的改变创造了契机。金星的地壳发生了剧烈扭曲，创造了一座面积几乎等同于澳大利亚的岛屿。随着时间的流逝，岛上的居民越来越多，部落间冲突不断，最后诞生了一个全新的、多才多艺的种族。他们再现了精耕细作的生产方式，掌握了精湛的工艺，建立起复杂的社会组织，并在思想领域畅游驰骋。

在接下来的两亿年间，人类在地球上各个主要阶段的生活状态，都在金星上多次重演，只是特征略有不同。神权的帝国和自由理性的岛屿城邦林立；群岛的封建君主惶恐不安，大祭司与皇帝的相互对抗；对经典的不同阐释引发宗教分歧；主流思想反复波动——从朴素的万灵论到多神论，从相互冲突的一神论，到各种极端的“主义”——透过这些思想，人类心智试图模糊真理严苛的轮廓。人们在寻求慰藉的幻想和冷静认识现实之间摇摆，社会秩序由于工业上滥用山火和风力能源而混乱不堪，商业帝国和共产主义国家交替出现——所有这些形式在人类不断变化的根基中一次又一次地闪现，就像在经久不息的炉火中不停涌现又消失的火焰和烟雾一般。不过，尽管心理内化了这些错综复杂的思想形式，这些生命短暂的人类还是将主要精力放在了对原始需求的追求上——食物，住所，同伴，性爱，父母和孩子的双向关系，在运动中对身心的训练，等等。但在探求世界和人类本质方面，只是在经过多年误解之后，才有零星的一些人，在偶尔头脑清醒的时刻，慢慢产生一点深刻的认知。可惜的是，往往还没等这些宝贵的洞见传播开来，就会有别的一些因素将其抹杀殆尽——可能是大大小小的灾祸、流行病、自发性的社会崩塌、种族的愚蠢行为或陨石的持续轰炸等，甚至仅仅出于人类自身的胆怯——站在事实的悬崖边缘头晕目眩，不敢往下看。

2. 飞行族

我们无须在这些重复上演的文化内容上多费笔墨，不过应该快速窥探一眼第六代人的最后阶段，以便我们继续探讨由他们制造的人工物种。

对飞行的痴迷贯穿了第六代人的整个世代。鸟儿始终是他们最神圣的图腾。他们信奉的一神教并不敬仰圣人，却崇拜一只神鸟。它时而被构想成一只神圣的海鹰，挥动强健的翅膀；时而是一只巨型雨燕，扇动仁慈的双翼；时而变作无形的精气；时而由鸟神幻化为人，从身体和精神上引导人类，赋予他们飞行的能力。

金星上的人迷上飞行似乎是命中注定的，因为这个星球上可栖息的陆地实在少得可怜。鸟类迎来繁荣的全盛期，而人类行走的习性却遭到鄙视。经过一段时间，当第六代人的智识和力量水平终于达到初代人类巅峰时期的高度时，他们便适时发明了各种类型的飞行器。事实上，机械飞行曾几度被重新发现，又随着文明的衰落而失传。不过，即便在其黄金时代，飞行器也仅仅被当作临时的替代品。随着生物科学的发展，第六代人有能力改造人类机体本身后，便决心创造出一个能真正飞翔的人。许多文明都试图达成这个目标，有的漫不经心，有的带着宗教的狂热，但都无功而返。最终，第六代人中最坚忍、最卓越的一支文明取得了成功。

第七代人身材矮小，比陆地上最大的飞鸟重不了多少。他们的组织结构彻头彻尾是为了飞行这个目的。从脚到指尖，他们全身都覆盖着一层皮膜，其“中指”狭长，极为强健；三根同样细长的“外指”则充当了皮膜的肋骨；食指和拇指仍可自由活动，便于操作。整个身体像鸟一样呈流线型，被一层厚厚的羽毛所覆盖。羽毛的颜色和质感都因人而异，这点和飞行膜的丝质羽绒相同。在地面上，第七代人的行走方式与其他人类相似。飞行膜折叠起来贴近腿部和躯体，像宽大的袖子一样从手臂垂下来。飞行时，双腿绷直如一条扁平的尾巴，巨大的脚趾将脚掌扣在一起。胸骨像龙骨一样非常发达，作为飞行肌群附着的基础。为减轻重量，其余的骨头则是中空的，其内表面被用作辅助肺。跟鸟类一样，这些飞行人也必须保持较高的氧气利用率。这种状态在别人看来是发烧，对他们而言却是正常的。

他们的大脑被赋予了丰富的神经，能够掌握高超的飞行技巧。事实上，除了一套维持空中平衡的条件反射系统，人们发现，这个种族还能被人为赋予一种真正的、本能上对飞行的原始渴望。与他们的造物主相比，他们脑容量不大，刚好够用，但整套神经系统都经过精心设计，而且他们发育成熟很快，也能轻而易举地习得新的活动模式。这一点非常必要，因为每个个体的自然寿命只有五十年，而且通常在四十岁左右，或者当衰老的征兆开始出现，他们便会采取一些不可思议的悲壮手段主动缩短自己的生命。

第七代人类——这些像蝙蝠一样的飞行人，是所有人种中最无忧无虑的。他们体型协调，天性乐观，创造了非常符合自己本性的社会传统。别的族群通常认为，外部世界在本质上是敌视生命的，或他们的存在本身是畸形的。但飞行人全然不这样看。他们在日常的个人事务和社会组织方面具备敏捷的才智，不会为无休止的求知欲所困扰，这并不是说他们智力低下，相反，他们很快就能对生活经验进行优美而系统的总结。只是他们深刻地认识到，他们完美的思维领域不过是漂浮在混沌中的泡沫，即便那是一个很精致的泡沫。此外，他们所构建的系统也是真实的，但并非字面意义上的真实，而是一种有意义的隐喻层面的真实，独有其欢乐而坦率的充样子的特征。它在追问，对于人类的智慧，你还能指望什么呢？青少年倒是被鼓励研究古老的哲学问题，不过那只是为了让他们相信：超越正统体系的限制去进行探索是徒劳的。“你可以从任意一点刺破思维的泡沫，”有人说，“但那也会粉碎整个系统。由于思想是人类生活的必需品，所以必须予以保护。”

在空中和在地面上的第七代人，完全是两种不同的生物。每当他们在空中翱翔，都会经历精神上的剧烈变化。但由于文明赖以存在的大部分工作不可能在空中完成，他们不得不在地面上度过大部分时光。另外，空中生活处在高压状态下，他们也需要回地面休养。在地面的步行生活期间，第七代人是冷静的，稍感无聊，但总体保持着快活的性情，带着一丝诙谐的不耐烦的态度，与单调烦琐的地面事务做斗争，靠着对鲜活的飞行生活的回忆与期待活下去。

在经历了另一种生活的压力之后，他们常常感到疲惫，但很少有沮丧或懈怠的时候。事实上，在日常的农业和工业活动中，他们像无翅的蚂蚁一样勤劳。不过，他们工作时常带着一种奇怪的情绪——既积极认真又心不在焉，因为他们的心永远留在空中。只要能保持频繁的飞行活动，他们就可以安于温和乏味的地面生活。不过，一旦因为疾病或其他原因要长期被禁锢在地上，他们就会日渐憔悴，重度抑郁，直至死去。为了让他们免遭一切严重的苦痛，其制造者是这样设计的：一旦发生任何巨大的痛苦或不幸，他们的心脏就会停止跳动。不过，这种仁慈的设置实际上只会在地面起作用，在空中他们自然演化出一种完全不同的、英勇无畏的天性，这是制造者当初没有预料到的。

在空中的飞行人心脏跳动得更加有力。他们的体温升高，感知变得更真切、更有辨别力，他们的认知变得更敏锐、更具洞察力。一切发生在他们身上的或快乐或痛苦的经历都被放大，让他们体验到更强烈的情绪。但要说他们变得更加感性，那就不对了。如果感性是指被情绪所奴役，那么他们的情况恰恰相反。因为在空中，人们无比推崇保持冷静的能力，冷静成为这一阶段人类最为显著的特征。只要个体在空中飞翔，无论是单枪匹马与暴风雨抗争，还是与遮天蔽日的同伴集体跳一支礼仪芭蕾；无论是与伴侣进行情爱狂舞，还是远在世界之巅孤独地冥想盘旋；无论他事业一帆风顺，抑或不幸被飓风肢解，坠落而亡；他们总是能以相同的审美情趣来独立地看待自身欢愉或悲惨的命运。即便最亲密的同伴因为某种空中事故致残或亡故，他们也依然欢欣鼓舞，如果可以牺牲自己拯救同伴，他们也会毫不犹豫地献出生命。但是，一旦回到地面上，他们很快便被巨大的悲伤淹没，徒劳地试图重见光明，还可能死于心力衰竭。

即便这一场全球性大气动荡几乎摧毁了整个飞行族群——这在金星恶劣的气候条件下时有发生——少数伤痕累累的幸存者也会继续寻欢作乐——只要他们还能留在空中。事实上，当他们最终疲惫不堪地降落至地面，走向幻灭和死亡的必然结局时，他们的内心仍在开怀大笑。然而，在落地短短一个小时后，他们的体质就会改变，视力就会丧失。他们只会记得这场灾难的恐怖场景，而这些记忆最终会杀死他们。

第七代人怨恨在地面上度过的每一刻，这怪不得他们。当他们身在空中，想到间歇性的地面生活或者没完没了的步行时，心中尽管充满了厌恶，但也还能怀着一贯的欢乐心情予以接受；而一旦真的回到地面上，他们便会满怀哀怨，不愿身在那里。在这个种族的早期时代，通过生物发明的手段，他们增加了在空中生活的时间。一种微小的可食用植物被制造出来，冬天扎根在土里，夏天飘浮在阳光灿烂的空中，只进行光合作用。这样飞行族得以像燕子一样在明亮的空中牧场里任意觅食。随着时间的推移，物质文明逐步简化，需要依赖地面劳动获得满足的需求愈发变得无足轻重。人造物品越来越稀少，人们也不再书写或阅读书籍。总的来说，在高空，书籍也不再是必需品，它们一定程度上被口头传说和讨论所取代。至于艺术方面，除了音乐、口语抒情诗和史诗，以及翼舞这门至高无上的技艺，还被不断传唱和演练，其余的艺术形式都消失了。许多学科不可避免地消逝在了传统中。不过，真正的科学精神还是被保留了下来：气象学达到了非常精准的高度，生物学得到了充分的发展，还有人类心理学也是进步显著，在这些方面他们仅次于处于巅峰时期的第二代和第五代人类。

不过，除了应用于实际，这些科学并未被真正严肃地对待。例如，心理学非常简洁地解释飞行的喜悦——就像热病一样，是一种非理性的幸福。每一个人在飞行时，都觉得这只是一种有趣的说法，对此半信半疑，但没有人对这一理论感到困惑。

第七代人类的社会秩序本质上既不是功利的，也不是人文的，更不是宗教的，而是审美的。每一个行为、每一种制度都必须为构建社会完美形式做出贡献。他们认为，就连社会的繁荣状态也只是一种呈现美的媒介，这种美体现在每个生动的个体都能和谐地生活相处。死在展翅高飞的空中比留在地面苟延残喘更为优越——不仅对个体生命而言如此，甚至对整个族群来说也一样（聪明人坚持这么认为）。如果未来要沦为行走族，还不如现在就进行种族自我毁灭。对他们而言，后者要好得多。不过，尽管个体和族群都是达成客观美的工具，但这种信念里并不包含任何一般意义上的宗教色彩。第七代人类对于普遍真理和未知事物毫无兴趣。他们试图创造的美大都是感性而短暂的。他们也很满足于此。一位圣人曾在临终时说，个人的永生就像一首永无休止的歌谣一般，沉闷乏味，同样，对于一个种族来说也是如此。他还说，我们都是那丛可爱火焰的一部分，最后必须熄灭，必须死亡，因为没有死亡的生命是缺乏美感的。

在近一亿年的时间里，这个空中社会都几乎没有什么变化。在这一时期，许多岛上还矗立着一些古老的高塔，尽管经过翻修后已经面目全非。第七代人类的男男女女就在这里休息，像栖息的燕子挤在巢穴中，度过金星上的漫漫长夜。白天，只有少数在各行业轮班工作的人留在巨塔里；另一群人在田野或海上劳作；更多人则在空中：他们从海面上掠过，像海鸥一样俯冲入水捕鱼，也在陆地或地面上盘旋，不时猛扑下去，像老鹰一样捕食野禽，这是他们肉食的主要来源；还有一些人会直飞到海平面四五万英尺之上，在金星的厚重大气层都快承托不住的高空中，翱翔、盘旋、疾驰，只为了体会飞行最纯粹的快乐；另一些则毫不费力地悬停在稳定的上升气流中，在阳光明媚的平静高空之上进行冥想，或单纯地体会感官的快乐；不少沉醉于爱河中的伴侣会在空中相互缠绕，飞舞出的路线构成美丽的图案，或像上升的螺旋，或像倾泻的瀑布，或者形成一个爱心结，即刻间，又在身体的交融中，相拥着下降上万英尺的高度；有的在植物微粒形成的绿色迷雾中飞来飞去，张嘴收集食粮；有的结成团体，一起飞旋，讨论社会事务或美学问题；有的一起歌唱，或者聆听史诗朗诵；更有成千上万像候鸟一样聚集在一块儿的，形成巨大的回旋阵列，让人联想起第一世界帝国庞大的空中机械编舞，但是更有生命力和表现力——毕竟鸟儿的飞翔比任何机械飞行都更具生气；同时，还有一些，独自一人或结伴而行，要么为了捕鱼、捉鸟，要么纯粹出于恶作剧，妄想用自己的力量和技巧抵抗飓风，结果往往是悲剧性的，但他们内心始终热烈又快乐。

第七代人的文化竟然持续了这么久，在一些人看来简直有些不可思议。一般来说，文化要么就在单调与停滞中衰败，要么就提升到更丰富的阶段，但在这种文化身上却并非如此。一代又一代，他们每个人存活的时间都很短暂，还没等他们越过欢乐的青年时光、发现生命的沉闷便死去了。此外，这些生命如此完美地适应了他们的世界，即便他们活上几百年，也不会觉得需要改变。飞行不仅让他们感受到强烈的身体上的振奋，也成为他们所体验到的那种由衷的精神愉悦的物质基础，尽管有限，但无妨。在这一最高成就中，他们既为飞行本身的丰富性而欢欣，也为感知到这多姿多彩的美丽世界而喜悦，最为重要的，或许是他们在成千上万首抒情诗和史诗中感受到的鼓舞，那里面书写了这个空中社会里人类相互交往的种种冒险。

这个看似永恒的极乐世界的最后终结，原因与这个种族的天性相关。首先，随着寿命被无限延长，历代越来越不重视保存古老的科学传统，因为这对他们无关紧要，空中社群不需要它。只要他们能保持现状，一点点信息损失并不重要；但是到了一定阶段，生理上的变化开始对种群造成损害。一直以来，这个种族都表现出生理层面上的不稳定性。总有部分婴儿是畸形的，具体情况因人而异，但畸形会导致他们无法飞行。正常的幼儿，通常在降生第二年初就能学会飞翔，但要是发生什么意外让他不能飞，其身体机能就会衰退，活不过第三年。不过，有许多畸形儿，通过恢复其部分行走族的本性，也能够存活，无须飞行。但按照某种“仁慈的”习俗，种群中的残疾人必须要被消灭。不过最后，随着海洋中某种盐分被逐渐耗尽——这种盐分对他们高度紧张的神经来说必不可少——第七代人中畸形的个体超过了正常婴儿的数量。

世界人口数量严重下降，整个社群再也无法基于古老的美学原则将空中的生活安排得井然有序。没有人知道如何遏制种族的急速衰落。但许多人认为，如果具备更多的生物学知识，可能会避免这种情况发生。一项灾难性的政策通过，人们决定赦免一部分精心挑选的畸形婴儿——那些注定要成为地面行走族，但有可能发展出高智商的婴孩。大家希望借机培养出一批专门的人才，其任务就是进行生物学研究，而不会沉溺于飞行。

这些优秀的残疾人，受惠于这项政策存活下来，选取了一种新的角度看待生存。尽管被剥夺了他们同类所能感受到的最至高无上的体验，尽管艳羡那种只能在报告中读到的极乐，但他们实际上又对那种天真无邪的心智嗤之以鼻——（好像）除了体育锻炼、谈情说爱、追求自然之美、享受社会优雅之外，什么也无所谓。而这些不能飞的聪明人则几乎全情投入研究，用科学掌控一切，并从中寻求满足。但即便如此，他们仍是一个受尽折磨充满怨恨的族类。因为他们的本性属于天空，却无法在空中生活。尽管他们从飞行族那里得到了公正的对待，也博得了带着怜悯的尊敬，但他们仍苦苦挣扎在这种善意之下，把心锁闭起来，对抗正统的价值，寻求新的理想。几个世纪之内，他们便恢复了理性的生活，并且运用知识所赋予的力量，让自己成为世界的主宰。那些温和可亲的飞行人都很惊讶、困惑甚至痛苦；但同时也觉得有趣。即便行走族已经势必要建立一种新的世界秩序，其中并没有自然飞行这门艺术的容身之地，但飞行族也只是在地面停留的短暂期间感觉到苦恼罢了。

岛屿逐渐被各种机械和无法飞行的工业家占满。在空中，飞行族发现自己被最基本但有效的机械飞行工具所超越。翅膀成了一种笑料，自然飞行的生活被谴责为一种无效益的奢侈行为。人们规定，今后每个飞行人都要为步行族建立的世界秩序服务，否则就得挨饿。法律不是一纸空文，风生植物的种植被废弃，捕鱼捉鸟的权利也受到严格控制。起初，飞行族无法日复一日地长时间在地面工作，这会让他们罹患严重的生理疾病，并导致早逝。不过，步行族中的生理学家发明了一种药物，能让这些可怜的工薪奴隶保持近乎健康的身体状态，并在实际上延长他们的寿命。然而，任何药物都无法让他们恢复精神，因为他们正常的空中作息被简化为一种单调的消遣活动，每周仅一次，持续几小时。与此同时，人们进行了育种实验，培育出一种压根不长翅膀但大脑发达的族类。最后，一项法律得以颁布，所有长翅膀的婴儿要么被打残，要么被弄死。到了这个节骨眼，飞行族做出了英勇但无效的抗争，他们从空中袭击了步行族。作为回击，来自地面的敌方驾驶着大型航天器将他们击落，用烈性炸药将他们炸得粉碎。

自然飞行族的战斗团体最终被驱逐到了一个偏僻的荒岛上。整个飞行族群的残余部队都从各个文明的群岛出逃，会集到那里寻求自由。除开那些负伤自杀的，以及还不能飞的婴儿——按照首领的命令，他们被自己的母亲或近亲闷死了。约有一百万男女老少聚集在岩石上，其中包括过于年幼而无法长时间飞行的孩子，他们现在无暇顾及附近并没有足够大队人马食用的食物。

部落的首领们在一起商议，他们清楚地认识到，飞行族的日子已经到头了，对这个高傲的种族来说，即刻赴死，要比继续屈从于傲慢的主人，苟且偷生更为恰当。因此他们下令整个族群集体自戕，至少为死亡赋予一种自由的崇高姿态。

民众在布满乱石的荒地上休息时接到了这条命令。他们发出了痛苦的哀号，随即便被发令人制止了，他要人们努力去发现，去看到这件将做之事的美好。即便此刻飞行族身处地面无法认清，但他们知道，只要有力量再次振翅高飞，一旦疲惫的肌肉将他们带上天空，他们就能看得一清二楚。眼下，已经没有时间可以浪费，因为许多人已经因为饥饿和焦虑头晕眼花、虚弱无力。于是，按照约好的指令，整个族群随着翅膀拍打的轰鸣一齐升入空中。悲哀被抛到了脑后。即便是孩童，当被母亲告知要怎么做时，也欣然接受了自己的命运。尽管他们要是在地面上得知此事，肯定会万分恐惧。现在，队伍平稳地往西飞行，形成了蜿蜒数公里的两路纵队。一座火山口出现在地平线上，他们越靠越近，山口也越升越高，首领们加紧向着它那浑浊的烟羽逼近；然后，一对接一对地，众人都毫不犹豫地冲进了灼热的火焰中，消失了。就这样，飞行族的时代完结了。

3. 一件小型天文事件

那些不会飞却仍具有一半鸟类血统的种族，现在拥有了整个星球。他们定居下来，构建了一个以工业和科学为基础的社会。在历经了命运的沉浮和目标的变迁之后，他们制造出一个新的人种——第八代人。这些头脑精明、身材魁梧的人被设计成严格意义上的步行族，从身体到精神都是。依靠出色的操控、计算和发明技术，他们很快将金星改造成了工程师的天堂。

行星地心的热量提供了动能，使巨型电动船舰、飞机都能轻松而平稳地穿越终年累月的季风和飓风。岛屿通过隧道和千足桥[1]连接在一起，每一寸土地都被开发为工业或农业用地。世世代代，人们成功地积累了巨额财富，因此，每隔几百年，当对立的种族和阶级沉浸在互相残杀和物质破坏的巨大狂欢中时，他们的后代也不会陷入困境。但人类变得麻木不仁，对这些纵情狂欢毫不在意。事实上，只有纵情于对身体暴力的追逐，这个庸俗的物种才能暂时从自满中挣脱出来。对高贵的生物来说，争斗是一场严重的精神灾难，但对这些人来说，却是一种补品、一种几乎算是宗教的活动。不过，应该注意到，这些阵发性的宣泄，只是少见又短暂的自发性危机，仅作为稳定和平年代里的零星点缀。在任何时候，它们都不会威胁到

1. 一种外观形似千足虫的桥梁。

人类的生存；也不可能摧毁人类的文明。

在经历了漫长的和平年代和科学进步时期之后，第八代人有了一个天文上的惊人发现。初代人类曾了解到，每颗恒星都会经历一个关键时刻，届时巨大的球体会坍塌，收缩成一颗密实的微粒，发出微弱的辐射。从那时起，人类就不断对太阳产生怀疑，担心它即将发生这种变化，变成一颗典型的"白矮星"。而第八代人类侦测到了这场灾难的种种征兆，并预测了它发生的日期。距离改变开始还有两万年时间。而再过五万年，他们猜测，金星就可能变得极度寒冷，不适于人类生存。唯一的希望是在巨变期间移居到水星，届时那里也不会像现在这般酷热。当然，那时候也需要给水星人造一个大气层，并培育出足以适应酷寒世界的新人种。

这项孤注一掷的行动已经开始实施，直到被另一个新的天文发现证明是白费力气。天文学家在太阳系外一定距离探测到大量不发光的气体。计算表明这个物体会与太阳相切并发生碰撞。进一步的计算揭示了这一事件可能造成的后果：太阳会加剧燃烧并急速膨胀。除了天王星，或者更可能海王星上还会存在生命，其余所有行星上的生物都将绝迹。海王星之外，还有另外的三颗行星[1]有可能躲过酷热炙烤，但会因为其他原因不适宜生命生存：最外侧的两个行星将处于冰冻状态，而且，航程超出了第八代人类尚不完善的以太飞船的航行范围；最靠里的水星又只是一个光秃秃的铁球，不仅没有大气和水，也没有正常的岩石层。海王星本身或许能够维持生命，但是人类怎么能迁居到海王星上呢——那里的大气不仅不宜呼吸，其引力也太大，人在上面连自身的体重都难以承受；而且，在撞击之前，它的温度会一直处于极度寒冷的水平，直到撞击之后，才可能

1. 2006 年 8 月 24 日，国际天文学联合会（IAU）通过决议不再将冥王星认定为行星。

勉强维持人类已知生命的存续。

我无暇赘述这种种困难如何被一一克服，尽管人类争取自己最后家园的故事很值得记录。我也无法详细介绍各种相互矛盾的政策。有些人，意识到自己作为第八代人不可能在海王星上生活，因此主张纵情享乐度过余生。不过，这个种族最终还是超越了自我，几乎一致决定将其剩余的几百年投入于新人种的设计和生产，以将他们的思想火炬传递到新世界。

以太飞船最终得以抵达那个遥远的世界，通过重新设置化学参数，大气质量也得到了改善；并且，由于近期人类又重新发现了物质自动湮灭的过程，稳定的能源供应也得以实现，可为一个地区持续供暖。在那里，生命有希望存续下去，直到太阳重新焕发活力。

当迁徙时间终于临近，一种特别设计的植物被送到海王星上，种植在温暖的地区，供人类所用；但动物就并非必需品了。之后，一个经过特殊设计的人种——第九代人，被运送到了人类的新居。体形硕大的第八代人自身无法在海王星上定居。问题不仅在于他们体重过大，无法支撑自身，更别提行走；也在于海王星上的大气压力太大，让他们难以承受。这颗大行星有一个厚达数千英里的气体包层，而坚实的球体部分并不比一个大鸡蛋的蛋黄多多少。行星气体与固体的质量相结合，产生了比金星海底更大的压力。因此，除了穿着钢制潜水服活动片刻，第八代人绝不敢从他们的以太飞船中出来，踏足星球表面半步。

对他们来说，除了回归金星的群岛并在那里尽情享受至生命最后一刻，别无选择。他们也没能幸免多久。当大迁徙终于完成，人类所有最珍贵的物质遗产都被转移到海王星后，仅过了几百年，金星这颗伟大的行星便险些被撞出轨道；天王星和木星则完全脱了轨；土星不一样，它在海王星成功逃脱几年后，便连同它的土星环与所有卫星一起被吞没了。这场轻微的碰撞造成星系迅速升温，而一切还只是前奏。巨大的异星气团猛冲而来，就像一根戳破蛛网的手指，将行星的轨道搅成一团。它一路吞噬了小行星带，但越过了火星，随后用它那燃烧的毛发缠住了地球和金星，向太阳扑去。从此，太阳系的中心变成了一颗巨型的恒星，其直径几乎和水星曾经运行的轨道一样宽广；而整个太阳系，也随之发生了彻底的改变。

（吴倩　译）

福特安坐他的车中[1]

1932 年，全世界刚度过一场使人幻想破灭的危机，又深陷另一个危机之中。精心培育下形成的对人类进步事业的信念遭到了第一次世界大战的粉碎，战争还几乎摧毁了整整一代的欧洲男性，并且激发了共产主义革命，导致了一种根深蒂固的悲观主义情绪。

但对有识之士来说，进步仍是显而易见的。随着公共卫生措施和更好的营养条件开始降低死亡率、延长生命周期，西方世界的人口不断增长（在当时这看起来还并不会成为麻烦）。从 1900 年到 1960 年，美国的人均寿命从 47.3 岁增长到了 69.7 岁。同期美国的国民生产总值从 170 亿美元增加到了超过 5 000 亿美元。

新发明对生产力的提高有着显著作用，在农业方面这点尤其明显。收割 1 英亩的麦田本来需要 61 小时，后来只要 3 小时了，而新的机器、杂交品种和化肥还在进一步提高这一生产过程的效率。同

1. 出自《美丽新世界》。阿道斯・赫胥黎这里是戏仿英国著名诗人罗伯特・勃朗宁的名句："上帝安居他的天堂——世间万事祥和。"原文这里的"车"是大萧条期间用于称呼福特公司的老式廉价小汽车的专有名词。

时，石油的开采提炼以及电力的广泛运用让能源日趋丰富而又廉价；炼钢技术得到改进；发达的交通运输——轮船、火车、汽车，后来是飞机，把新工厂中源源不绝地生产出来的大量产品运往世界各地的市场；无线电和电话让通信状况改善，速度加快……

在此期间，工厂成了生产大众消费物资的有效手段。这一过程始于 1798 年，当时美国机械工程师、发明家伊莱·惠特尼创造了利用可互换零件大规模制造枪支的方法；1916 年，亨利·福特发明了流水线，让这一过程登峰造极。福特让车架在一系列工人面前移动，每个工人只需要完成一项简单的工序，而不用凑过去把零件装到车架上。如此一来他就可以用非熟练工替代熟练的机械技工，也让他得以将其廉价汽车“白铁皮利兹”的价格从 850 美元降到了 360 美元，即使 1914 年他已经把每天的工作时间从 9 小时缩短到了 8 小时，并把工人的薪水提高了一倍以上。他的革新举措让汽车进入了大众消费市场；也只有这个市场最适合他的生产模式。

物质丰富并不一定能保证幸福，但贫穷几乎总是会带来不幸。

物质的丰富让工人阶级的生活水平得到了前所未有的提高，有了享受的余暇，但生产出丰饶物资的体制也产生了别的后果。工作的满足感降低了；生活节奏越发匆忙；人们有了更多的空余时间反思自己的境况；文明社会似乎在倾向于机械化程度越来越高，人口越来越多，并且为了追求更高的效率和更丰富的物质生活而越来越城市化。

大萧条带来的经济混乱发生一两年之后，阿道斯·赫胥黎透过观察，从福特的革新措施所代表的复杂趋势之中觉察到一个暧昧难明的未来。那并不是福斯特的《大机器停转》当中那个枯燥乏味的地下世界。在赫胥黎描绘的世界里，人们心中并没有什么深奥难解的念头；实际上，他们几乎就不去做任何思考。他们诞生于人工分离的卵子中，在瓶子里就针对未来要做的工作进行培养；他们恣意享受不会有任何后果的性爱（欢宴幻宴）；遇上不舒服的时候，他们有万能的欢乐药剂“唆麻”；每月还有一剂 V.P.S.（代强烈情素）来清除他们神经系统中的激情冲动；整个世界都没有疾病、衰老、欲望或是强烈的感情。

用他们的说法，“福特安坐他的车中”。

这世界不能说是不诱人的——但对于有的人除外，像“野蛮人”那样的人，他们喜爱诗歌、宗教、罪孽和自由，他们宁愿——不，他们渴望——为这些受苦受难；他们和“野蛮人”一样，要求有不快乐的权利。在下面的选段中，赫胥黎没有把“管理员”给写成一个用来批驳的靶子。实际上，他把做出结论的位置给了穆斯塔法。

《美丽新世界》的这位作者是英国文坛的一员，但不是有代表性的那种。在他那高高瘦瘦的身体里，他将 19 世纪的两种文化——他舅外祖父马修・阿诺德代表的人文文化和他祖父 T. H. 赫胥黎代表的科学文化——融汇为一。阿道斯・赫胥黎那独特的矛盾性格可以从这种结合中找到部分的解释。

他曾回忆说，自己生命中最重要的事件是在伊顿中学染上了角膜炎，导致他视力受损。等到进入牛津大学时，他只得放弃了早先做医生的抱负，选择了英国文学和哲学专业。渐渐地，他用一只眼睛借助放大镜恢复了阅读的能力，担任教职，还进入了《雅典娜神殿》[1] 的编辑部，为许多期刊撰写文学新闻稿，并开始创作长篇小说。

他更多地被视为散文家，而非小说家，但他的小说被认为是第一次世界大战后涌现出的一批怀疑论杰作中的光辉典范。他的

1. 英国文学和艺术刊物。1919—1921 年间赫胥黎在该期刊工作，主要从事文学新闻写作。

第一部作品是《地狱边境》[1]（*Limbo*，1920），然后是《克鲁姆黄》[2]（*Chrome Yellow*，1921）、《尘缘缠绕》[3]（*Mortal Coils*，1922）和《滑稽圆舞》[4]（*Antic Hay*，1923），之后是他的巅峰之作《针锋相对》[5]（*Point Counter Point*，1928）。《美丽新世界》（1932）是他的第一部科幻小说，但不是最后一部；接下来还有《许多夏季之后天鹅死了》（*After Many a Summer Dies the Swan*，1940）、《猿与本质》（*Ape and Essence*，1948）；他逝世前一年还发表了长篇小说《岛》（*Island*，1962），在这本书中他在一个乌托邦中看到了希望，就像他 1932 年在乌托邦中看到了对人类灵魂的威胁一样。

赫胥黎在意大利和法国度过了多年的小说创作生涯（他是 D. H. 劳伦斯[6]的好友和邻居）之后，在美国加利福尼亚南部度过了生命的最后 30 年，在那里他找到了希望和宁静。作为一位著名的悲观主义者和社会批判家，他同时又乐观得令人惊讶；他还是一个神秘主义者；他推广名声扫地的贝茨眼操；他还追求通过麦斯卡林[7]和 LSD[8]或是东方宗教获得超验性体验，并把这些写在了《长青哲学》（*The Perennial Philosophy*，1946）和《知觉之门》（*Doors of Perception*，1954）当中。

在《重访美丽新世界》（*Brave New World Revisited*，1958）中，他回到了他最广为人知的作品，审视其中的那些想法如何化为现实。行为心理学家 B. F. 斯金纳使用了同样的技巧，得到的结果也一样——他在《超越自由与尊严》（*Beyond Freedom and Dignity*，

1. 短篇集，一半左右的篇幅是同名中篇。
2. 他的第一部长篇小说，《美丽新世界》中的部分理念在其中已经萌芽。
3. 短篇集，其中收录有同名短篇，篇名来自《哈姆雷特》。
4. 长篇小说，讽刺一战后伦敦文学界的虚无主义风气。
5. 赫胥黎篇幅最长、在文学界评价最高的小说。
6.《查泰莱夫人的情人》的作者。
7. 从一些南美有毒仙人掌中提取的生物毒碱，有致幻效果。
8. 一种强烈的半人工致幻剂。

1971）中描绘了自己的乌托邦小说《瓦尔登湖第二》[1]（*Walden Two*，1948）中理想化的那些东西。

布赖恩·奥尔迪斯[2]（Brian Aldiss）曾说，《美丽新世界》“也许是西方世界最著名的科幻小说”。

（何锐　译）

1. 该书1960年前乏人问津，但1961年后一度成为畅销书，引起了相当的社会反响。美国有人遵循书中模式建立了若干公社，至今仍有在运行者。

2. 英国科幻作家、编辑、艺术家，被誉为“英国科幻小说教父”。

美丽新世界（节选）

[英国] 阿道斯·赫胥黎

第十六章

三个人被引进的房间是总统的书房。

“总统福下马上就下来。”伽马仆役长把他们留在了那里。

赫姆霍尔兹放声大笑。

“这倒不像是审判，而是请喝咖啡。”他说，然后倒进了最奢侈的气垫沙发椅。“别泄气，伯纳。”他瞥见了他朋友那铁青的不快活的脸，又说。伯纳却泄了气。他没有回答，连看也没有看他一眼，只走到屋里最不舒服的一把椅子上坐下了。那是他小心选择的，暗暗希望能多少减轻首长的恼怒。

这时，野蛮人却在屋子里烦躁地走来走去，他带着一种模糊的表面的好奇窥视着书架上的书、录音带和编了号的小格子里的阅读机线轴。窗户下的桌上有一本巨大的书，柔软的黑色人造皮封面上烫着巨大的金 T 字。他拿起书，翻了开来。《我的一生及事业》，我主福特著。是福帝知识宣传协会在底特律出版的。他懒洋洋地翻了几页，东看一句，西看一段，正想下结论说这本书引不起他的兴趣，门开了，驻跸西欧的世界总统轻快地踏进门来。

穆斯塔法·蒙德跟他们三个人一一握手，话却是对野蛮人说的。“看来你并不太喜欢文明，野蛮人先生。”他说。

野蛮人看了看他。他曾经打算撒谎、吹牛或是怒气冲冲一言不发，但是总统脸上那亲切的样儿却叫他放下心来，他决心直截了当说真话。“不喜欢。”他摇摇头。

伯纳吃了一惊，他满脸惶恐。总统会怎么想呢？给他安上个罪名，说他跟不喜欢文明的人做朋友——而且是在总统面前，不是在别人面前公开表示，太可怕了。“可是，约翰……”他说话了。但穆斯塔法·蒙德瞟了他一眼，他便卑微地闭上了嘴。

“当然，”野蛮人继续交代，“有一些很好的东西。比如空中的音乐……”

“有时候千百种弦乐之音会在我耳里缭绕不去，有时又有歌声。[1]”总统说。

野蛮人的脸突然焕发出了欢乐的光彩。“你也读过莎士比亚？”他问道，“我还以为这本书在英格兰这地方没有人知道呢。”

“几乎没有人知道，我是极少数知道的人之一。那书是被禁止的，你看。但这儿的法律既然是我制定的，我当然也可以不遵守，我有豁免权，马克思先生，”他转身对着伯纳，加上一句，“而你，我怕是不能不遵守。”

伯纳陷入了更加绝望的痛苦之中。

“可是，为什么要禁止莎士比亚呢？”野蛮人问道。由于见到一个读过莎士比亚的人感到兴奋，他暂时忘掉了别的一切。

总统耸了耸肩。“因为莎士比亚古老，那是主要的理由。古老的

1. 总统引用的此句见莎士比亚戏剧《暴风雨》第 3 幕第 2 场 137 至 138 行。

东西在我们这儿是完全没有用的。”

“即使美也没有用？”

“特别是美的东西。美是有吸引力的，而我们却不愿意让人们受到古老的东西吸引。我们要他们喜欢新东西。”

“可这些新东西却那么愚蠢而且可怕。那些新戏里除了飞来飞去的直升机和叫你感觉得到的接吻，什么都没有。”他做了个鬼脸，“山羊和猴子。[1]”他只有通过《奥赛罗》才能找到表达他的轻蔑和憎恶的词语。

“可爱、驯服的动物。”总统喃喃地插嘴道。

“你为什么不换个办法，让他们看看《奥赛罗》？”

“我已经告诉过你，《奥赛罗》太古老。何况他们也读不懂。”

是的，说得对。他想起赫姆霍尔兹曾经怎样嘲笑过《罗密欧与朱丽叶》。“那么，”他停了一会儿说，“弄点他们能够懂的新东西，要像《奥赛罗》那样的。”

“我们想写的正是这种东西。”长时间的沉默，赫姆霍尔兹插嘴打破沉默说。

“可那是你绝对写不出的东西，”总统说，“因为，那东西如果真像《奥赛罗》就没有人懂，不管它有多新；而如果它是新的，就不可能像《奥赛罗》。”

“为什么？”

“对，为什么？”赫姆霍尔兹问。他也已忘掉了自己的狼狈处境。可伯纳对处境却牢记在心，他又着急又害怕，铁青着脸。别的人没有理他。“为什么？”

“因为我们的世界跟《奥赛罗》的世界不同。没有钢你就造不

1. 野蛮人在这儿使用了莎士比亚戏剧《奥赛罗》里的意象，原句是：“……他们像山羊一样风骚，像猴子一样好色，像豺狼一样贪淫。”见该剧第 3 幕第 3 场 403 至 404 行，是伊阿古挑拨奥赛罗的话。

出汽车，没有社会的动荡你就造不出悲剧。现在的世界是稳定的，人民过着幸福的生活，要什么有什么，得不到的东西他们绝不会要。他们富裕，他们安全，他们从不生病，也不怕死，他们快快活活，不知道激情和衰老，没有什么爸爸妈妈来给他们添麻烦，也没有妻子儿女和情人叫他们产生激情，他们的条件设置使他们实际上不能不按为他们设置的路子行动。万一出了事还有唆麻——那就是你以自由的名义扔到窗外去的东西，野蛮人先生，自由！”他哈哈大笑，“想叫德尔塔们懂得什么叫自由！而现在又希望他们懂得《奥赛罗》！我的好孩子！”

野蛮人沉默了一会儿说：“可是《奥赛罗》是好的，《奥赛罗》要比感官电影好。”

“当然要好，”总统表示同意，“可那正是我们为安定所付出的代价。你不能不在幸福和人们所谓的高雅艺术之间进行选择。我们就用感官电影和馨香乐器代替了艺术。”

“可那些东西什么意思都没有。”

“意思就在它们本身。它们对观众意味着大量的感官享受。”

“可是，它们是……是一个白痴所讲的故事[1]。”

总统哈哈大笑。“你对你的朋友华生先生可不太礼貌，他可是一名最杰出的情绪工程师呢……”

“可是他倒说对了，”赫姆霍尔兹阴郁地说，“无事可写却偏要写，确实像个白痴……”

“说个正着，但是那正好要求最巨大的聪明才智，是叫你使用少到不能再少的钢铁去制造汽车——实际上除了感觉之外几乎什么都不用，却制造着艺术品。”

---

1. 此语见莎士比亚戏剧《麦克白》第 5 幕第 5 场，全句是：“人生……是一个傻瓜所讲的故事，充满喧哗和骚动，却找不到一点意义。”

野蛮人摇摇头。“在我看来这似乎可怕极了。”

“当然可怕。但是跟受苦受难的高昂代价比起来，现实的幸福看起来往往相当廉价。而且，稳定当然远远不如动乱那么热闹，心满意足也不如跟不幸做殊死斗争那么动人，也不如抗拒引诱或是为激情和怀疑所颠倒那么引人入胜。幸福从来就不伟大。”

“我看倒也是的，”野蛮人沉吟了一会儿说，“可难道非弄得这么糟糕，搞出些多生子来不行吗？”他用手抹了抹眼睛，仿佛想抹掉装配台上那一大排一大排一模一样的侏儒，抹掉布冷特福单轨火车站门口排成长龙的多生子群，抹掉在琳达弥留的床边成群结队爬来爬去的人蛆，抹掉攻击他的那些千篇一律的面孔。他看了看他上了绷带的左手，不禁不寒而栗。“恐怖！”

“可是用处多大！你不喜欢我们的波坎诺夫斯基群，我明白，可是我向你保证，是他们形成了基础，别的一切都是建筑在他们身上的。他们是稳定国家这架火箭飞机，使之按轨道前进的方向陀螺仪。”那深沉的声音令人惊心动魄地震动着，激动的手势暗示着整个宇宙空间和那无法抗拒的飞行器的冲刺。穆斯塔法·蒙德解说的美妙几乎达到了合成音乐的标准。

“我在猜想，”野蛮人说，“你为什么还培育这样的人呢？——既然你从那些瓶子里什么东西都能得到，为什么不把每个人都培养成阿尔法双加呢？”

穆斯塔法·蒙德哈哈大笑。“因为我们不愿意叫人家割断我们的喉咙，”他回答，“我们相信幸福和稳定。一个全阿尔法社会必然动荡而且痛苦。你想象一下一座全是由阿尔法组成的工厂吧——那就是说全是由各自为政、互不关心的个体组成的工厂，他们遗传基因优秀，条件设置适宜在一定范围内自由进行选择，承担责任。你想象一下看！”他重复了一句。

野蛮人想象了一下，却想象不出什么道理来。

"那是荒谬的。硬叫按阿尔法标准换瓶、按阿尔法条件设置的人干伊普西龙半白痴的工作，他是会发疯的——发疯，否则他就会砸东西。阿尔法是可以完全社会化的——但是有个条件：你得让他们干阿尔法的活。伊普西龙式的牺牲只能由伊普西龙来做。有个很好的理由，伊普西龙们并不觉得在做牺牲，他们是抵抗力最小的一群。他们的条件设置给他们铺好了轨道，让他们非沿着轨道跑不可，他们早就命定了要倒霉，情不自禁要跑。即使换了瓶他们也仍然在瓶子里——他们被一种看不见的瓶子像婴儿一样、胚胎一样固定。当然，我们每个人的一生，"总统沉思着说，"都是在一种瓶子里度过的。可我们如果幸而成了阿尔法，我们的瓶子就相对而言比较宽敞；把我们关在狭窄的空间里，我们就会非常痛苦。理论上很明显，你不能把高种姓的代香槟加进低种姓的瓶子里。而在实践上，也已经得到了证明。塞浦路斯实验的结果是很有说服力的。"

"什么实验？"野蛮人问。

穆斯塔法·蒙德微笑了。"你要是愿意，可以称之为'重新换瓶实验'。是从福帝纪元 473 年开始的。总统清除了塞浦路斯岛上的全体居民，让两万两千个专门准备的阿尔法住了进去，给了他们一切工农业设备，让他们自己管理自己。结果跟所有的理论预计完全吻合。土地耕种不当，工厂全闹罢工，法纪废弛，号令不行。指令做一段时间低级工作的人总搞阴谋，要换成高级工种。而做着高级工作的人则不惜一切代价串联回击，要保住现有职位。不到六年工夫就打起了最高级的内战。等到二十二万人死掉十九万，幸存者们就向总统们送上了请愿书，要求恢复对岛屿的统治。他们接受了。世界上出现过的唯一全阿尔法社会便这样结束了。"

野蛮人深沉地叹了一口气。

“人口最佳比例是，”穆斯塔法·蒙德说，“按照冰山模式——九分之八在水下，九分之一在水上。”

“水下的人会幸福吗？”

“比水上的人幸福。比你在这儿的两位朋友快乐，喏。”他指着他们俩。

“尽管做着那种可怕的工作？”

“可怕？他们并不觉得可怕，相反倒喜欢，因为清闲呀，简单得像小孩的玩意儿，不用训练头脑和肌肉。七个半小时不算繁重的劳动，然后有定量的唆麻、游戏、不受限制的性交和感官电影。他们还会有什么要求？不错，”他说下去，“他们可能要求缩短工作日。我们当然能够给他们缩短。从技术上讲，要把低种姓人的工作日缩短为三四个小时可以不费吹灰之力。但是他们会因此而多一些幸福吗？不，不会的。一个半世纪以前曾经做过一次实验。爱尔兰全部改成每天四小时。结果如何？动荡不安和更高的唆麻消费，如此而已。那多出来的三个半小时空闲远远不足以成为幸福的根源，却使得他们不得不休唆麻假。发明局里塞满了减少劳动的计划，有好几千。”穆斯塔法·蒙德做了一个手势，表示很多，“我们为什么不实行？是为了劳动者的利益。拿过多的余暇折磨他们简直就是残酷行径。农业也一样。只要我们愿意，每一口食物都可以合成。但是我们不干，我们宁可把三分之一的人口保留在土地上，那是为了他们好，因为从土地上取得食物比从工厂要慢。而且我们还得考虑到稳定，不想变。每一次改变都威胁着稳定，那是我们很不愿意应用新发明的又一个原因。纯科学的每一个发现都具有潜在的颠覆性。就连科学有时也得被看作可能的敌人。是的，就连科学也如此。”

“科学？”野蛮人皱了皱眉头。他知道这个词，可说不清它究竟是什么意思。莎士比亚和印第安村庄的老人就从来没有提起过科学；

从琳达那里他也只归纳出了一点最模糊的印象：科学是你用来造直升机的东西，是让你嘲笑玉米舞的东西，是让你不长皱纹不掉牙齿的东西。他竭尽全力想抓住总统的意思。

“不错，”穆斯塔法·蒙德说，“那是为稳定所付出的又一项代价。跟幸福格格不入的不光是艺术，还有科学。科学是危险的，我们得给它小心翼翼地套上笼头，拴上链子。”

“什么？”赫姆霍尔兹吃了一惊，“可我们一向都说科学就是一切。那已经是睡眠教育的老调了。”

“十三点至十七点，每周三次。”伯纳插嘴道。

“还有我们在大学里所做的一切宣传……”

“对，可那是什么样的科学？”穆斯塔法·蒙德尖刻地说，“你们没有受过科学训练，无法判断。我原来可是个出色的物理学家，可是太善良——我不明白为什么我们所有的科学都不过是一本烹饪书。书上的正统烹饪理论是不容许任何人怀疑的。而有一大批烹调技术不经过掌勺师傅的批准是不许写进书里去的。我现在做了掌勺师傅，但以前也曾经是个爱刨根问底的洗碗小工。我开始自己搞一些非法的、不正统的、不正当的烹调。实际上是真正的科学实验。”他沉默了一会儿。

“后来怎么啦？”赫姆霍尔兹·华生问。

总统叹了一口气。“几乎跟你们面临的遭遇一样，年轻人。我几乎给送到了一个小岛上。”

一句话吓得伯纳魂不附体，做出了不体面的过分行为。

“送我到岛子去？”他蹦了起来，穿过屋子，来到总统面前比画着，“你不能送我去，我什么也没有做，都是别人做的，我发誓是这样的。”他指着赫姆霍尔兹和野蛮人。“啊，请别把我送到冰岛去。该做什么我保证都做。再给我一个机会吧，求求你啦！”他连眼泪都流出来了。“告诉你吧，那都得怪他们，”他抽泣了起来，“别让我去冰岛。啊，求你了，总统福下。求……”他卑劣的情绪发作，跪倒在总统脚前。穆斯塔法·蒙德想扶他起来，他却赖在地上不动，咿咿嗯嗯说个没完。最后，总统只好按铃叫来了他的第四秘书。

“带三个人来，”他命令道，“把马克思先生带到寝室去，给他一剂唆麻雾，送他上床，让他睡。”

第四秘书出去了，带回来三个穿绿色制服的多生子下人。伯纳叫喊着、抽泣着被带了出去。

“人家还以为要割他的喉咙了呢，”门关上时总统说，“不过，他如果有一点点头脑也会明白，这种处分其实是一种弥补。他要被送到一个岛上去，那就是说，他要被送到一个他可以遇见世界上最有趣的男男女女的地方去。那些人都是因为某种原因而特别自觉地独行其是，他们跟社会生活格格不入，对正统的事物不满，有自己的独立思想。总而言之，都算得个角色。我几乎要妒忌你呢，华生先生。”

赫姆霍尔兹笑了。“那你现在为什么不是在一个岛上呢？”

“因为我最终选择了这儿。”总统回答。“他们曾经给过我选择：是被送到一个岛上去继续搞我的纯科学，还是进入总统委员会——其远景是在适当的时候继任总统。我选择了这个，放弃了科学。有时候，”他说，“我为放弃了科学而感到遗憾。幸福是一个很难服侍的老板——特别是别人的幸福。如果一个人并没有特别设置得可以接受幸福而不提出疑问，那么幸福就比真理还要难服侍得多。”他叹了一口气，又沉默了，然后才以较为活泼的口气说下去：“好了，职责就是职责，应该如何选择是无法讨价还价的。我对真理感兴趣，我喜欢科学。但是真理是一种威胁，科学危害社会。它的危害之大正如它的好处。它给了我们历史上最平衡的稳定。跟我们的稳定相比，中国的稳定也只能算是最不可靠的。即使原始的母系社会也不会比我们更稳定。我再说一句，我们要感谢科学，但是我们不能让科学破坏它自己办成的好事，因此我们小心翼翼地控制着它的研究范围——正是因此，我几乎被送到岛上去了。除了当前最亟需解决的问题，我们都不以科学的方式处理。其他的一切探索都要非常小心谨慎地遏制。”他沉吟了一会儿，又说：“读一读我主福帝时代的人所写的关于科学进步的文章是很有意思的。”他停了一下，又说：“那时候的人似乎想象科学是可以无限制地发展下去的，知识是最高的善，真理是最高的价值，其他的一切都是次要的、从属的。不错，甚至在那时候观念就已经开始改变。我主福帝就曾经做过极大的努力，要把强调真与美转轨为强调舒适和幸福。大规模生产需要这种转轨。众人的幸福能让轮子稳定地运转，而真与美不行。而且，当然，只要是群众掌握了政权，重要的就会是幸福而不是真与美。但是，尽管如此，那时还是允许无限制地进行科学研究的。人们还在谈着真与美，仿佛它们就是最高的善，直谈到九年战争之前。是那场战争让他们彻底改变了调子。炭疽杆菌炸弹在你周围爆炸，真呀美呀知识呀对你还有什么意思？就从那时开始，科学第一次受到了控制——九年战争之后，那时候人们还准备好了连裤带都勒紧呢。为了安定的生活，什么都是可以放弃的。我们进行了控制。当然，那对真理不算太好，对幸福却大有好处。有所得必然有所失，获得幸福是要付出代价的。你就要付出代价了，华生先生——因为对美的兴趣太浓而付出代价。我曾经对真理的兴趣太浓，我也曾经付出过代价。”

“可是你并不曾到海岛上去。”野蛮人打破了长久的沉默说道。

总统笑了。“我的代价是：为幸福服务。为别人的幸福，不是为我自己的幸福服务。幸运的是，”他停了一会儿，又接下去说，“世界上有那么多海岛。要是没有那么多海岛，我可真不知道该怎么办了。看来只好把你们全都送进毒气室了。附带问一句，你喜不喜欢赤道气候？比如马克萨斯群岛或是萨摩亚群岛，或是别的更能刺激你的地方？”

赫姆霍尔兹从他的气垫沙发椅上站了起来。“我宁可选一个气候极端恶劣的地方，”他回答，“我相信恶劣的气候会让我写得更好。比如，常常有狂风暴雨……”

总统点头表示赞许。“我就喜欢你这种精神，华生先生，的确非常喜欢，喜欢得就像我正式反对它一样。”他微笑了，“那么福克兰群岛[1]怎么样？”

“好，我看可以，”赫姆霍尔兹回答，“现在，你如果不介意的话，我要去看看可怜的伯纳怎么样了。”

第十七章

“艺术，科学——你好像为你的幸福付出了相当高的代价，”只剩下他们俩时，野蛮人说，“还付出了别的什么吗？”

“当然，还有宗教。”总统回答，“以前曾经有过一种叫作上帝的东西，那是在九年战争以前，不过我忘了。关于上帝你是知道的，我估计。”

“啊……”野蛮人犹豫了，他想谈谈孤独、夜以及月光下苍白的石质平原、悬崖，谈一谈往阴影里的黑暗跳下去和死亡。他想谈，但是找不出话来表达，甚至引用莎士比亚也无法表达。

这时总统已走到屋子另一边，打开一个嵌在书架间的墙壁里的

1. 位于南大西洋，即 20 世纪 80 年代因领土纠纷引起战争的马尔维纳斯群岛。

保险箱。沉重的门一晃，开了，总统伸手在黑暗里摸索。“这是一个，”总统说，“我一向很感兴趣的题目。”他抽出一本黑色的厚书。“你从来没有读过这本书吧？”

野蛮人接了过来。“《圣经·新旧约全书》。”他念着书名。

“这书也没有读过吧？”那是一本小书，封面没有了。

“《效法基督》。”

“这书也没有吧？”他又递给他一本。

“《宗教经验种种》，威廉·詹姆斯著。”

“我还有很多，”穆斯塔法·蒙德说了下去，“一整套猥亵的古书。保险箱里放着上帝，书架上放着福帝。”他指着他自称的图书馆——那一架架的书、一架架的阅读机线轴和录音带——哈哈大笑。

“可你既然知道上帝，为什么不告诉他们？”野蛮人义愤填膺地问道，“你为什么不把这些有关上帝的书给他们读？”

“理由跟不让他们读《奥赛罗》一样——太古老了。那是关于几百年前的上帝的书，不是关于今天的上帝的书。”

“上帝可是不会变的。”

“但是人会变。”

“那能有什么区别？”

“有天大的区别。”穆斯塔法·蒙德说着又站了起来，走到保险箱前。“有个人叫纽曼主教，”他说，“是个红衣主教，”他解释道，“也就是社区首席歌唱家一流的人物。”

“‘我，美丽的米兰的潘杜尔夫，红衣主教。’[1]我在莎士比亚的书里面读到过。”

“你当然读到过。好了，我刚才说到，有个人叫纽曼红衣主教。

1. 此语见莎士比亚戏剧《约翰王》第3幕第1场138行。

啊，就是这本书。”他抽了出来，“我要谈纽曼的书，也想谈谈这一本书，是一个叫曼·德·比朗的人写的。他是个哲学家——你要是知道什么是哲学家的话。”

“就是能梦想出许多东西的人，梦想的东西比天地间的事物还多。”野蛮人立即回答。

“说得很对，我马上就给你念一段他确实梦想出的东西。现在你听一听这位古时候的首席歌唱家的话。”他在夹了一张纸条的地方翻开，读了起来，“‘我们并不比我们所占有的东西更能够支配自己。我们并没有创造出自己，也无法超越自己。我们不是自己的主人，而是上帝的财富。这样来看问题难道不是我们的一种幸福吗？认为自己能够支配自己能得到幸福吗？能得到安慰吗？少年得志的人可能会这样想，以为能使一切事物按他们的想法及方式做很了不起，不必依靠任何人。对视野以外的东西一律不予考虑，不必因为总需要感谢别人、征求别人的意见，总需要祈祷而烦恼。可惜随着时光的流逝，这些少年得志的人也必然会跟别人一样发现，人未必是天生独立的——独立状态并不是自然状态。独立在一定时间内也许可能，却无法使我们平安到达目的地……’”穆斯塔法·蒙德停了停，放下第一本书，拿起了第二本翻着。“就拿这一段为例，”他说，然后就以他那深沉的声音念了起来，“‘人是要衰老的；他从内心强烈地感到衰弱、阴暗、烦恼，这种感觉是随着年龄的增长而增长的。最初有这种感觉时，他以为是病了，以为这种痛苦处境是某种特殊原因造成的，用这种想法来减少恐惧。他希望那病跟别的病一样，能够治好。这是幻想！那病叫作衰老，是一种令人毛骨悚然的病。有人说对死亡和死亡后的恐惧使人到老年之后转向信仰宗教，但是我自己的体会使我深信：宗教情绪是随着年龄的增长而增长的，与这一类的恐惧或想象并无关系。宗教情绪会发展，因为那时激情平静了，幻想和感受力随之而减弱，难于唤起，于是理智活动受到的干扰便减少，能引起人们的想象、欲望和妄想的东西对理智的影响也减少了，这样上帝就出现了，宛如云开日出。我们的灵魂感觉到了，看见了，向诸般光明的源头转了过去——很自然地，无可避免地转了过去。因为现在给予感官世界以生命和魅力的东西已经被筛掉，离开了我们，那惊人的存在现在已不再受到内在和外在印象的支持，我们感到需要依靠一种永恒的东西，一种永远不会欺骗我们的东西——一种现实，一种绝对的永恒的真理。是的，我们无可逃避地要转向上帝，因为这种宗教情绪的本质是如此纯洁，使能够体会到它的灵魂如此愉悦，可以弥补我们在其他方面的损失。'”穆斯塔法·蒙德合上书，身子往椅背上一靠。“天地之间有一种哲学家们连做梦也没有想到过的存在，那就是我们。”他挥舞着一只手，“就是我们这个现代的世界。'你只能在获得青春和昌盛之时对上帝独立。独立并不能把你安全地送到最后。'可是我们却自始至终得到了青春和繁荣，随之而来的能有什么？显然我们是能够独立于上帝之外的。'宗教情绪将弥补我们的一切损失。'可是我们并没有需要弥补的损失；宗教情绪是多余的东西。既然青年时期的欲望全都可以满足，为什么还要寻求那欲望的代用品呢？既然我们能够从自古以来的种种胡闹活动中获得尽情的享受，为什么还要追求那类娱乐的代用品呢？既然我们的身心都能在活动中不断获得愉悦，为什么还要休息呢？既然我们有唆麻，为什么还需要安慰呢？既然我们已经获得了社会秩序，为什么还需要追求永恒呢？”

“那么你认为上帝是没有的？”

“不，我倒认为上帝十之八九是有的。”

“为什么……”

穆斯塔法·蒙德打断了他的话。“但是上帝对不同的人有不同的表现。在这以前，上帝的表现正如这本书里所描述的，可是现在……”

“可是现在上帝是怎样表现自己的呢？”野蛮人问。

“嗯，他表现为一种虚无的存在；仿佛根本不存在。”

“那可是你们的错。”

“把它叫作文明的错吧。上帝跟机器、科学医药和普遍的幸福是格格不入的。你必须做出选择。我们的文明选择了机器、医药和幸福，因此我就把这些书锁进了保险箱。它们肮脏，会吓坏人的……”

野蛮人打断了他。“可是，感觉到上帝的存在不是很自然的吗？”

“你倒不如问：穿裤子拉拉链不也是很自然的吗？”总统尖刻地说，“你叫我想起了另外一个这样的老头，他叫布拉德利。他对哲学下的定义是：为自己出于本能所相信的东西寻找出的蹩脚的解释！仿佛那时人们的信仰是出于本能似的！一个人相信什么是由他的条件设置决定的，找出些蹩脚理由为自己因某种蹩脚理由相信的东西辩护——那就是哲学。人们相信上帝是因为他们的条件设置使他们相信。”

“可情况还是一样，”野蛮人坚持不懈，“在孤独的时候你就相信上帝——当你很孤独，在夜里，思考着死亡的时候。”

“可是现在人们是绝不会孤独的，”穆斯塔法·蒙德说，“我们把他们制造得仇恨孤独；我们为他们安排的生活使他们几乎不可能孤独。”

野蛮人神色黯然地点了点头。他在马尔佩斯感到痛苦，因为人家把他孤立于村庄活动之外；而在文明的伦敦他也感到痛苦，却是因为无法逃避社会活动，无法获得平静的孤独。

“你记得《李尔王》里的那段话吗？”野蛮人终于说道，“‘诸神是公正的，他们让我们的风流罪过成为惩罚我们的工具；他在黑暗淫亵的地方生下了你，结果使他失去了他的那双眼睛。’[1]这时爱德蒙回答道——你记得，他受了伤，快要死了——‘你说得不错，天道的车轮已经循环过来了，所以有了我。’这怎么样？这不很像有一个掌握万物的上帝在奖善惩恶吗？”

“真的吗？”这一回是总统提问了，“你可以跟一个不孕女尽情地寻欢作乐，绝不会有被你儿子的情妇剜去双眼的危险。‘车轮已经循环过来了，所以有了我。’现在的爱德蒙会怎么样呢？他坐在气垫椅里，搂着姑娘的腰，嚼着性激素口香糖，看着感官电影。诸神无疑是公正的，但是他们的法律归根到底却是由社会的组织者口授的；上帝接受着人的指令。”

“你有把握？”野蛮人问，“你有充分的理由认为坐在气垫椅里的爱德蒙不会遭到跟那个爱德蒙同样严厉的惩罚——那个受伤流血快要死去的爱德蒙？诸神是公正的……他们难道不会因为他寻欢作乐，成为邪恶的工具而贬斥他？”

“在什么地方贬斥他？作为一个快乐、勤奋、消费着商品的公民，这个爱德蒙无懈可击。当然，如果你要采用跟我们不同的标准，你也许可以说他被贬斥了，但是我们应该坚持同一套规则，不能按玩汪汪狗崽离心球的规则玩电磁高尔夫。”

“但是价值不能凭私心的爱憎决定，”野蛮人说，“一方面这东西的本身必须确有可贵之处，另一方面它还必须为估计者所重视。它的价值必须这样来确定。[2]”

“好了，好了，”穆斯塔法·蒙德抗议了，“这不离题太远了吗？”

“如果你让你自己想到上帝，就不会让自己因为风流罪过而堕

1. 此语见莎士比亚戏剧《李尔王》第 5 幕第 3 场 171 至 174 行。剧里爱德蒙是葛罗斯特伯爵的私生子，而爱德蒙的情妇里根又因为他而剜掉了葛罗斯特伯爵的双眼，所以有此报应之说。
2. 此话见莎士比亚戏剧《特洛伊罗斯与克瑞西达》第 2 幕第 2 场 53 至 56 行。

落。你必须有理由耐心地承担一切和鼓起勇气做事。这，我在印第安人身上看见过。”

“我肯定你看见过，”穆斯塔法·蒙德说，“但我们不是印第安人，我们没有必要让文明人承担什么严重的折磨。至于鼓起勇气做事——福帝禁止这种念头进入人们的头脑。如果每个人都独行其是，整个社会秩序就会被打乱了。”

“那么对自我否定你们又怎么看呢？既然有上帝，你们也就有自我否定的理由。”

“但是必须取消了自我否定才会有工业文明。必须自我放纵到卫生和经济所能容忍的最高限度，否则轮子就会停止转动。”

“你们有理由需要贞操！”野蛮人说这话时有点脸红了。

“但是贞操意味着激情，意味着产生神经衰弱，而激情和神经衰弱却意味着不安定，从而意味着文明的毁灭。没有大量风流罪过就不可能有持久的文明。”

“但上帝是一切高贵、善良和英勇的源泉。如果你们有上帝的话……”

“亲爱的年轻朋友，”穆斯塔法·蒙德说，“文明绝对不需要什么高贵和英雄主义，这类东西都是没有政治效率的病症。在我们这样的有合理组织的社会里，没有人有机会表现高贵或英勇。这种机会只能够在环境完全混乱时出现：在战争的时候，在派别分化的时候，在需要抵制诱惑的时候，在争夺或保卫爱的对象的时候——显然，在那种时候，高贵和英雄主义才会有点意义。可是现在是没有战争的。我们为防止对某一个对象爱得太深，做出了极大的努力。我们这里没有派别分化这个东西。你的条件设置又让你忍不住要做你应该做的事；而你应该做的事总体说来又是非常愉快的，能够让你任意发泄你的种种自然冲动，实际上不存在需要你去抵抗的诱惑。

即使由于某种不幸的意外确实出现了不愉快的事情，那好，还有唆麻让你远离现实去度唆麻假。永远有唆麻可以平息你的怒气，让你跟敌人和解，让你忍耐，让你长期承受痛苦。在过去，你得做出巨大的努力，经受多年艰苦的道德训练；现在只需吞下两三个半克的唆麻就行了。现在谁都可以道德高尚，一个瓶子就可以装下你至少一半的道德，让你带了走。没有眼泪的基督教——唆麻就是这种东西。”

“但眼泪是需要的。你还记得奥赛罗的话吧？‘要是每一次暴风雨之后都有这样和煦的阳光，就让狂风恣意地吹，把死亡都吹醒了吧。’[1]有一个印第安老人常告诉我们一个故事，是关于玛塔斯吉的姑娘的，小伙子要想跟她结婚就必须到她园子里去锄一上午地。锄地好像很容易，但是那儿有许多许多有魔法的蚊子和苍蝇。大部分小伙子都受不了叮咬，受得住叮咬的得到了那姑娘。”

“这故事很好听！但是在文明的国家里，”总统说，“你可以用不着替姑娘锄地就得到她，也没有苍蝇蚊子叮咬。我们好多个世纪以前就消灭蚊蝇了。”

野蛮人皱起双眉点了点头。“你们把苍蝇蚊子消灭了，把一切不愉快的东西消灭了，而不是学会忍受它们。‘默然忍受命运暴虐的毒箭，或是面对着苦海，拿起刀子做个一了百了。’可是你们两样都不做。既不‘默然忍受’，也不‘一了百了’，只是把毒箭取消，那太容易了。”

他突然沉默了，想起了他的母亲。琳达曾经在她三十七层楼上的房间里漂浮在一片弥漫着歌声的海里，那儿有光明和馨香的爱抚——她飘走了，飘到空间以外、时间以外，飘到她的回忆、习惯

1. 此语见莎士比亚戏剧《奥赛罗》第 2 幕第 1 场 185 至 186 行。

和她那衰老臃肿的身子的囚牢以外去了。而托马金，以前的孵化与条件设置主任托马金，现在还在唆麻假期里——那摆脱羞辱和痛苦的唆麻假，在一个他听不见嘲弄的话和讽刺的笑、看不见那张奇丑的面孔、感觉不到那两条湿漉漉的肥胳膊搂住自己脖子的世界里——美丽的世界……

“你们需要的是，”野蛮人继续说道，“换上点带眼泪的东西。这儿的东西都不如眼泪值钱。

（“造价一千二百五十万元，”在野蛮人对他提起这话时，亨利·福斯特曾经抗议过，“一千二百五十万元——那是新的条件设置中心的价值，分文不少。”）

“勃勃的雄心振起了他的精神，使他蔑视不可知的结果，为了区区弹丸之地，拼着血肉之躯去向命运、死亡和危险挑战。[1]这里头不是还有点东西吗？”他抬头看着穆斯塔法·蒙德问道，“与上帝无关——当然，上帝也可能是理由之一。危险的生活里不也有点东西吗？”

“有很多东西，”总统回答，“男人和女人的肾上腺素每过一些时候都需要受到点刺激。”

“什么？”野蛮人莫名其妙地问。

“那是身体完全健康的条件之一。因此我们才把接受 V.P.S. 治疗定为义务性的。”

“V.P.S.？”

“代强烈情素。每月固定接受一次。我们让肾上腺素弥漫了整个生理系统。从生理上说，它完全和恐惧与狂怒相等。它所能产生的滋补效果跟杀死苔斯德蒙娜和被奥赛罗杀死相同，却丝毫没有它的

---

1. 此语见莎士比亚戏剧《哈姆雷特》第 3 幕第 1 场 51 至 53 行。是哈姆雷特赞美福廷布拉斯为争夺小小一片土地而率军战斗的话。

不方便。”

“可是我却喜欢那种不方便。”

“可是我们不喜欢，”总统说，“我们喜欢舒舒服服地办事。”

“我不需要舒服。我需要上帝，需要诗，需要真正的危险，需要自由，需要善，需要罪恶。”

“实际上你要求的是受苦受难的权利。”

“那好，”野蛮人挑战地说，“我现在就要求受苦受难的权利。”

“你还没有说要求衰老、丑陋和阳痿的权利；要求害梅毒和癌症的权利；要求食物匮乏的权利，讨人厌烦的权利；要求总是战战兢兢，害怕明天会发生些什么的权利；要求害伤寒的权利；要求受到种种难以描述的痛苦折磨的权利。”良久的沉默。

“这一切我都要求。”野蛮人终于说道。

穆斯塔法·蒙德耸耸肩。“那就照你的意思办吧。”他说。

（孙法理　译）

密尔沃基的外星人

至1934年，科幻小说拥有了自己稳定的小众市场，科幻栖居在杂货铺安逸的角落里，偶尔也在报刊亭的纸浆杂志货架上。有些在20世纪20年代后期还显得极具创意的点子，此刻已经过时，甚至显得陈旧不堪。读者渴望新的东西，于是，任何新创意——如F.奥林·特里梅因在《惊异》中刊发的"思维变体"[1]故事——都自然地收获了一些赞扬。

爱好者的同人创作开始展露影响。随着回信专栏里的读者开始互通有无、互相撰文，此类创作应运而生。当社群中的科幻迷不止一人时，费城、纽约和洛杉矶等地，自然形成了科幻迷俱乐部。这些俱乐部以读书同好会为主，但杂志的准入门槛足够低，任何一名读者都可以梦想成为作者。

这些俱乐部开始刊印杂志，在爱好者运动逐渐成形的黑话体系

1. F.奥林·特里梅因在《惊异》1933年12月刊上提出，将在每一期刊物上都刊载一篇以创意为中心的"思维变体小说"，这类小说区别于纸浆杂志上的传统冒险故事，需要深入挖掘以往故事中"含糊其辞或一掠而过的点子"。

里，这些杂志被称为“部志”（clubzines）。个体科幻迷刊发了许多从外观到内容种类繁多、水平各异的爱好者杂志；有时，邮件是他们彼此沟通的唯一手段。他们费心征询那些对他们出版物的回应，并视若珍宝——还经常在下一期刊物中发表对这些来信的评论。

早期的俱乐部都是科幻迷自发组织的，但在1934年，根斯巴克和查尔斯·D. 霍尼格宣布创立科幻联合会，霍尼格是个17岁的科幻迷，不到一年前刚被任命为《神奇故事》的编辑。早期科幻迷运动的成败与个中权力斗争足够写出几部专著，事实上也确实有人写了——萨姆·莫斯科维茨（Sam Moskowitz）的《永生风暴》（*The Immortal Storm*，1954）和哈里·华纳（Harry Warner）的《我们的昨日种种》[1]（*All Our Yesterdays*，1969）就是其中两部代表作品；达蒙·奈特[2]（Damon Knight）在《未来派》（*The Futurians*，1977）中详细描绘了一个特别的纽约科幻迷组织，该组织成员不仅将持续为科幻小说输送大量的作家（如阿西莫夫、布利什、奈特、科恩布鲁斯、梅丽尔、波尔、威尔逊）与编辑（如奈特、朗兹、梅丽尔、波尔、肖、沃尔海姆），也将在科幻出版（如凯尔、沃尔海姆）和文学代理（如多克韦勒、基德、波尔、肖）领域做出重大贡献。

科幻迷社群就像是个加热过度的水壶，因内部冲突而沸腾不已。举例来说，早期的争论围绕的是一部部志究竟该聚焦于科学还是科幻；到1930年代，有两个派别针对社群里的共产主义展开论战；而到了1939年，莫斯科维茨将一群未来派成员排除在他于曼哈顿主办的第一届世界科幻大会之外。

但科幻迷社群也意味着科幻拥有了一股力量，能够追求更加复

1. 获1969年雨果奖最佳科幻迷创作奖。
2. 美国科幻作家、编辑、评论家。

杂精妙的出版物写作水平，尽管这意味着科幻迷本身不得不参与撰写故事。就在此时，《神奇故事》1934 年 7 月刊上出现了一篇令人喜出望外的短篇小说，题为《火星奥德赛》（“A Martian Odyssey”）。作者的名字此前从未有人听闻，因为这是他的第一部科幻小说。他就是斯坦利·温鲍姆（Stanley Weinbaum），生活在密尔沃基的他从属于一个名为“密尔沃基小说家”的组织，这个组织中还有雷蒙德·A. 帕尔默、拉尔夫·米尔恩·法利（本名罗杰·谢尔曼·霍尔）、阿瑟·托夫特，一年之后罗伯特·布洛克也将出现。

科幻迷们在《火星奥德赛》中看到的是一个情节具有独创性，对话与人物刻画具备技巧的故事，但最重要的是它充满同情地塑造了一个真正与人不同的外星种族。他们拥有与人不同的外观、文化、思维方式乃至生理机制。而此前的外星人尽可追溯到威尔斯笔下火星太空舱中爬出来的祸害，都是些垂涎三尺的触手系胶质生物[1]。他们要么是危险的敌人，为了难以理解的理由强抢人类的东西，要么就只是生活在外星上的人类。

温鲍姆开始写作科幻小说的时间稍晚了些——至少就他短暂的生命而言确实如此。他于 1923 年在威斯康星大学取得化学工程学位，但并未做过任何相关工作。他运营过一阵子电影剧院，之后尝试撰写过长篇传奇，其中至少一篇曾由一家报业集团进行连载。

尽管《火星奥德赛》口碑颇佳，但温鲍姆的作品并未得到杂志青睐，他也不曾获得丰厚报酬。杂志给他的最高稿酬仅为一分钱一个词，在最初的成功后，他还遭遇了几次拒稿。不过，慢慢地，他的其他故事开始得见人世：《火星奥德赛》的续作《梦之谷》（“Valley of Dreams”）出现在《神奇故事》上，《泰坦星上的飞行》（“Flight on

1. 指威尔斯在《世界大战》中塑造的火星人。

Titan”)、《寄生星球》(“Parasite Planet”)、《食落拓[1]者》(“The Lotus Eaters”)发表在《惊奇故事》之上。故事内容皆是外星世界及外星生命形态[2]。

在扩大所涉猎的题材范围后，温鲍姆写出了《究极适应性》(“The Adaptive Ultimate”)、《火焰黎明》(“Dawn of Flame”)和《黑焰》(“The Black Flame”)等短篇，这些故事在他过世后出版，被反复重印（及影视化），后来被汇编成册，题为《黑焰》(*The Black Flame*, 1948)。但温鲍姆于1935年死于喉癌，他的科幻事业才刚开始不久便已告结，最终留下了12篇左右的短篇故事，而非长篇小说。

温鲍姆并未给太空带来什么新的东西——他的火星就是洛厄尔和巴勒斯的火星，而他笔下的其他星球反映的是当时的科学知识，这些知识在后来都被以种种重要的方式证伪了。他为科幻贡献的是纯熟的写作技巧和角色塑造方面的努力，有时也带点传奇侧面，还有围绕概念而非动作场面发展的剧情。最重要的是，他创造了令人信服的地外生物，它们有着自己的存在原因和令人信服的生理结构，按自己的生存逻辑生存。艾萨克·阿西莫夫曾写道，科幻界有三颗新星，他们的天才就像科幻场景中爆发的明星一样闪耀，并迅速攻占了读者的想象力，这就是E. E. 史密斯、罗伯特·海因莱因和斯坦利·温鲍姆。温鲍姆这颗明星或许是他们中最伟大的，也无疑是最稍纵即逝的。

（憬怡　译）

---

1. “落拓”典出《奥德赛》，或译“忘忧果”“魔果”“拓枣”等，系希腊传说中的一种果实，食用者食用后有类似吸食鸦片的反应，懒散，对其他一切都不在意。
2. 译言古登堡计划有《行星奇境》译本，收录了其中大部分故事。

火星奥德赛

[美国]斯坦利·温鲍姆

在“阿瑞斯号”的逼仄船舱里，贾维斯尽可能惬意地伸展着肢体。

“可算能喘口气了！”他喜滋滋地说，“还是里面的空气稠！简直就像浓汤一样。外面那些玩意儿太稀了！”他点头示意了一下舷窗玻璃外的火星。火星的地面平坦荒凉，一望无际，最近的卫星投下的反光映照着这片土地。

另外三个人同情地注视着他——工程师帕兹，生物学家勒罗伊，以及天文学家兼本次探险的领队哈里森。迪克·贾维斯在这支著名的“阿瑞斯”探险队当中担任化学家。他们是第一批拜访地球的神秘邻居——火星——的人类访客。当然，这些都已经是过去的事了，不到二十年前，美国疯子多希尼刚以生命为代价完善了原子喷射驱动技术，同样疯狂的卡多萨借这技术着陆月球也不过是十年前的事。他们这四位“阿瑞斯”探险队成员是名副其实的探险先驱，在他们之前，只有五六次月球探险和兰西探险队以金星为目标的失败远征。除了这些人以外，“阿瑞斯”的队员们是第一批感受地球以外星球引力的地球人，并且无疑是第一支成功离开地月系统的队伍。他们完全配得上这样的成就，考虑到他们为此经受的苦难与折磨——他们要数月待在适应舱里克服环境不适，努力习惯呼吸火星上的稀薄空气，还要应对探测小火箭里的真空环境——这种小火箭由 21 世纪的反应引擎驱动，运转很不稳定。当然最重要的，是去面对一个完全陌生的世界。

贾维斯伸手摸了摸冻得红肿脱皮的鼻尖，又心满意足地叹了一口气。

“我说，”哈里森第一个忍不住了，“你到底告不告诉我们究竟是怎么回事？你装备齐全地坐上辅助火箭就没影了，一连十天都没消息，最后还是帕兹把你从那个乱糟糟的蚂蚁窝拽了出来。你旁边还有一只怪模怪样的鸵鸟！快都抖搂出来吧！”

“抖搂？”勒罗伊疑惑不解地操着德国口音问，“什么抖搂？”

“抖搂就是‘交代’，”帕兹严肃地解释，“就是‘讲讲’的意思。”

就连哈里森都被这段对话逗得忍俊不禁。但是贾维斯毫无笑意地迎上了哈里森的目光。他的语气就像帕兹一样严峻：“没错，卡尔，我是得讲讲。”他清清喉咙，开始讲述自己的经历。

“按照指令，”他说，“卡尔驾驶火箭向北出发以后，我就钻进自己的汗蒸盒子向南面飞去。你也记得，队长——我们收到的指令是不要着陆，只在空中四处寻找值得注意的地方。我架好两台照相机，一边不停拍摄一边飞行，飞得相当高——大约两千英尺高度。之所以要这么做，首先是为了扩大相机视野。其次，在这他们称作空气的半真空当中，悬浮引擎的喷射距离非常远，如果飞得太低准会搅起尘土。”

“这些帕兹都告诉我们了，”哈里森嘟囔道，“我希望你至少还留着胶卷。这些照片没准能抵消咱们这次公费旅游的花销；还记得人们是怎么哄抢首批月球照片的吗？”

“胶卷很安全。”贾维斯反驳道。“然后呢，”他继续说，“刚才我说了，我一路飞得很快。跟我们猜测的一样，在这种大气环境，速度一旦低于时速一百英里，火箭飞行翼就提供不了多少升力。就算我飞得那么快，也还是必须打开底部喷口才不至于掉下来。

“所以说，飞得这么快这么高，再加上底部喷口的喷射火焰模糊了视线，观测工作进行得很不顺利。但是我完全看得出来，我依然没有飞出我们登陆以来整整一星期都在探索的这片灰色平原——还是同样的一丛丛低矮植物，同样没完没了满地爬行的植物化动物，也就是勒罗伊称作活豆荚的东西。就这样我一边飞行一边按照指示每小时传回我的位置，不知道你们有没有收到我的信息。”

“我收到过！”哈里森突然插嘴道。

“我向南飞了一百五十英里，”贾维斯继续平静地讲述，“地表变成了低地平原，除了荒漠和橘红色的沙子，什么都看不到。我心想我们的猜测是正确的，着陆的这片灰色平原就是辛梅里安海，而我发现的橘红色荒漠应该是桑托斯地区。如果我是正确的话，二百英里之后我应该会遇到另一片灰色平原——克罗尼乌斯海，以及另一片橘红色荒漠——泰尔 I 号或 II 号。之后我确实到达了这些地方。”

“一周半以前帕兹就确认过咱们的位置！”哈里森队长不耐烦地说，“赶紧说重点。”

“别急！”贾维斯说道，“进入泰尔荒漠后飞了二十英里左右——不管你们信不信——我发现下面有一道沟！”

“帕兹拍到过上百条沟。来点新鲜的！”

“那他见过一整座城市吗？”

“如果你管那些泥土堆也叫城市的话，他都见过二十多座了。”

“那好，”贾维斯停顿了一下，“现在我就讲点帕兹没见过的东西！”他揉了揉刺痛的鼻子，继续说，“我知道现在这个季节的日照时间是十六小时，所以飞行了八小时——也就是距离这里八百英里——之后，我决定掉头回去。我这时仍然在泰尔荒漠上空，也不知是I号还是II号。飞了不到二十五英里，帕兹的宝贝引擎就熄火了。”

“熄火了？怎么搞的？”帕兹急切地追问道。

“原子喷射变弱了。突然间我的高度就急速下降，还没等我反应过来，我就砰的一下摔在了泰尔荒漠的正中间，鼻子也狠狠地撞到了舷窗上！”他心有余悸地揉了揉受伤的部位。

“你有没有试着往爆燃舱添加硫酸？”帕兹操着一口德式英语问道，“有时这样做可以释放次级辐射能——”

“没有！”贾维斯黑着脸说道，“我才不会用这一招——反正试了不下十次之后就不用了！再说，撞击压扁了起落架，还碰掉了底部喷射口。就算我能让这玩意儿发动起来又怎么样？火箭底部的喷射流这么强，飞不出十英里就会熔化我脚下的地板！”他又揉了揉鼻子，“亏得在这里一磅只有五盎司重，不然我早就被压扁了！”

“要是我在的话准能修好！”工程师帕兹脱口而出，“我敢打赌问题没那么严重。”

“可能确实没那么严重，”贾维斯挖苦地附和道，“不过就是不能飞了而已。反正我就两个选择，要么等待救援，要么自己步行八百英里走回基地。而且二十天之后我们就必须离开火星，算起来每天得走四十英里！行吧，”他总结道，“我选择走路。反正活命的机会与坐等救援也差不多，而且还能让我忙活起来。”

“你要是不动地方，我们可能早就找着你了。”哈里森说。

“这我倒不怀疑。总之，我迅速从座椅上扯了几条安全带，把水箱捆到后背，斜挎一条弹药带，找出一支左轮手枪和几个罐头食品，然后就出发了。”

“水箱！”小个子生物学家勒罗伊大声惊叹，“可是有二百五十公斤呢！”

“没装满。在地球上大约重二百五十磅，这里也就八十五磅重。而且我自身的二百一十磅重量在火星上也就只剩下七十磅。所以，算上水箱，我的总负载是一百五十五磅，比我在地球上的体重还要轻五十五磅。这些是我每天溜达四十英里的时候算出来的。噢——当然，为了应付寒冷的火星夜晚，我还带了一个保温睡袋。

“然后我就上路了，一路上飞快地跳跃前行。八小时日照时间意味着我至少能前进二十英里。当然赶路很容易无聊——深一脚浅一脚地踩在松软的沙地上，周围什么风景都没有，就连勒罗伊那些到处乱爬的活豆荚都没见着。走了大约一个小时，我来到那道沟边上——这只是一条干枯的沟渠，大约四百英尺宽，笔直得就像公司线路图上的铁路。

“不过这条沟应该曾经有水流过。沟里面覆盖着一层类似绿色草坪的东西。然而我刚一靠近，这层草坪竟然挪开了！”

“啊？”勒罗伊说。

“是的，这东西类似你的活豆荚。我抓到一只——一小片草状的叶子，有我手指这么长，还长着两条带刺的细长腿。”

“它在哪儿？”勒罗伊急切地问。

“哪里来的回哪去！我还得赶路，所以直接穿过了移动草坪。随着我努力前进，草坪连忙分开，又在我身后聚拢。很快我又站在了橘红色的泰尔荒漠上。

“我使尽力气奋力前进，咒骂着令人厌倦的沙子，偶尔也骂骂你那台不靠谱的引擎，卡尔。到达泰尔荒漠边缘的时候已经接近黄昏了，我从高处俯视整个灰色的克罗尼乌斯海。心里知道得走七十五英里才能穿越这里，然后要在桑托斯沙漠走二百英里，之后还要在辛梅里安海跨越同样远的距离。我乐意这样吗？我开始咒骂你们这些家伙居然不来找我！”

“我们一直在找你，你这个笨蛋！”哈里森说。

“横竖你们没找着。反正当时我觉得自己应该趁着天还亮顺着泰尔荒漠边上的悬崖爬下去。我找到一个容易攀爬的地方就下去了。克罗尼乌斯海和这里类似，到处都是没长叶子的怪异植物，满地都是爬虫。我匆匆扫了一眼周围环境就拽出了睡袋。你们知道，那时我还没有在这个半死不活的世界碰到任何值得担忧的东西——或者说没遇到什么危险。”

“那你后来碰到了吗？”哈里森问道。

“还真遇到了！这是后话暂且不提。反正当时我正准备钻进睡袋，突然听到一阵嘶闹，最疯狂的那种。”

“啥是嘶闹？”帕兹用德式英语问道。

“嘶闹就是‘不知道什么玩意儿发出的声音’。”勒罗伊用法语和英语分别给他解释了一遍。

“就这意思。”贾维斯表示同意，“我不知道是什么在叫，所以就偷偷溜过去查探。那里一片嘈杂，好像是一群乌鸦正在啄食几只金丝雀——吹哨声、咔咔声、吱吱声，诸如此类。等我绕过一丛树桩，特维尔就站在那里！”

“特维尔？”哈里森说。勒罗伊和帕兹也跟着问：“特维尔是谁？”

“就是那只奇怪的鸵鸟，”贾维斯解释说，“特维尔是我在口齿清楚的前提下能发出的最接近他名字的发音。他自己的发音更像是‘特特维维尔尔’。”

“他在那儿干吗？”队长哈里森问。

“当时他就要被吃掉了，正在不停尖叫！当然，这也是人之常情。”

“吃掉？！被谁？”

“我也是后来才知道那是什么。当时，我只看到好几条黑绳一样的触须缠绕着一只——用帕兹的话来说——鸵鸟一样的生物。我自然不打算干涉；如果两种生物都很危险，那么我不需费力就除了一害。

“不过这只鸵鸟一样的生物激烈反抗，一边发出刺耳的尖叫声一边用十八英寸的长喙凶猛回击。与此同时，我向触手伸出的方向瞥了几眼！”贾维斯全身发抖，“最关键的是，我注意那只鸟样生物的脖子上挂着一个小黑袋子或是箱子！它有智慧！要么就是受了驯化。不管怎样，这促使我做出了决定：我掏出自动手枪冲着它的对手开了火。

“那些触手一阵抽搐，喷射出黑色的脓液。然后那东西带着令人作呕的吮吸声缩紧身子，抽回触角，缩进了地洞里。另一只生物发出一串咯咯声，高尔夫球棒粗细的腿摇摇晃晃地站起来，突然转向了我。我握紧武器，紧盯着对方的双眼。

“实际上，这位火星人并不是一只鸟，甚至都不能说是鸟类生物，至多乍看之下有点像鸟。它确实有喙，周围还耷拉着几根羽毛状的附肢，但这部分其实不是鸟喙，因为不知道怎的可以弯曲。我看到尖端慢慢从一边弯向另一边，不如说介于鸟喙和象鼻之间。它长着一对四趾脚掌，以及一对四根指头的上肢——你可以称之为手——还有一个圆圆的小身子，细长的脖子上面顶着一颗小脑袋——还有喙。它站起来比我高一英寸左右，而且——对，帕兹见过它的。”

工程师帕兹点点头：“对，我见过！”

贾维斯继续讲：“就这样——我们俩互相打量着对方。最后这只生物发出一连串噼噼啪啪、叽叽喳喳的叫声，并向我伸出双手。它手里什么都没拿。我认为这是它在表示友好。”

“没准，”哈里森猜测，“它一看见你那大鼻子还以为你是它兄弟呢！”

“哼！你还是不说话的时候来得风趣！总之，我收起枪说了一堆‘啊别客气’之类的话，然后它走过来，我们就成哥们儿了。

“那时候太阳已经降得很低了，最好点起篝火或者钻进保温睡袋。我决定先点堆火。于是我在泰尔荒漠的悬崖下选了个合适的地方，这里的岩石能给我的背部反射点热量。我开始大把大把地扯断脱水干枯的火星植物。我的同伴理解了我的做法，也抱来一捆。不过我伸手去够火柴的时候，这火星生物从他的黑色口袋里摸出一块好像燃煤的东西，轻轻一碰柴火，火苗就猛蹿起来——你们都知道，在这种大气环境下生堆火得费多大工夫！

“至于他的那个口袋！”贾维斯继续说道，“朋友们，那是一件人造物品；摁下一头，袋子就打开了，再按一下中间，袋子就严丝合缝地合上了，连条缝隙都看不到，比拉链都严密。

“我们一起盯着篝火看了一会儿，然后我决定试试和火星生物沟通一下。我指指自己，说‘迪克’，他马上领会了我的意思，伸出骨质的爪子指着我重复说‘提克’。我又指向他，他发出一声啸叫，我没法模仿他的发音，于是就称之为‘特维尔’。事情进展很顺利，为了强调，我又重复了一遍‘迪克’，然后指向他，‘特维尔’。

“到了这一步我们就卡住了！他发出几声像是否定的噼啪声，然后说了个类似‘皮-皮-皮洛特’的单词。这才只是开始，他总是管我叫‘提克’，但是他称呼自己的时候花样就多了——有时候是‘特维尔’，有时候是‘皮-皮-皮洛特’，还有的时候他会发出十六种其他噪声！

“我们就是相互说不通。我试过‘石头’、‘星星’、‘树’和‘火’，天知道我还说了别的什么，反正我尽力了，但他就是一个词都不懂。接下来的两分钟，他的发音就没有重复过。如果那也是一种语言，我就会点石成金了！最后我放弃了，只叫他特维尔，这好像还行得通。

“不过特维尔挺在意我说的某几个单词。他记住了其中三两个，我把这当作巨大的成就，如果你也必须一边交流一边创造新语言的话。但是我依然很难理解他的话，要么是我忽略了一些细节，要么是我们的思考方式不一样——我更倾向于后一种观点。

“我之所以这么认为，还有一些其他原因。过了一会儿，我放弃了语言交流，决定改用数学试试。我在地面上画出二加二等于四的等式，并用小石子演示了一遍。特维尔又领会了我的意思，告诉我三加三等于六。我们似乎又有了进展。

“所以，在知道特维尔至少具有语法学校教育水平之后，我画了个圆圈表示太阳，先指指圆圈，再指指夕阳余晖。我又陆续画圈表示水星、金星、地球母亲和火星。最后我指着代表火星的圆圈，用大包大揽的姿势向周围挥手，表示火星就是我们目前所在的环境。我之所以这么做是为了铺垫，从而让他知道我的家乡是地球。

“特维尔完全理解了我的图示。他用喙在上面啄来啄去，伴随着一阵唧啾与咕咕声，他在火星附近加上了火卫二和火卫一，然后又画出了地球的卫星——月球！

“你们明白这证明了什么吗？这说明特维尔的种族会使用天文望远镜——他们是智慧文明！”

“那不一定！”哈里森打断他说，“用肉眼也可以从火星这里看到月球这颗五等亮度星体。他们用肉眼就可以看到月球运转。”

“月球的确是这样！”贾维斯说，“可是你没明白我的意思。水星在这里用肉眼可是看不到！特维尔知道有水星，因为他把月球画在第三颗星球而不是第二颗旁边。如果他不知道水星，他会把地球放在第二，火星放第三，而不是放在第四的位置！懂了吧？”

“哼！”哈里森回应道。

“总之，”贾维斯接着说，“我继续给特维尔上课。进展很顺利，看上去我的想法似乎都能传达给他。我指指草图里的地球，然后指向自己，再然后指着靠近天空最高点，闪耀着绿色光芒的地球。

“特维尔兴奋地尖叫了一声，我确定他看懂了。他上蹦下跳，突然指指自己又指向天空，接着再一次指指自己又指向天空。他指指自己的身体中段，然后指向大角星；指指自己的脑袋，然后指向角宿一；指指自己的双脚，然后指向五六颗星星，我在一旁目瞪口呆地瞧着他。随后他突然猛地跳了起来。好家伙他可真能跳！他向上直接冲进星光里，离地七十五英尺就像跳起一英寸那样简单！我看着他映衬在天空下的身影，看着他掉转脑袋朝下扎向地面，喙像标枪一样插在地面上，直直戳进我画的太阳圆圈中间——正中靶心！”

“疯子！”队长哈里森评价道，“完全是个疯子！”

“我当时也是那么想的！我目瞪口呆地看着他从沙子里拔出脑袋，站起身来。我觉得他没明白我的意思，又重复了一遍那些该死的废话，结果还是一样，特维尔再一次一鼻子扎进了我的草图中心！”

“也许这是某种宗教仪式。”哈里森猜测。

“可能吧，”贾维斯有点拿不准的样子，“反正情况就是这样！我们能在一定程度上交换想法，然后——就没戏了！我们有些地方不一样，完全不相干；我丝毫不怀疑特维尔眼里的我就像我眼里的他一样古怪。我们的思维看待世界的角度完全不一样，可能他的观点和我们的观点一样都成立。但是——我们说不到一起去，仅此而已。尽管如此我仍然喜欢特维尔，而且我没由来地相信他也喜欢我。”

“疯子！”队长哈里森再三念叨，“真是疯了！”

“是吗？等着瞧吧。有一两次我觉得或许我们才是——”他停顿一下，又重新讲下去，“总之，我最后还是放弃了，钻进保温睡袋睡了过去。篝火没让我感到有多温暖，这该死的睡袋倒挺暖和。我把自己闷在睡袋里，五分钟以后拉开一小条缝儿，结果当场中招！大约零下八十摄氏度的空气直接扑向我的鼻子。于是我在火箭坠毁时碰出来的红肿皮肤上又多了这块可爱的小冻疮。

“我不知道特维尔怎么理解我睡觉的行为。他就坐在附近，等我醒来却不在了。不过我刚爬出睡袋就听到几声叽叽喳喳，只见他直接从三层楼高的泰尔悬崖上轻飘飘地冲下来，飞奔到我身边。我指指自己，又指向要去的北方。他指指自己，又指向南方。当我整装上路的时候，他却跟了过来。

“好家伙，他走得真快！一跃就是一百五十英尺，身体伸展像长矛划过空中，然后喙向下插在地上。我的艰难步态似乎令他很是惊讶，但是过了一会儿他就决定陪在我身边一起走。于是每隔几分钟他才跳一次，把自己的鼻喙插进我前面一条街区以外的沙子里，然后回头向我飞速冲过来。刚开始看到他矛一样的长喙逼过来，我还全身紧张，不过他总是正好停在我旁边的沙地里。

“就这样，我们俩一起深一脚浅一脚地穿过了克罗尼乌斯海。那里的环境跟这里类似——也有同样疯狂的植物与小小的绿色活豆荚，要么生长在沙地里，要么从你眼前爬走。我们一路聊着天——不指望互相理解，只是为了做个伴。我唱了几首歌，我怀疑特维尔也唱了几首。至少他的唧啾叽喳听上去带那么点旋律。

“然后，为了换换花样，特维尔会卖弄一下他学到的英语单词。他会指着一处岩层说‘岩石’，指着一块卵石再说一次同样的单词，或者碰碰我的手臂说‘提克’，然后再重复一次。同一单词可以连续两次表示同样的东西，或是同一单词可以用于指代两个不同的物体，这让他觉得非常有趣。我不由得猜想，可能他的语言并不像某些地球民族的原始语言——你知道的，队长，比如尼格利陀人就没有任何表示通用概念的单词，没有‘食物’、‘水’或者‘人’——却有单词来表示好吃或不好吃的食物、雨水与海水以及强壮的人和虚弱的人——就是没有单词来表示通用分类。他们很原始，没法搞明白雨水和海水只是同一事物的不同侧面。可是特维尔并非如此，只是不知为什么我们有一些难以解释的不同之处——我们的思维对于彼此来说过于陌生。不过即便如此——我们俩都喜欢对方！”

“都是疯子！”哈里森评价道，“所以你们俩才互相看着顺眼。”

“行啦，我看你也顺眼呢！”贾维斯刻薄地回了一句。“不管怎么说，”他继续讲述，“不要觉得特维尔是个怪物。事实上，我觉得他说不定能露一两手给我们高度吹嘘的人类智慧看看。是，我不觉得他的智慧远超人类；但不要忽略一点，他设法理解了我的一小部分思想活动，而他的思想活动我却从没有瞥见丝毫。”

“这是因为他根本没有思想活动！”队长哈里森猜测，帕兹和勒罗伊则在一旁聚精会神地眨着眼睛。

“等我讲完你再判断也不迟。”贾维斯说，“总之我们一路沿着克罗尼乌斯海前行，整整走了一天，然后又是一天。克罗尼乌斯海真不愧其‘时间海’的称号！说真的，走到头的时候我真心赞同乔凡尼·斯基亚帕雷利起的这个名字！这里就是一片无边际的灰色平原，长满奇奇怪怪的植物，没有其他生命存在的迹象。这一路上如此单调枯燥，以至于第二天傍晚看到桑托斯地区的时候，我甚至觉得心情愉快。

“我的体力已经快耗尽了，可是特维尔看上去却依然精力充沛，尽管我始终没见他吃喝过。我觉得凭着一次就能跨越一个街区的挺鼻俯冲，他几个小时就能穿过克罗尼乌斯海，可是他却一直陪在我身边。有几次我曾给他一些水喝，他从我手里接过杯子，把液体吸入喙里，然后又严肃地全部吐了出来。

“就在我们看到桑托斯沙漠，或者说它周边的悬崖时，平地卷起了一股凶猛的沙尘暴，倒是不像咱们基地这里遇到的那样严重，但是偏偏迎面刮了过来。我将保温睡袋的掀盖围在脸上，裹得严严实实。然后我注意到，特维尔用鼻喙底端胡须一般的羽毛状附肢来遮挡鼻孔，还有一些类似的绒毛护住了他的眼睛。”

“他是个沙漠生物！”小个子生物学家勒罗伊突然大喊。

“是吗？怎么说？”

“他不喝水——他能适应沙尘暴——”

“这能证明什么！在火星这个大号除湿药丸上面就没有一处不干燥的地方，没有多余的水可以浪费。你知道的，这要是在地球上，全部火星表面都得算是沙漠。”贾维斯停顿一下，“不管怎样，沙尘暴吹过去以后，只有微风继续往脸上吹，连沙子都刮不起来。但是突然间有东西沿着桑托斯沙漠的悬崖壁滑下来——小小的透明球体，怎么看都好像是玻璃乒乓球！但是这些球体很轻——轻到几乎可以飘浮在这么稀薄的空气里——还是空心的；至少我敲碎了几个是这样，除了难闻的气味，里面什么都没有。我问特维尔知不知道这是什么，他的回答全是‘不，不，不’，我觉得他对此应该一无所知。小球们就这样弹跳过去，就像风滚草或者肥皂泡一样，而我们则继续朝着桑托斯跋涉前进。途中又有一次，特维尔指着一颗透明球说‘岩石’，但我那时太累了，没劲跟他争论。之后我才弄清了他的意思。

“到了白天快结束的时候，我们终于抵达了桑托斯悬崖脚下。我决定只要有可能就睡在悬崖顶端上面的平地上。在我看来，要是附近当真隐藏着什么危险生物，那更有可能潜伏在克罗尼乌斯海的植物丛而不是桑托斯沙漠。倒不是说这一路上我发现过什么危险迹象——那只用绳子一样的触角缠住特维尔的黑色怪物除外。况且看起来那东西的捕猎策略也不是潜伏，而是把猎物引诱到捕猎范围内。只要我睡着，那东西就没法引诱我，而且特维尔好像从不睡觉，只是整晚耐心地坐在附近。我很奇怪那怪物是怎么成功捕获特维尔的，却根本没法问他。不过很快我就找到了答案：那东西简直太阴险了！

“回到正题，我们沿着桑托斯悬崖底边仔细寻找容易攀登的地方——至少我是这样，特维尔应该可以轻松跳上去。这里的悬崖比泰尔沙漠那边的要低，大概六十英尺。我找到一处地方就开始向上爬，一边爬一边咒骂捆在背上的水箱——攀爬的时候这玩意儿特别碍事。然后我突然听到了某个熟悉的声音！

“你们知道在这样稀薄的空气当中声音的欺骗性有多强，就连枪声听起来也跟拔软木塞的噗噗声差不多。不过这个声音确实是火箭发出的嗡嗡声，果不其然，在西边十英里处，我们的第二枚辅助火箭在我和夕阳之间飞了过去。”

“那是我！”帕兹说，“我找你去了。”

“是啊，我知道，但是对我又有什么用？我抓紧悬崖壁，大喊着挥手。特维尔也看见了火箭，一边唧啾叽喳地叫着一边跳上悬崖蹦得老高。可我还是只能眼睁睁地望着这架嗡嗡作响的机器继续南飞，消失在了阴影里。

“我爬上悬崖的时候，特维尔还在兴奋地又指又叫，冲到空中又头朝下插下来，鼻喙笔直地戳进沙地。我指向南方，然后指指自己，他回应‘是——是——是’，我猜他以为那个会飞的东西是我的亲戚，或许就是我爸妈。我当时对他智商的判断可能有失公允，现在认识到了这一点。

“没能被火箭发现令我相当失望。我抽出保温睡袋钻进去，已经可以明显感受得到夜晚的寒气。特维尔把鼻喙插进沙地，缩回腿和手臂，酷似旁边一丛没有叶子的灌木。我相信他一整晚都是这副样子。”

“保护拟态！”勒罗伊插嘴说，“是吧？他就是沙漠生物！”

“到了早晨，”贾维斯继续说，“我们再次动身出发。在桑托斯沙漠还没走一百码，我突然看到一些怪东西！我敢打赌，帕兹肯定没拍到过这个！

“这儿有一排小金字塔——很袖珍，不超过六英寸高，沿着桑托斯沙漠绵延，看不到头，都是用微型砖块搭建起来的微型建筑，中空结构，顶部要么被截掉了，要么至少也断裂了，里面是空的。我指着这些建筑问特维尔‘这是什么’，他发出一连串否定的叽喳声，我猜想这表示他也不知道是什么东西。于是我们沿着金字塔群继续往前走，因为它们向北方延伸，而我也正要去那里。

“好家伙，我们沿着金字塔走了好几个小时！过了一会儿，我发现另一件怪事：金字塔慢慢变大了。每座金字塔的砖块数目还是一样，砖块尺寸却大了很多。

“走到中午，这些金字塔的高度已经达到了我的肩膀。我仔细查看了其中几座——全部和之前的一样从顶部断裂，里面是空的。我还拿起一两块砖头观察了一下，质地是硅石，和造物主一样古老！”

“你怎么知道的？”勒罗伊问。

“砖块经过风化侵蚀，边缘都磨圆了。就算是在地球，硅石也很难风化，何况是在这里的气候条件下——”

“你觉得有多古老？”

“五万年——十万年，我怎么知道？我们早晨见到的那些小金字塔更古老一些——可能古老十倍，都开始坍塌了。得多久它们才能变成这样？五十万年？谁知道呢。”贾维斯停顿了一会儿。“总之，”他又继续说，“我们沿着金字塔群往前走。有一两次特维尔指着它们说了‘岩石’，这家伙之前也经常这么说。不过这次他倒或多或少是对的。

“我试着询问他。我指着一座金字塔问道：‘人？’然后又指指我们两个。他发出一种否定的咯咯声，说：‘不，不，不。不是一一二。不是二二四。’他一边说一边摩擦肚子。我目瞪口呆地看着他。他又重新说了一遍。可我只能继续呆呆地盯着他。”

“这不就是证据！”哈里森大叫道，“这东西脑子不好使！”

“你真这么觉得？”贾维斯讽刺地反问，“好吧，我认为正相反！‘不是一一二’，你当然不明白，对吧？”

“不明白——你也不明白！”

“我觉得我还真就明白了。特维尔用他知道的那么几个英文单词表达出了非常复杂的想法。我来问问，数学让你联想到什么？”

“想到什么——天文学或者——或者逻辑学！”

“没错！‘不是一一二’，特维尔是要告诉我，金字塔的建造者不是人类——或者说，它们没有智慧，不是会思考的生物！懂了吗？”

“噢！活见鬼了！”

“你大概会的。”

“那为什么，”勒罗伊插嘴说，“他要摩擦自己的肚子？”

“为什么？我亲爱的生物学家，因为他的大脑就在那儿！不在他的袖珍脑袋里——而在身体中间！”

“难以置信！”勒罗伊蹦出了一句法语。

“如果我们不在火星的话，确实难以置信！这些动植物都不是地球上的，你的活豆荚就是证明！”贾维斯咧嘴一笑，继续说，“言归正传，我们穿越桑托斯沙漠，在下午过了将近一半的时候，又遇到了怪事。金字塔走到头了。”

“到头了？”

“没错。古怪的是，最后一座金字塔——最后面这几座的高度已经达到了十英尺高——居然有尖顶！你们明白吗？建造金字塔的东西现在还在里面；我们追着它们从五十万年前的古老源头一路追踪到了现在。

“特维尔几乎同时注意到了这点。我猛地拔出自动手枪（里面装满伯兰德爆破弹），而特维尔变戏法一样飞快地从他的袋子里掏出一把奇特的玻璃质地左轮手枪——至少那东西的造型很像是我们熟悉的武器，不过枪柄更大一些，从而适应他那长有四个指头的爪子。我们一边握紧武器做好准备，一边沿着空金字塔群悄悄贴了上去。

“特维尔首先发觉有动静。只见顶层的砖块向上拱起，晃动了几下，突然滑向两边，略微碰撞在了一起。紧接着——什么东西——什么东西跑出来了！

“缺口处伸出了一根长长的银灰色手臂，后面拖着一具全身披甲的躯体——一身银灰色的鳞片反射着暗淡的光芒。这条手臂支撑着躯体爬出洞口，然后这怪物就一头栽进了沙地里。

“这是个没法形容的生物——身体像巨大的灰色酒桶，一端长有手臂和嘴巴一样的洞口；坚硬而尖锐的尾巴在另一侧——就这些。没有其他部位，没有眼睛、耳朵、鼻子——什么都没有！这东西拖着身子爬了几码，把尖尾巴插进沙土里，挺直身子，就这么坐在那。

“我们足足盯了有十分钟，它才又有动静。伴随一串嘎吱声和沙沙声——就像是揉皱硬纸的声音——它的手臂移动到嘴洞边，然后嘴洞里就冒出了一块砖头！手臂小心翼翼地把砖头摆在地上，然后那东西又一动不动了。

“过了十分钟——又出来一块砖。显然这是一个自然界的砖瓦匠。我正要悄悄溜走继续赶路，特维尔指着那东西说道：‘岩石！’我说：‘啊？’他又重复了一遍，发出他特有的唧啾声，又说‘不——不——’，并且急促地呼哧了几下。

“说来奇怪，我居然明白了他的意思！我说：‘没有呼吸？’并演示了这个词的意思。特维尔一阵狂喜，他说：‘是的，是的，是的！没有，没有，没有呼吸！’说完，就纵身一跃，冲到那怪物一步远的地方，鼻喙落到地上。

“你们能想象得到，我完全惊呆了！那条手臂正要接砖头，我以为会看到特维尔被抓住撕成碎片，可是——什么也没发生！特维尔对着怪物一阵猛打，那条手臂仍然拿起砖头整齐地摆放在第一块旁边。特维尔又去敲打它的身体，对我说‘岩石’，我非常紧张地站起来，想亲眼过去看看。

“特维尔又说对了。那怪物是岩石，它不会呼吸！”

“你怎么知道？”勒罗伊突然问，他的黑眼睛闪耀着浓浓的兴趣。

“因为我是个化学家。这怪物是硅元素组成的！沙地里肯定有高纯度硅石，这东西就靠吃这些硅石生存。明白没？我们和特维尔，以及那些植物，甚至是活豆荚都是碳基生命；而这东西依靠另一套化学反应生存。它是硅基生命！”

“硅基生命！”勒罗伊不由得大叫道，英语、法语一起往外冒，“我以前就怀疑它的存在，现在这就是证据！我必须去看看！我要去——”

“好啦！好啦！”贾维斯说，“你可以去看，不管是不是活物，那东西就在那儿，每隔十分钟动一下，摆一块砖头。这些砖头是它呼出的废气。看到没，法国佬？我们是碳基生物，我们呼出二氧化碳，而这东西是硅基生物，它呼出二氧化硅——硅石。但是硅石是固体，所以才有了那些砖块。那东西用砖头把自己围在里面，顶部要封住了就移动到另一处地点重新开始。它发出嘎吱声也不奇怪！一具五十万年的活化石！”

“你怎么知道有多少年？”勒罗伊激动地问。

“我们可是从金字塔群的一开始就跟着过来了，不是吗？如果这东西不是最初的金字塔建造者，金字塔群会在我们发现它之前就在什么地方中断，没错吧？——中断之后重新从小金字塔开始，不是吗？

“不过它还会自我繁殖，或者尝试自我繁殖。第三块砖头吐出来之前，那东西传出了轻微的沙沙声，之后就有一股小玻璃球像河水一样喷流出来。它们是它的孢子、蛋或种子——随便你怎么叫。它们弹跳着穿越桑托斯沙漠，就像那时它们在克罗尼乌斯海从我们身边跳过去一样。直觉告诉我，它们是怎样活动的——供你参考，勒罗伊。我认为硅质玻璃壳只是一个保护罩，就像是蛋壳，真正的有效成分是里面的气味。这是某种能够侵入硅石的气体，如果硅壳在具有硅元素的地方破裂，就会触发某些反应，并最终形成那个东西一样的怪物。”

“你应该试试的！”小个子法国人大声呼喊，“我们得打破一个看看！”

“是吗？其实我试过的。我对着沙地砸碎了几个。你想不想一万年以后再回来看看我是不是真的种出几个金字塔怪物？那时候你就肯定清楚了！”贾维斯停下来深吸一口气，“天哪！那个怪东西！你们能想象出来吗？又瞎又聋，没有神经与大脑，就是架机器——可是却永远不会死！只要有硅和氧气，就会一直不停地造砖头搭金字塔，就算没有了也只是停下来。它不会死。如果一百万年中碰巧再找到食物，它就又会准备好再次运转，而此时，那些肉做的大脑与文明早已成为过去。真是个怪物——然而接下来我还碰到了更加古怪的生物！”

“肯定是在梦里见到的吧！”哈里森嘟哝了一声。

“你说得没错！”贾维斯正色说道，“你这话还真不能算错。梦兽！这名字真是再合适不过——这是你能想象到的最残酷、最可怕的生物！比狮子更危险，比毒蛇更狡猾！”

“快点告诉我！”勒罗伊急切地恳求道，“我要见见这家伙！”

“这玩意儿你还是别碰上的好！”贾维斯又一次停了片刻。“于是，”他继续开口说，“我和特维尔离开金字塔怪物，继续在桑托斯沙漠跋涉。我很疲惫，帕兹没能发现我让我有点泄气，特维尔的唧啾声与鼻喙俯冲飞行也让我抓狂。所以我一声不吭地大步前进，在一成不变的沙漠一连走了几个小时。

“下午快要过了一半的时候，地平线上显现出一道低矮的黑线。我知道这是什么。这是之前坐火箭经过的沟，也就是说我们在桑托斯沙漠里才走了三分之一的路程。多让人高兴的想法，是不是？不过尽管如此，我的进度并没有落后。

“我们慢慢靠近沟壑。我记得这条沟边上围着一圈很宽的植被，那座泥堆城就在上面。

“我刚才说过，此时我特别疲惫，脑海里一直在幻想一顿热腾腾的美餐。接着我又胡思乱想起来。一开始我想到了婆罗洲，因为见识过这个疯狂星球之后，就连婆罗洲都像家一样美好；然后我又开始怀念破旧的小纽约，再然后我又想到我在纽约碰到的一个姑娘——凡希·朗。认识她吗？”

“视觉艺术表演者，”哈里森说，“我看过她的节目，是个讨人喜欢的金发女郎——在《耶巴马黛茶》节目里又唱又跳。”

“就是她，”贾维斯说，“我很熟悉她——但只是朋友，懂我意思吗？——虽然我们乘坐‘阿瑞斯’探险飞船起飞时她来送别。总之我一路想着她，感到非常孤独，与此同时我们一直接近着那排橡胶似的植物。

“接着——我忍不住脱口而出：‘活见鬼了！’然后就愣在了那里。她就在我眼前——凡希·朗，清清楚楚地站在那片疯狂的树下，一边微笑一边挥着手，就跟我们离开时的模样一样！”

“这回你也疯了！”队长哈里森评价道。

“兄弟，我差点就跟你想到一块去了！我瞪大眼睛拧了自己一下，闭上眼又睁大仔细看——每次睁开凡希·朗都在那儿，一边微笑一边挥手！特维尔也看到了什么东西，在一旁发出唧啾咯咯声，然而我几乎听不到他的声音。这时的我正向沙地另一边的凡希·朗冲过去，因为过于吃惊都没来得及想想这是怎么回事。

“当我离她还有二十英尺远的时候，特维尔飞过来拽住了我。他紧紧抓住我的胳膊，尖厉地高叫着：‘不——不——不！’我想甩开他——他轻盈得好像竹子扎的——但是他一边用爪子深深掐住我一边大喊大叫。最后我终于恢复了一点理智，在离她不到十英尺的地方停下来。她就站在那里，看上去和帕兹的脑袋一样真实！”

“啥？”工程师帕兹说。

“她一边微笑一边挥手，一边挥手一边微笑，我站在那里，和现在的勒罗伊一样傻愣着，话都说不出来，特维尔则在一旁不断地短促尖锐地鸣叫。我知道这景象肯定不是真的，但是——她就在那儿站着！

“最终我大声喊道：‘凡希！凡希·朗！’她还是一边微笑一边招手，看起来真实得就像我与她之间根本没有三千七百万英里的距离。

“特维尔掏出他的玻璃手枪向她瞄准。我抓住他的手臂，可他挣扎着想把我推开。他指着凡希说：‘不呼气！不呼气！’我明白，他是在说那个像凡希·朗的东西根本没有生命。兄弟们，那时我的脑子都乱了！

“不过看到他用武器对准她时，我还是神经紧绷起来。我不知道为什么自己只是站在那里看着他慢慢瞄准，可我确实就那么站着。他扣动‘扳机’，喷出一小团蒸汽，凡希·朗消失了！她站立的地方出现了一团来回扭动的漆黑绳状触须，就像我之前救特维尔时缠住他的那个怪物！

“梦兽！望着它垂死挣扎，我站在那里头晕眼花，特维尔则得胜一般地大喊大叫。最后，特维尔碰碰我的胳膊，指向那团扭曲的东西说道：‘你一一二，它一一二。’这样重复了八九次以后，我终于明白了他的意思。你们懂了吗？”

“当然！”勒罗伊夹杂着法语尖声说，“我——我明白了！他是说你心里想什么，那个怪物都知道，然后你就会产生幻觉！一条狗——一条饥饿的狗，会看到带肉的大骨头！或者闻到肉味——对吧？”

“没错！”贾维斯说，“这种梦兽专门利用猎物的渴望和欲望来捕获它们。筑巢期的鸟儿会看到它的配偶，寻找猎物的狐狸会看到一只落单无助的野兔。”

“那它用的什么法子？”勒罗伊问道。

“我怎么知道？地球上的蛇是怎么将飞鸟诱惑到口中的？不是还有种深海鱼用亮光把猎物吸引到嘴里吗？天哪！”贾维斯耸耸肩，“你们都明白这魔鬼有多阴险狡诈了吧？我们现在都得警觉起来——从此以后连自己的眼睛都不能相信。也许你们会看到我——我也许会看到你们中间哪个人——而背后却什么都没有，只有一只恐怖的黑色怪物！”

“那你的朋友是怎么知道的？”队长哈里森突然问道。

“特维尔？我也不知道啊！也许他当时想着什么根本没法让我感兴趣的东西，我往前跑的时候，他意识到我和他眼中的景象不一样，就立刻警觉起来。或者那只梦兽只能制造单一的幻觉，特维尔与我看到了同样的幻象——也有可能什么都没看到，我没法问他。不过这正好是另一个证据，证明他的智慧水平和我们相当，甚至更高。”

“他是傻子，我告诉你！”哈里森说，“你凭什么认为他的智力和人类差不多？”

“证据很多啊！首先是金字塔怪物。他自己都承认之前没有见过，可是他还能识别出那个怪物是个活死物一般的硅石自动机器。”

“可能他之前听说过，”哈里森反驳道，“你知道，他就生活在附近。”

“好吧。那么语言能力又怎么说？我连他一丁点想法都捕捉不到，他却已经学会了我的六七个单词。你意识到没有，他用这仅有的六七个单词表达了多么复杂的想法？从金字塔怪物到梦兽！简单一句话，他就能告诉我前者是没有危害的机器，而后者是夺命的催眠杀手。这又怎么讲？”

“哼！”队长没再言语。

“爱哼就哼去吧！你能只用六个英语单词做到这种程度吗？你能像特维尔一样，进一步告诉我另一种生物拥有和我们不同的智慧，根本不可能互相理解——比我和特维尔之间互相理解更加不可能吗？”

“嗯？你说什么？”

“待会儿就讲到。现在我想说明的是，特维尔和他的种族值得我们建立友谊。在火星上的某处——你们很快就会知道我是对的——存在着与我们对等的文明和文化。我们有可能与他们交流，特维尔就是证据。可能要花费很多年来耐心尝试，因为他们的思维对于我们很陌生，但是仍然远比我们接下来碰到的智慧生物更容易沟通——如果他们确实有智慧的话。”

“接下来？接下来还有什么？”

“水沟沿岸的泥城居民。”贾维斯皱皱眉，然后继续讲述，“我本以为梦兽和硅石怪物已经是能想象得到的最古怪的生物了，然而我错了。这些生物更加古怪，比之前两个更加难以理解，与特维尔相比更是远远无法沟通。我们和特维尔还能做朋友，并且只要耐心专心一点，完全有可能交流思想。

“好的，”他继续往下说，“我们离开了梦兽，那东西已经奄奄一息，钻回自己的洞里。我们朝着沟渠走过去。一大片会走路的怪草不时从脚底蹦出来，当我们到达河岸时，看到河道里有一道黄色细流在流淌。我在火箭上时注意到的泥土城就在右手边大约一英里，我按捺不住好奇心，想走过去看看。

“我之前匆匆瞥过一眼，城市好像已经被废弃了，就算还有什么生物埋伏在里面——反正特维尔和我都有武器。顺便说一句，特维尔的玻璃手枪是一件很有意思的装置。梦兽这段插曲过去后，我曾经试了试，它能射出一个小小的玻璃弹片，估计有毒，我猜手枪里至少能装下一百发子弹。射击动力来自蒸汽——就只是蒸汽！”

“针气！”帕兹操着德国口音重复道，“从哪里产生的针气？”

“废话，当然是由水产生的！透明的枪柄那里可以看到水，还有一小点黏稠的微黄色液体。每当特维尔挤压枪柄——这支枪其实没有扳机——一滴水和一滴黄色物质就分别注入弹膛，然后水就蒸发了——噗！——就像这样。这不太复杂，我觉得我们也可以研究出类似原理。浓缩的硫酸能把水加热到接近沸点，生石灰也可以，还有钾和钠——

“当然，他的武器没我的射程远，但是在这么稀薄的空气里这一点倒是问题不大。而且这支枪的装弹量足以媲美西部片里的牛仔佩枪。此外这支枪的威力也足够强大，至少对付火星生命不成问题。我瞄准一棵怪异植物试了试，这株植物立刻枯死崩解了！所以我才觉得那些玻璃弹片有毒。

“回到正题，我们吃力地走在泥土城里，我不禁想是不是这个城市的建造者挖开了那条沟。我指指城市，然后指向水沟，特维尔回答：‘不——不——不！’并做手势指指南边。我理解这个手势是说某个其他种族建造了沟渠体系，很可能就是特维尔的种族。我不知道，也许这颗星球上还有另一个甚至十几个智慧种族。火星是个奇异的小小世界。

“距离城市一百码的地方，我们横穿了一条道路——就是被压得很结实的泥土路，就在这时，一个土丘的建造者突然走了过来！

“兄弟们，这才真叫神奇生物！它看上去像一只靠四条腿向前滚动的圆桶，还长着四条手臂或者说是触手。这家伙没有头，只有躯干和肢体，全身密密一排眼睛。圆桶身子顶端是一层膈膜，跟鼓皮一样紧绷着，除此以外就什么都没有了。圆桶怪推着一辆铜制小推车，正好从我们身旁冲出来，就像俗语里说的蝙蝠飞出地狱那样飞快。这家伙没有注意到我们，虽然我感觉它经过时冲着我这边的眼睛微微转动了一下。

“过了一会儿又跑来一个圆桶怪，推着另一辆空空的小推车。接下来的情况也是一样——它也从我们身边飞快跑掉了。我可不想被一伙玩火车游戏的圆桶怪忽视，所以当第三个家伙接近我们的时候，我径直挡在路中——当然，也随时准备跳开，免得那家伙不肯停下来。

“不过这家伙看到我了。它停下来，用头顶的膈膜发出某种击鼓声。我伸出双手说：‘我们是朋友！’然后你猜那家伙做了什么？”

“我打赌它说的是‘见到你们很高兴’！”哈里森猜测。

“它要真这么说我还不奇怪了！它震动膈膜，突然蹦出一句：‘我们是盆——盆——盆——盆友！’然后恶狠狠地推着小车冲着我铲过来！我跳到一边，眼睁睁看着它跑远了。

“一分钟以后，另一个圆桶怪急急忙忙跑过来，没有停下，只是蹦出一句：‘我们是盆——盆——盆——盆友！’然后就跑没影了。这家伙是怎么学会这句话的？是不是所有圆桶怪之间都保持着某种联系？它们是不是都是某个中心化生物体的组成部分？我不知道，不过我认为特维尔知道。

“那些圆桶怪就这样从我们身边疾驰而过，每一个都用同样的话语‘问候’我们。这场面很滑稽，我从没有想过在这个荒凉的星球上能找到这么多朋友！最后我对特维尔比画了一个表示困惑的手势；我猜他明白我的意思，因为他说：‘一一二是的！二二四不是！’明白什么意思了吗？”

“当然，”哈里森说，“这是一首火星人儿歌。”

“那是！好吧，我已经习惯特维尔的象征手法了，我是这么理解的：‘一一二是的！’，这些生物是智慧生物。‘二二四不是！’，他们的智慧不是我们这种类型，而是超出二加二等于四逻辑范畴的智慧体系。也有可能我猜错了他的意思。也许他指的是他们的思维层次比我们要低，可以理解简单的事物——‘一一二是的！’，但是没法理解复杂的事物——‘二二四不是！’。我觉得，按照我们之后看到的情况来分析，他指的是后一种意思。

“过了一段时间，那些圆桶怪又浩浩荡荡地冲了回来——先是一个，紧接着是另一个。小推车里装满石头、沙子、大量橡胶植物等之类的垃圾。他们单调地一遍遍重复友好的问候——听上去却没有那么友好——然后一路飞奔过去。第三个经过的家伙感觉像是刚才我第一个碰面的那位，我决定再和他聊聊，就又挡在路中间等着。

“他跑过来了，蹦出那句：‘我们是盆——盆——盆——盆友！’然后停下来。我看着他，他的四五只眼睛也盯着我。他又试了试通行密码并猛地向前推小车，我仍然一动不动地站着。就在这个时候——这个可恶的家伙伸出一条手臂，用两个手指一样的爪子拧住了我的鼻子！”

“哈哈！”哈里森狂笑不止，“这家伙可能还有点审美意识！”

"你就笑吧！"贾维斯抱怨道，"我这鼻子已经瘀伤冻伤齐全了。总之我大喊一声'哎哟！'并跳到一边，这家伙立刻飞快跑开。但是从这儿开始，圆桶怪的问候就变成了'我们是盆——盆——盆——盆友！哎哟！'真是一群古怪的野兽！

"特维尔和我沿着土路径直来到最近的一座土堆。圆桶怪还在不停地来来往往，一车车搬运他们的垃圾，丝毫不理会我们。这条路延伸到一个洞口前，洞口向下倾斜，像个古老的矿井，圆桶怪跑进跑出，用他们一成不变的话语问候我们。

"一眼望去，洞口下面有些许亮光，我受好奇心驱使想去看看。你们知道吗，那亮光不像火焰或者火把，更像是高等文明的人造光源。我想或许能得到一些关于圆桶怪发展历史的线索，于是就钻进洞里。特维尔紧跟着我，当然还是少不了几声唧啾叽喳。

"那亮光很奇异，像老式弧光灯一样噼啪闪烁，来自通道墙壁上的一根黑杆子。毫无疑问，黑杆子通着电。他们的文明程度显然不低。

"随后，我看到另一盏灯照射在什么闪烁的东西上。我走过去查看，只是一堆发亮的沙子罢了。我转向洞口准备出去，活见鬼，入口居然消失了！我猜想，这可能因为通道是弯曲的，或者我误入了一条偏道。不管怎么样，我沿着记忆里来的方向往回走，可是眼前只有一条又一条灯光昏暗的通道。这地方是个迷宫！里面只有通往各个方向的曲折通道，偶尔有几处被灯光点亮，时不时有圆桶怪跑过，有时推小车，有时两手空空。

"一开始我并不太担心，毕竟特维尔和我进洞之后只走了几步路。可是后来每走一步我们似乎都离洞口更远了。最后我尝试跟上一个没有推车的圆桶怪，想着他应该会跑出去装垃圾，然而这家伙却四处兜圈子，带着我们进进出出一条又一条通道。最后他干脆像一只日本华尔兹鼠一样，绕着一根柱子转了起来。这时我终于放弃了希望，把水箱一扔就瘫坐在地上。

“特维尔和我一样不知所措。我向上指指，他说‘不——不——不！’，唧啾声里带着无助。我们没法获得洞穴生物的一点帮助。他们一点也不关注我们，除了向我们确认他们是朋友——哎哟！

“老天！我也不知道我们在那儿晃荡了多少小时或者多少天！这期间因为筋疲力尽我睡着过两次；特维尔看上去从来都不需要睡眠。我们试着只挑上坡的通道走，但是一路爬到坡顶却是弯弯曲曲的下坡路。这该死的蚂蚁窝里温度始终不变，分不出白天夜晚，第一次睡着的时候，我不知道睡了一个小时还是十三个小时，所以没法根据手表得知到底是半夜还是中午。

“我们遇到一系列稀奇古怪的东西。一些通道里有机器在运转，但看上去没什么用——只有轮子在转而已。还有几次我看到两个圆桶怪中间长着一个小圆桶怪，和他们两个都连在一起。”

“单性繁殖！”勒罗伊兴高采烈地说，“和郁金香一样的苞芽单性繁殖。”

“你要这么说那就是吧，法国佬，”贾维斯赞同地说，“那些家伙从来没有注意过我们，只会像我之前说过的那样用‘我们是盆——盆——盆——盆友！哎哟！’来问候我们。他们似乎没有任何居家生活，只会推着小车四处奔跑，运送垃圾。最后我终于发现了他们用垃圾来做什么。

“我们运气不算太坏，找到一条很长的上行通道。就在我感到应该离地表不远的时候，通道突然变得开阔，指向一个穹顶房间，也是我们一路上见到的唯一房间。好家伙！当我透过房顶的缝隙看到似乎是阳光的亮光时，我兴奋得真想跳舞。

“房间里——有某种机器，一个不停转动的大轮子，一个圆桶怪正从下面往机器里倒垃圾。机轮嘎吱嘎吱把垃圾——沙子、石头、植物，所有东西都碾碎成粉末，然后粉末就不知道被筛到什么地方去了。我们在一旁看着其他圆桶怪排着长队依次进来，重复相同的过程，好像也就这样而已。整个事情莫名其妙，毫无逻辑可言——但这就是这个疯狂星球的特点。同时还发生了另一件简直让人难以置信的怪事。

“有这么一个家伙，倒完垃圾以后把小推车扔到一边，自己却淡定地挤进了机轮下面！我亲眼看着他一点点被碾碎，震惊到哑口无言。过了一会儿又一个也跟着挤进去。他们还挺有条不紊，空手的圆桶怪随即推走了扔在一旁的小推车。

“特维尔看上去并不惊讶，我指给他看下一个准备自杀的圆桶怪，他用最像人类的方式耸耸肩，好像在说：‘我无能为力。’他一定多少了解一点这些圆桶生物。

“随后，我发现机轮后面有什么东西在低低的基座上闪闪发亮。我走过去一看，是一小块鸡蛋大小的水晶，闪烁着更胜地狱幽火的荧光，刺痛了我的手和脸，感觉就像静电放电一样。然后我注意到另外一件有趣的事。还记得我左手大拇指上长的那颗疣吗？看看！”贾维斯伸出左手，“已经变干脱落了——就像这样！还有我这饱受摧残的鼻子——哈哈，居然神奇地不疼了！这东西有 X 光或伽马射线的特性，不过威力更强大，能破坏病变组织，而健康组织却不受影响！

“我正琢磨这东西要是带回到地球该是多好的礼物时，却突然被一阵嘈杂声打断。我们冲到机轮另一侧，刚好看到一辆小推车被碾碎。看上去有些‘自杀者’还是粗心大意了。

“就在这时，四周的圆桶怪突然全部发出了击鼓声，听起来很有威胁的意味。他们成群结队向我们逼近，我们退回好像是刚才进来的那条通道，他们跟在后面继续嘣嘣作响，有些推着小车，有些空着手。疯狂的野兽！所有圆桶怪都一齐敲击‘我们是盆——盆——盆——盆友！哎哟！’，我不喜欢后面那个‘哎哟’，容易让人不往好处想。

“特维尔掏出自己的玻璃枪，我也为了行动更自如而扔掉水箱并且拔出手枪。我们一步步向外退出了通道，圆桶怪则不断逼近——大概有二十个。还有件怪事——那些刚刚推着满载的小车进来的圆桶怪却和我们擦身而过，什么举动都没有。

“特维尔一定也注意到了这一点。他突然一把掏出他那只发光的燃煤打火机按在一车植物枝干上面，顿时冒出一阵烟雾！整辆车都着了火——可是推车的疯兽们居然还在继续前进，就连脚步都不乱！不过燃烧的小车还是在一片‘盆——盆——盆——盆友’声中制造了一些混乱——而且这时我注意到烟雾打着转经过我们身边，毫无疑问，洞口就在那边！

“我一把抓住特维尔拔腿向外跑去，身后跟着二十个追兵。阳光照在身上的感觉就像到了天堂，虽然匆匆扫了一眼我就意识到太阳差不多要下山了，这可十分不妙，因为在火星的夜晚没有保温睡袋我就活不成——至少也得生堆火。

“情况急转直下。圆桶怪把我们围困在两座土丘之间，我们两个站定在那里。我和特维尔都没有开枪，激怒这些凶兽没有任何好处。他们在一米开外的地方停下来，开始嘣嘣敲击，继续哄叫着‘盆友’和‘哎哟’。

“随后形势进一步恶化！跑来一个推小车的圆桶怪，所有怪物随即从车里取出一支支约一英尺长的铜飞镖——看上去很锋利——说时迟那时快，其中一枚飞镖擦着我的耳朵飞过——嗖的一声！这时候再不开枪自卫就只能等死了。

“一开始我们的反击效果相当明显。我们逐个射倒了小推车边上的几个怪物，同时最大限度设法挡住进攻的飞镖，然而，突然传来了雷鸣般的嘣嘣声，‘盆——盆——盆——盆友’和‘哎哟’，一整支圆桶怪军队都钻出了洞口。

“好家伙！我知道我们要完蛋了！然后我马上意识到特维尔不必与我一起等死。他本可以毫不费力地跳过我们身后的土堆，可是他却为我留了下来！

“老实说，要是有时间我可能会感动得大哭一场！从一开始我就喜欢特维尔，可是我是否也会像他一样为了报恩而做这么多——就算的确是我把他从第一只梦兽那里救了出来，这份人情他也早就还上了不是吗？我抓住他的手臂，说：‘特维尔’，又指指上空，他明白我的意思，说：‘不——不——不，提克！’说着就拿着玻璃手枪跳开了。

“我能怎么办？太阳一下山我就得完蛋，但是我没法向他解释。我只能说：‘谢谢，特维尔。你是个男子汉！’我感觉这一点也不是恭维话。一个男子汉！有多少人能做到这种地步？

“就这样，我和特维尔都举起枪，一个‘砰砰砰’，一个‘噗噗噗’，圆桶怪还在冲着我们扔飞镖并随时准备向我们扑过来，耳边全是他们‘盆友’的嘣嘣声。我已经不抱什么希望了。在这千钧一发的时候，帕兹就像天使一样从天而降，火箭底部喷口的火焰一下子就把圆桶怪撕得粉碎！

“哇！我激动得大喊一声就冲向火箭。帕兹刚一打开门我就钻了进去，又哭又笑，大喊大叫！这样持续了好一会儿我才想起特维尔，我向外面一看，正好看到他一个鼻喙式俯冲飞过土堆消失了。

“我费了好多口舌才说服帕兹去追特维尔！等我们把火箭开向高空，夜幕已经降临。你知道夜晚的火星什么样子——就像关灯之后那样漆黑。我们从沙漠上空划过，中间降落了一两次。我一路放声大喊‘特维尔！’，我想喊了不下一百次。我们没有找到他。他跑起来就像风一样快，我只能听到——也许是幻听——南边隐约飘来唧啾叽喳声。他就这样走了，该死！我真希望——希望他没走！”

“阿瑞斯”探险飞船上的四个人都不再吱声——包括最喜欢冷嘲热讽的哈里森。最后，勒罗伊打破了沉默。

“我想看看去！”他小声嘟哝。

“没错，”哈里森说，“尤其是治疗疣的那个水晶。没能拿到真是太可惜了，这可能就是人们一百五十年来一直在寻找的癌症特效药。”

“啊，那个！”贾维斯沮丧地自言自语，“就是这东西才惹出的麻烦！”他从口袋里拿出一块闪闪发光的物体。

“在这儿呢。”

（万年看客　译）

谁在那儿？

20 世纪上半叶的自然科学史也许可以总结为：宇观上向大扩张，微观上向小细分。

1918 年，哈洛·沙普利宣布，地球所在的星系——银河系的体积要比人们原先认为的大 10 倍；随后银河系的尺度被向下修正了些，被估计为 25 000 光年乘 100 000 光年。1924 年，埃德温·P. 哈勃证明了还存在其他的星系。在这段天文学的发展历程中，几千年来一直被认为是宇宙中心的地球，还有几百年来几乎都被视作独一无二的太阳系，被调整到了所在星系的一根旋臂外侧上的位置，而银河系也降格到了仅仅是宇宙中数十亿个星系之一，这些星系有些距离太阳有十亿光年之遥，在可见宇宙的边缘，正以接近光速的速度飞离我们而去。

与此同时，原子这个曾经一直被看作是不可再分的物质结构单元，也在被分解成越来越小的微粒，这些微粒的行为遵循着尚未发现的全新法则。1896 年，汤姆逊发现了电子，然后 1904 年卢瑟福揭示了放射性衰变的本质，1910 年高克尔发现了宇宙射线的早期迹象，

1913 年柯立芝发明了 X 射线管，玻尔提出了原子的太阳系模型。从 1924 年到 1926 年，德布罗意和薛定谔提出了波动力学理论，而海森堡也提出了自己的量子力学理论。劳伦斯在 1930 年建造了第一台回旋加速器，泡利在 1931 年提出了中微子假说，然后 1932 年查德威克发现了中子，安德森发现了正电子。1934 年，费米开始创造超铀元素，然后 1938 年迈特纳、哈恩和斯特拉斯曼宣布发现了铀的核裂变。

宇宙的不断扩展，让其中的物质的真实性被稀释而淡薄，人类也由天地万物独一无二的核心处被移开，放到了跟蚂蚁或者微生物并无多大差别的位置。在 1930 年代，由于人类在大萧条中无法控制自身的社会体制，也无力应对导致尘暴区的气候，人类重要性被削弱的感觉就越发强烈了。

因此，有两股来自不同方向的动力驱使科幻小说作家的想象力朝着太空而去：一是人类地位的削弱需要得到补偿——假如人类没那么重要，那他们就需要有更大的志向、勇气和能力，才能应对那些愈发巨大的挑战；二是科学在洞察前所未知领域中表现出的能力暗示，人类有能力掌控未知。

自从 H. G. 威尔斯写了《获得自由的世界》[1]（*The World Set Free*，1914）一书之后，有关原子能甚至原子战争的小说就源源不断。到这个时候，随着科学开始揭示原子的结构和辐射过程的本质，这种小说在科幻杂志上发表的频率就越来越高。

有关太空飞行的小说流传的时间要早得多，可以追溯到萨莫萨塔的琉善（Lucian）所写的《一个真实的故事》（“A True Story”，约 165—175）。在早期的纸浆冒险杂志上，这类小说开始以更令人信服

1. 作于 1912—1913 年间，出版于 1914 年。书中预言了“原子弹”的使用和联合国的出现。

的面貌出现。不过，在那些故事里，去另一颗行星或恒星旅行比较常用的方法是星光体投射，巴勒斯笔下的约翰·卡特去火星或者吉西笔下的贾森·克罗夫特去天狼星系都是通过这条途径。然后到1928年,《怪谭》上连载了埃德蒙·汉密尔顿的《太阳冲撞》(*Grashing Suns*),《惊奇故事》则刊登了爱德华·埃尔默·史密斯的小说《太空云雀号》。等到巴勒斯在《金星海盗》(*Pirates of Venus*，1934，杂志连载于1932年）中将卡森·内比尔送往金星（本来要去的是火星，但由于月亮让他偏离了航道，结果抵达了金星）时，他用的也是太空船了。

这种新型故事建立在这样的假设上：人类会通过科学和工程学征服太空——不是借助精神而是借助机器。进入太空之后，故事继续向前发展，人类会征服自己的太阳系，随后向银河扩张，遇到来自物质世界的难题以及来自外星人的威胁，有时还建立起帝国，进行统治和管辖。

汉密尔顿写了一系列关于“恒星议会”和“星际巡逻队”的短篇。史密斯也写了一系列的小说（几乎没有短的），在其中善恶双方为了争夺对宇宙的控制权而时时交战：首先是“云雀号”四部曲，接着是以主人公命名的六部系列小说“透镜人”(*Lensman*)。

史密斯成了科幻迷们的宠儿，在第二次世界大战后出现的科幻迷出版运动，其动机似乎主要就是渴望再版史密斯博士的太空歌剧：譬如说“透镜人”系列就以《文明史》(*The History of Civilization*)为书名由幻想出版社[1]出了个盒装版。但有一位在麻省理工学院读书时向《惊奇故事》投过稿的青年作家很快就向史密斯发出了挑战，争夺科幻迷们的青睐。

1. 美国出版社，1946—1961年间出版了许多科幻名著，以史密斯的太空歌剧尤多。

1930 年，小约翰·W. 坎贝尔[1]在《惊奇故事》上刊登了两篇小说。有个事实作为他人生中的一大巧合为人津津乐道，那就是他的第一篇故事与《惊异》——这本之后将会和他紧密相连的杂志的第一期在同一个月面世。

坎贝尔由于未能通过德语考试被麻省理工学院淘汰，一年之后在杜克大学物理学专业拿到了一个学位。在经济大萧条早期的困难岁月里，他为了谋生尝试过各种各样的职业，其中有六个月在为卡尔顿·埃利斯[2]撰写技术资料和编辑文档。但他一直在坚持写小说，并每月为《惊异》贡献一篇天文学方面的系列文章[3]。

刚开始那几年，坎贝尔专写太空歌剧。到 1934 年，他的第一部长篇《超级机器》（*The Mightiest Machine*）在《惊异》上连载时，许多人已认为在这类规模宏大的传奇小说领域，他与史密斯差堪匹敌了。但甚至早在《超级机器》刊发之前，坎贝尔已开始着手创作另一类型的故事了。这种故事里少了些激情，多了些诗意，关注更多的是社会学、心理学和哲学，而不再是天文学和物理学。这些故事在描述科学文化方面更富现实主义，在处理所涉的永恒主题时则更具浪漫色彩。其中的第一篇《黄昏》（“Twilight”），在《超级机器》开始连载前一个月就以唐·A. 斯图尔特的笔名在《惊异》上发表了。

继《黄昏》之后，坎贝尔又写了一系列风格和质量相似的故事。到 1937 年时，斯图尔特这个名字（取自他第一位妻子的婚前姓氏）已经比坎贝尔自己的名字更受有品味的读者们的青睐。《谁在那儿？》（“Who Goes There?”）是斯图尔特名下的一个经典中篇科幻小说，发表于 1938 年，后来被作为底本改编成了一部粗制滥造的电影《怪

1. 和他父亲同名，因此有时会加上“小”以示区分。但他父亲（一位电气工程师）没什么名气，所以也经常不加。
2. 美国著名发明家、化学家、工程师。人造黄油、骨头状狗饼干、夹层挡风玻璃等都是他发明的。
3.《太阳系调查报告》，1936 年 6 月—1937 年 11 月。

形》(*The Thing*，1951)。约翰·卡朋特 1982 年的重制版电影更忠实原作，但也没能抓住坎贝尔那种用理性来解决困难的神髓。

不过，1937 年时坎贝尔已受雇于《惊异》，担任杂志编辑。不到一年，他自己的小说写作生涯就差不多终止了，那时他才 28 岁。从那时起，他的精力就全部用在了从其他作者那里获得他想要的科幻小说上。作为作家，他标志着科幻小说的一个转折点；作为编辑，他将会把科幻小说引向下一个转折点。

（何锐　译）

黄昏

[美国] 约翰·W. 坎贝尔

“说起搭便车的，”吉姆·本德尔有点困惑地说，“我那天捡到一个家伙，真是个怪胎。”他笑起来，但笑得不太自然，“他跟我讲了我听过最离奇的故事。大多搭便车的会跟你讲讲，他们怎么把一份好工作搞丢了，想来西部的广阔天地找点活儿干。他们好像意识不到咱们这儿有多少人，还以为这片辽阔的美丽土地荒无人烟呢。”

吉姆·本德尔是个房地产商，事关土地，我知道他能扯个没完。要知道，这是他最爱的话题。他确实很担心，因为我们州还有大片待开发的宅地。他总在谈论美丽的土地，却从未跨出过城市边界，更没有深入过城外的沙漠。实际上他害怕那种地方。于是，我委婉地把话题引回正轨。

“他标榜自己是什么人，吉姆？找不到土地勘探的勘探员？”

“这并不好笑，巴特。不，并不只是他标榜了什么。他甚至没有标榜什么身份，就只是聊天。你知道吗，他没强调那是真事，就只是说出来而已。就是这样我才感到不安。我知道那都不是真的，但他说话的方式，噢，我搞不懂……”

我明白了，他的确没搞懂。吉姆·本德尔向来措辞谨慎——且引以为豪。如果他找不准字眼，就说明他心烦意乱。就像有一次他把眼镜蛇认作了一根木棍，还想把它扔进火堆。

吉姆接着说：他穿得也很滑稽，衣服看起来像银制品，却如丝绸般柔软，晚上还会发出一点儿亮光。

我在黄昏时分载到了那个人，真是捡上车的。他躺在南方路十英尺开外的地上。一开始，我想着有人撞了他，没停车就溜了。看不太清楚他的样子，你知道。我把他拉起来，安顿在车里，就继续赶路了。我还有三百英里的路要赶，但想着能把他留在瓦伦泉的万斯医生那儿。过了约莫五分钟，他醒过来，睁开眼睛。他看着就不对劲，先是看了看车，又看向了月亮。“感谢上帝！”说完，他又看向我，真是吓了我一跳。他很美，不，很英俊。

也不对，他真是不同凡响。大概有六点二英尺高，棕色头发，带着点儿红金色，看起来就像是氧化成棕色的细铜丝，干爽又卷曲。他前额宽广，有我的两倍那么宽，五官精致，让人难以忘怀。灰色的双眼就像蚀刻过的铁，比我的眼睛大——大很多。

他的衣服……更像是泳衣配上睡裤。他手臂修长，肌肉匀称，像个印第安人。但他是白人，皮肤被太阳晒成了淡金色，而不是棕褐色。

但他真是不同凡响，比我见过的任何男人都更美。我不知道，真见鬼！

“你好！”我问，“出意外了？”

“不，至少这次没有。”

他的声音也美妙无比。不是普通的声音，倒像是管风琴在演奏，只不过这管风琴有人类的形态。

“但或许我的头脑还不太清楚。我尝试了一项实验。告诉我现在的日期，包括年份和其他信息，让我确认一下吧。”他继续说。

“为什么……1932年12月9日。”我说。

这并不让他高兴，他一点儿都不喜欢这个答案，但他先是露出一个苦笑，随即又化为一声轻笑。

“超过一千……”他若有所思地说，“总没有七百万糟糕，我不应该抱怨了。”

“七百万什么？”

“年呀，”他说得很沉稳，似乎只是实事求是，“有一次我做了个实验，或者说我将要做个实验，现在我又得重来一次了。那个实验发生在……3059年。我刚完成了释放实验，测试当时的空间。时间……并不是实验对象，我仍然相信，测试的是空间。我感觉自己被那个场域抓住了，无法挣脱。伽马-H481场域，位于佩尔曼范围内，强度为935。它把我吸了进去，我又从里面出来了。

“我认为它抄了一条空间便道，通向了太阳系将要占据的位置。穿过了一个更高的维度，所以超越了光速，把我扔到了未来位面。”

你看，他不是在对我叙述，只是把自己的想法说出声来。这会儿他才开始意识到我的存在。

“我看不懂他们的仪器，七百万年的进化改变了一切。所以我回来的时候目标有点儿偏差，我是3059年的人。

“不过告诉我吧，今年最新的科技发明是什么？”

他把我惊呆了，我几乎想都没想就脱口而出：“呃，电视吧，我猜。还有短波广播和飞机。”

“短波……好，他们会有仪器的。”

“可是……你是谁？”

“啊……很抱歉，我给忘了，”他用那管风琴般的声音回答，“我是阿瑞斯·科·肯林。你是哪位？”

“詹姆斯·华特斯·本德尔。”

“华特斯……代表什么？我不认识这个词。”

“呃……这当然是一个名字。为什么你应该认识它呢？”

“我明白了——那么你们是不分类别的。‘科’代表科学。”

“你从哪儿来啊，肯林先生？”

“从哪儿来？”他露出微笑，声音和缓轻柔，“我从七百多万年后的空间穿越而来。他们记不清了……那里的人类。机器把非必要的服务都淘汰了。他们不知道那时的纪元。但在那以前，我的家乡是3059年的内华城。”

从那一刻起，我开始认定他是个怪胎。

“我是个实验者，”他继续说，“搞科学实验，就像我刚才说的。我父亲也是一位科学家，但他主要研究人类遗传学。我本身也是个实验品。他证明了自己的观点，整个世界进而效仿，我是新种族的第一人。”

“新种族……噢，老天啊……那我们到底……我们将会……”

“将要如何终结？我见过了……几乎看见了终点。我见到了他们……那些小人……困惑又迷茫。还有那些机器。必然会如此吗……没有办法改变吗？你听……我听到了这首歌。”

他唱起了那首歌，于是他无须再跟我描述那些人了。我认识他们，听见了他们的声音，他们说着那古怪又刺耳的、不同于英语的语言。我读懂了他们迷惑不解的渴望。那是小调旋律，我想。歌声呼唤着，呼唤、询问，无望地探寻，一切之上还有那被遗忘的无名机器发出低沉的轰鸣和声声呜咽。

那些机器停不下来，因为它们被开启了，而小人们忘记了怎么关停他们，甚至忘了它们的用处。他们看着机器，倾听着，困惑不已。你看，他们不再会读写，语言也改变了，所以祖先留下的语音记录毫无意义。

然而歌声继续，他们依旧困惑。他们看向太空，看见了温暖、友好的星星——太遥远了。他们曾熟知并在九个行星上生活过，如今却被无尽的距离封锁在原地，他们看不见另一个种族，或另一种新的生命。

歌声中贯穿始终的是两样东西：机器，以及令人困惑的遗忘。或者还有一样。

嗯……这就是他唱的歌，这首歌令我不寒而栗。这首歌不该唱给今天的人听，它几乎要杀死某种东西，它似乎能杀死希望。听完这首歌，我……嗯……我相信了他。

他唱完歌之后好一会儿都没说话，接着浑身打了一个激灵，似乎回过神来。

你不会理解（他继续说），至少现在还无法理解……但我见过他们。他们站在那儿，就像拥有巨大头颅的畸形人，但是他们的头颅里除了大脑什么都没有。他们拥有能够思考的机器——但有人在很久以前把机器关停了，没人知道如何重启。那就是他们的问题，他们有完善的大脑，比你我的好上太多，但他们的大脑肯定也在几百万年前关停了，他们从此再也没有思考过。善良的小人们。那就是他们所知的一切了。

我滑进那个场域时，它把我往下拽，就像一个重力场将太空飞船打着旋儿往行星上拉扯。它把我吸进去，我穿透了场域，只不过场域的另一面是七百万年以后。那就是我之前所在的地方。那肯定就是地球表面完全相同的位置，但我一直不明白为什么会发生这样的事。

当时是夜里，我看见远处有一座城市。月光笼罩着城市，但整个场景看起来很不对劲。你瞧，七百万年里，人类做了许多改变行星位置的事儿，要开辟太空客轮航线、在陨石带清出通道等。七百万年很长，足以让自然形成的星体位置稍微移动一些。月球远离了地球五万英里，开始绕着自己的轴心自转。我躺下来盯着它看了好一会儿。甚至星星们都不一样了。

有飞船从城市里出来，进进出出，像是沿着一条电缆滑动，只不过那是一条能量缆线。城市的一部分——下半部分，灯火通明。那肯定是水银汽灯，我下了结论。蓝绿色的光，我确信人类无法在此生活——这种光线伤害眼睛。城市的上层只有稀稀落落的光。

这时我看见有东西从天空中降落下来，非常明亮，是一个大圆球。它径直降落在大片黑色与银色构成的城市中心。

我不知道那是什么，但我当即明白，这个城市被遗弃了。我会那样想真是奇怪，我可从来没见过一座被遗弃的城市呢。我走了十五英里，进入了城市。街道上有机器来来往往，你知道，都是维修机器。它们不明白这个城市为什么不再需要继续运作，所以它们还在工作。我找到了一台出租车机器，看着很熟悉，还有一个我能操作的人工操控台。

我不知道这个城市被遗弃了多久，其他城市的一些人说已经过去十五万年了，有的甚至说已经过去了三十万年。三十万年来无人踏足的城市。出租车机器性能极好，马上就启动了。它很干净，整个城市都很干净、秩序井然。我看见一家餐厅，而我饥肠辘辘。我更渴求的是与人类的交流，但当然了，那里没有人，只是我当时不知道。

餐厅把食物直接展示出来，我选了一样。我猜想食物已经存放了三十万年吧，但我当时不知道，那些为我提供餐食的机器也不关心，因为它们只是把食物合成出来，你瞧，成品很完美。那些建造城市的人忘了一件事。他们没意识到事物不应永远存在。

我花了六个月来制作自己的装置，到最后只想离开。看着那些机器盲目而精确地作业，按照设计师的要求工作，不知疲倦、永不停歇，即便那些设计师和他们的儿孙后代们再也不需要它们……

等到地球冷却、太阳熄灭，那些机器还会继续工作。等到地球裂开、分崩离析，那些完美的、永不停歇的机器仍会尝试修复它……

我离开餐厅，搭着出租车浏览城市。我相信那台出租车有一个电动小马达，它的能量来自中央能源发散器。我很快就搞明白了，我身处遥远的未来。城市分为两个区域，一个区域有许多分层，机器运作流畅，只发出低沉而有节奏的嗡鸣，在整座城市回荡，就像一首永不完结的能量之歌。城市的整个金属框架都与这歌声产生共鸣，处处传递、彼此应和。但这声音轻柔安详，带着安抚人心的节奏。

地面上起码有三十层，地下还有二十层，都由坚实巨大的金属墙和地板构建。金属、玻璃和能量机器。唯一的光来自蓝绿色的水银汽弧灯。水银汽发出的光含有大量高能量子，能激发碱金属原子的光电活性。或者这超过了你们现在的科学范畴？我又忘了。

他们使用那种光，是因为他们许多的工作机器需要光线视物。那些机器真了不起，我在最底层庞大的能源工厂里走了五个小时，观察那些机器。因为它们会动，这些伪机械生命，我就不觉得有多孤单了。

我看见的发电机是在我之前发现的释放效应基础上改进而成的——什么时候开始的呢？我是说，它们释放的物质内部能量，我看一眼就知道它们能持续运作数不尽的年月。

城市的下半部分全都让给了机器。几千台机器，绝大部分都闲置着，或是最多以低负荷运作。我认出了一台电话装置，但完全没有信号。城市里没有生命。我按下房间一侧屏幕旁的小按钮，机器立即开始运作。它准备就绪，却再也没有人需要它。人类懂得如何死去，死后沉寂，但机器不懂。

最后我爬上了城市顶端、最高的那一层。那里是天堂。

那里有灌木丛、树木和公园，在空气的柔和光晕下闪闪发亮。他们很早就学会了让空气发光，在五百万年前甚至更早就学会了，却在两百万年前又将之遗忘。然而机器没有遗忘，还在继续制造这种汽灯。汽灯悬在半空，散发出柔和的银白色光芒，掺杂着些许粉色，花园都笼罩在这样的光晕下。这里此刻没有机器，但我知道它们会在天亮后出现，照料花园，为了已死去的主人维护这片天堂。主人停止了活动，它们却停不下来。

城外的沙漠凉爽而干燥。这里的空气柔和、温暖而甜美，飘荡着人类用数以万计的年月改良过的花香。

某处响起了音乐。乐声从空中飘出来，柔和地荡漾开。月亮即将沉落。伴随着月落，那粉银色的光晕渐渐褪去，乐声逐渐增强。

音乐从四面八方传来，却又无踪可寻。它从我的内心倾泻而出。我不知道他们是怎么做到的，也不知道这样的音乐是怎样谱写出来的。

野蛮人的音乐过于简单，谈不上美，却具有感染力。半野人的音乐简单得很美好，又美得很简单。黑人的音乐是你们这里最好的。他们一听音乐就能懂，心有所感就能唱。半开化的人写出伟大的乐章并以此为荣，同时确保让世人皆知乐章不朽。他们为音乐冠上过多的荣耀，倒让它显得不堪重负。

我一向认为我们的音乐很优美，但那由空气中飘荡开来的是胜利之歌，由一个成熟的种族演唱，人类沉醉于成功之巅！那是人类在歌唱他们的胜利，宏伟的声音使我振奋，向我展示了前方的道路，歌声激励着我前行。

我俯瞰这被遗弃的城市，而歌声渐渐消失。机器应该已经忘记了那首歌，他们的主人也一样，很久以前就忘记了。

我来到一幢他们肯定曾经当作居所的房屋，昏暗的灯光下有一道隐约可见的门廊，但我刚走到门口，灯光便亮起来。这里的灯已有三十万年未使用过，此刻却为我点亮青白色的光，就像萤火虫一样。我走进了门后的房间，身后门廊的空气立刻发生了变化：空气变成了浑浊的乳白色。我身处的房间由金属和石块建成。石块是某种漆黑的物质，上方饰以丝绒，金属则是金银两色。地上铺着地毯，质地跟我现在穿的衣服一样，只是更厚、更柔软。房间里散落着几组长沙发，矮矮的，上方盖着柔软的金属材料，也是黑色、金色和银色的。

我从未见过这样的东西，我猜以后也见不到了，而我的语言和你们的语言都无法描述那样的材质。

这座城市的建造者有权利，也有理由唱出那首激奋的胜利之歌，他们所向披靡，横扫九颗行星和十五颗宜居卫星。

然而他们已经不在了，而我想要离开。我想到了一个计划，去一个电话分局检视之前见过的地图。这年迈的世界看起来还是老样子。七百万年或是七千万年对古老的地球母亲来说都不算什么。她或许还能成功等到那些辉煌的机器城市崩塌。她能再等一亿年，或是十亿年，才会被击败。

我尝试呼叫地图上显示的各个城市中心，之前检查中心装置时我就学会了操作电话系统。

我试了一次、两次、三次，足足十二次。约城、伦城、巴厘、施加哥、新坡等等。我开始觉得整个地球上都没有人了，每个城市里的机器回应我、照我的指令操作，这让我感到沮丧。那些大城市里都有机器，而我待在他们那个年代的内华城，一个小城市。约城的直径超过了八百公里。

每个城市我都尝试拨了好几个号码。接着我尝试联系圣弗斯科。那边有人，一个声音回答了，发光的小屏幕上显示出一个人类。我能看见他浑身一震，惊讶地盯着我。他开始跟我讲话，但我显然听不懂。我能听懂你说的话，你也能听懂我说的，因为你们今天的语言通过各种载体记录了下来，也影响了我们的发音。

有些事改变了：城市的名称，原因是城市的名称里多音节词尤其常见，人们经常进行删节、缩减。我在……内、华、达……你们会这么叫吧？我们只说内华。还有约州。但俄亥俄和艾奥瓦留了下来。一千多年对单词的影响很小，因为它们都有记录。

然而七百万年过去了，人类遗忘了那些旧时的记录，随着时间流逝，使用记录的机会更少了，他们的口语也改变了，最后连记录都无法理解。当然，这些已经不再是书面记录了。

最后的人类种族肯定出现了一些想追求知识的人，但他们无计可施。如果能找到基本规则，他们还能翻译古老的文字，但古老的声音记录就……而且整个种族都遗忘了科学原理和思维运作的方法。

所以他通过电路回答时，他的口语对我而言极为陌生。他的声音频率很高，词汇流淌而出，音色甜美，说话时仿佛在唱一首歌。他很激动，还叫来了其他人。我听不懂他们的话，却知道他们在哪里。我可以去找他们。

所以我从那个天堂花园往下走，准备离开，这时我看见了黎明的天空。那些陌生的星星一闪一闪，渐渐暗淡，只有一颗缓缓升起的明亮星星是熟悉的——金星。她此刻闪耀着金光。最后我站在那儿，第一次仔细观察这陌生的天穹，开始明白为什么我一开始会觉得这个场景不对劲。那些星星啊，你瞧，都不一样了。

在我的时代——和你的时代，太阳系都不过是一名孤独的流浪者，恰好经过了银河系繁忙交通的十字路口。你要知道，我们晚上看见的星星其实都是运动中的星群。事实上，我们的星系正在经过大熊星群的中心。在我们周围，半径五百光年的距离以内还有好几个这样的星群。

然而在那七百万年间，太阳离开了星群。肉眼看来，那片天空几乎一片空白，只在寥寥几处有一两颗暗淡的星星。在广袤的黑暗苍穹中横贯着带状的银河，此外空空荡荡。

这肯定就是那些人在歌声中表达的另外那种……发自内心的感受。孤独——甚至没有毗邻的、友好的星星。在我们几光年以外就有好几颗恒星，然而他们告诉我，根据能够直接测量恒星距离的装置显示，离他们最近的恒星在一百五十光年以外。那颗恒星极为明亮，比我们星空中的小天狼星还要亮。这让那颗恒星显得不那么友好，因为它是一颗蓝白色的超级巨星。我们的太阳都只配给那颗恒星当一颗卫星。

我站在那儿看着，随着太阳血红色的光芒浸染了地平线，粉银色的光晕渐渐消失。现在看着星星我就明白了，自我上次看日出已经过去了几百万年。那血红色的光芒不禁让我猜测太阳本身是否也即将消亡了。

太阳露出了一角，体形庞大，如血殷红。太阳升腾而起，血色减淡，半小时后又是我熟悉的那一轮金色圆盘了。

岁月悠悠，它从未改变。

我太蠢了，竟以为它变了。七百万年——对地球而言都不算什么，何况是对太阳呢？自我上次看日出之后，太阳又反反复复升起了两万万次。两万万个日夜啊。假如经过了两万万年，我或许能注意到一些变化。

宇宙缓步而行，只是生命无法长久、转瞬即逝。短短的八百万年，不过是地球生命中的八天——而人类已经濒临灭绝。他们留下了一些东西：机器。但机器也会死去，即便它们不理解死亡。这就是我的感受。我……可能改变了一切。我会告诉你的，这个迟些再说。

因为太阳升起来了，我又看了看天空和大地，脚下大约有五十层楼高。我来到了城市的边缘。

机器在地上移动，大概在平整土地吧。一条宽阔的灰色粗线穿过平坦的沙漠，直指正东方。太阳升起以前我也看见了它昏暗的亮光——那是地面机器使用的道路，但路上并没有机器穿梭。

我看见一艘飞船从东边滑过来，带来了柔和如哀叹的气流声，就像孩童在睡梦中的呓语。它逐渐变大，在我眼中就像是一个不断膨胀的气球。它在城市下方一个大型泊口停稳，体形庞大。我能听见机器运作或高或低的声音，它们无疑正在处理飞船带回来的材料。机器订购原材料，其他城市的机器提供相应补给，运输机器把它们带回来。

圣弗斯科和杰克镇是北美仅存的两个仍在使用的城市，但机器会前往其他所有城市，因为它们停不下来。没有人命令它们停下来。

接着有什么东西出现在高空。在我下方的城市里，三个小球从中心的一个区域缓缓升起。它们跟运输船一样，没有明显的驱动装置。上方天空中有一个点，就好像蓝色太空中有一颗黑色的星星，它渐渐扩大为一颗小卫星。三个小球在高空与之会合，接着它们一同落下，降落在城市中心，我就看不见它们了。

这是从金星回来的运输飞船。后来我知道了，前一晚我看着降落的飞船是从火星回来的。

之后我去找类似出租飞机的交通工具。我没在逡巡城市的机器中认出这一类型，又在更高层寻找，偶尔看见几艘被遗弃的飞船，但对我来讲都太大了，而且它们都没有操控台。

快到中午了，我又吃了餐饭。食物很美味。

我那时就知道了，这个城市是人类希望寂灭的死灰。那不是某个特定种族的希望，不是白种人、黄种人，或是黑人，而是整个人类种族的希望。我疯了似的想离开城市，却害怕从地面道路往西走，因为我开的出租车是由城市里某个能量源供能的，我知道走不出多少英里它就会抛锚。

下午我在城市外墙附近找到了一个小停机棚。停机棚里有三艘飞船。我一直在人类区域，也就是城市的上半部分的下层搜寻。那里有餐厅、商店和剧院。我走进一个商铺，刚一进门，柔和的音乐开始播放，眼前一块屏幕上开始出现颜色和形状。

是那成熟种族的胜利之歌，以图像、颜色和声音全方位展示出来。这个种族稳步前行了五百万年，却看不见前方逐渐消亡的道路，他们将要死亡、停滞，城市也将死去——而他们没有停下脚步。我迅速退出去，把那首三十万年未曾播放过的歌留在了身后。

但我找到了停机棚，这很可能是个私人停机棚。有三艘船。其中一艘起码有五十英尺长，十五英尺宽，这是一艘游艇，很可能是太空游艇。另一艘有十五英尺长，五英尺宽，这肯定是家庭飞行器。第三艘很小，十英尺多长，两英尺宽，显然我得躺在里面。

船里有个潜望镜装置，能让我看见前方和正上方的风景。有一扇窗能让我看见下方的情况——还有一个装置能移动一块毛玻璃屏幕下方的地图，屏幕上的交叉瞄准线会一直标明我的位置。

我花了半小时尝试搞明白这艘船的制造者都造了些什么，但那些人的身后有积累了五百万年的科学知识和他们那个年代最完美的机器。我看了为飞船供能的释放机制，理解了它的运作原理和大致的机械构造。船里没有电子导体，只有以脉冲波形式迅速跳动的暗淡光束，你几乎无法用眼角余光捕捉到光束的跳动。大约有五六道光在微微闪烁，它们起码这样跳动了三十万年，或许更久。

我进入机器，立刻又有至少六道光束亮起来，船体几不可查地颤抖了一下，我的身体蹿过异样的拉扯感。我立刻明白了，这机器下方有重力消除器。继释放效应后，我研究太空场域时也想过要制造这样的装置。

但他们在制造出这完美的不死机器之前几百万年就掌握了这种技术。我的进入使飞船进入自动调节状态，同时开始准备运作。船舱与地球相当的人工重力把我往下拉，但船舱与外界之间的区域和舱内的重力不一致，就造成了身体的拉扯感。

机器准备就绪，燃料充足。你瞧，它们的设备能自给自足，几乎就像活物，每台机器都是如此。一台维护机器为它们提供物资、调试设备，有需要且有可能时还能进行维修。如果维护机器修复不了，我后来了解到，自动服务卡车就会把它们拖走，由极为相似的机器替代。它们会被运回生产厂家，自动机器会将它们修复一新。

机器耐心地等待我来启动。操控台很简单、一目了然。左侧有个操纵杆，往前推船就会前进，往后拉船就会后退。右侧是一个水平放置的转轴横杆，往左转船就左转，往右转船就右转。横杆稍往上拉，飞船头部就会抬起，其他除前进和后退的动作也能依样完成。抬高横杆时船会上浮，反之亦然。

我躺在船舱里，稍稍抬高了横杆。正好位于眼前的一台计量器上的细针缓缓地动了起来，身下的地板开始下降。我将另一根操纵杆往后拉，飞船开始加速，轻巧地飞出了停机棚。我松开两根操纵杆，恢复为中置状态，机器继续滑行了一段，最后动力与空气摩擦力相互抵消，在原来的高度停下。我将船掉转方向，眼前另一个计量盘随之转动，显示出我的位置，但我看不懂。我原本希望地图会随着飞船位置的改变动起来，但它还是一动不动。所以我朝着感觉上是西边的方向飞过去。

在这台了不起的机器里，我感受不到加速的推动力。地面开始往后退去，城市很快就看不见了。地图在我身下快速滚动，我发现自己正朝着西南方前进，就稍稍往北转，盯着罗盘看。很快我就搞懂了方向，飞船加速前进。

我过分沉迷于地图和罗盘，突然间船舱响起了尖锐的蜂鸣警报声，我还没回过神来，机器突然上升，猛地朝北转。我面前有一座大山，之前我没注意，但飞船发现了。

那时我注意到了之前就应该看见的细节，是两个可以移动地图的小旋钮。我开始转动旋钮，听见一声突兀的咔嗒声，飞船开始减速。不一会儿，飞船以较为和缓的速度稳稳地前进，机器也转向了新的航线。我尝试把方向转回来，但惊讶地发现操控台无法影响船体了。

你瞧，这都是因为地图。飞船可以按地图航线飞行，或者地图随着飞船移动而滚动。我扭动旋钮，机器就开始自动操控。我本可以摁下另一个按钮，但当时我并不知道。我无法操控飞船，直到它在某个被遗弃的伟大城市中心停下来，悬停在地面上方六英寸之处。也许会是萨克拉门托吧。

搞明白以后，我把地图调到圣弗斯科，飞船立刻出发了。船体自动绕过一块破碎的大石头，回到了原来的航线上，继续前行，如同一枚子弹形状的自控飞镖。

飞船到达圣弗斯科时没有下降高度，只是悬停在半空，发出柔和优美的嗡鸣。两次嗡鸣。我等着，往下看。

下方有人。我第一次看见了那个年代的人类。他们体形很小——神情困惑，身材矮小，脑袋超乎比例地大，却也不是大得太过分。

他们的眼睛让我印象格外深刻。瞳孔很大，看向我时瞳孔里有某种沉眠的力量，但是隐藏得太深，无法唤醒。

我改为人工操控，把飞船降落下来。很快我就下了船，飞船自动升高，飞了出去。它们有自动停泊装置。飞船前往距离最近的一个公共停机棚，那里会提供自动服务和维护。船里有个小巧的呼叫装置，我本应该在下船前带上，那样只要我在城市里，按下按钮就能呼叫飞船。

我周围的人们开始说话——几乎像是歌唱——彼此交谈。另一些人慵懒地走过来。男人和女人——但似乎没有老人，也几乎没什么年轻人。寥寥几个年轻人得到了近乎毕恭毕敬的对待和小心的呵护，生怕他们不小心被踩到脚趾或是绊倒。

你瞧，这都是有原因的。他们能活很久，有些人活了三千年，接着……就死去了。他们不会变老，也一直没研究出来为什么人们会这样死去。心脏停止跳动，大脑停止思考——于是死去。然而年轻的孩子们，那些尚未成年的孩子，会得到最细心的照料。在那个生活了十万人的城市里，每个月只有一个孩子出生。人类开始绝育了。

我跟你提过他们都很孤独吗？他们孤独得毫无希望。因为啊，你瞧，人类种族在走向成熟的过程中毁灭了对他们有威胁的所有生命形式。疾病、昆虫，等最后那一点儿昆虫都灭绝了，就轮到了那些吃人的动物。

那时自然的平衡就被破坏了，所以人类只能继续下去，就像那些机器一样。人类启动了机器——现在却无法让它们停止。他们开始毁灭生命，现在也无法停止了。他们只能毁灭所有的野草，接着是许多之前无害的植物。食草动物也遭殃了，鹿、羚羊、兔子、马。它们都是威胁，因为它们会吃人类那些由机器种植的农作物。人类那时还在吃自然食物。

你可以理解吧，这件事已经超出了他们的控制。最后他们为了自保，消灭了海洋里所有的生物。没有那些生物的牵制，人类的数量毫无限制地增长，合成食物终于替代了自然食物。在我的年代之后大约过了两百五十万年，空气中的微生物全部被净化了。

那意味着水也必须净化。先是淡水，接着海水中所有的生命都消逝了。微生物以细菌为食，小鱼以微生物为食，大鱼以小鱼为食——而今食物链的起点消失了。大海已有一个世代，也就是一千五百年，没有任何生命了。甚至连海洋植物都不复存在。

整个地球上只留下了人类和他们保护的生物：他们用于装饰的植物和某些特别干净、跟它们的主人一般长寿的宠物。狗。它们曾经肯定是无与伦比的动物。人类走向成熟，而他们的动物朋友，到你和我生活的年代时已经陪伴了这个种族一千个千年，之后又陪伴了四千个千年，来到了人类种族的成熟早期，它们的智力也得到了增长。在一座古老的博物馆——那是个美好的地方，因为那里完美地保存了一位人类伟大领袖的尸体，他死于我见到他的五百五十万年前。在那座已被遗弃的博物馆里，我看见了一只狗。它的头骨几乎跟我的一般大。他们有简单的地面机器，狗经过训练后能够驾驶，他们还会举办狗驾驶机器的比赛。

人类到达了成熟期，持续了整整一百万年。所以人类大踏步往前进，狗也不再是动物伴侣了。对它们的需求越来越少，等那一百万年结束，人类的衰退开始时，狗也没有了，灭绝了。

而此刻这一批日益减少的人类还处于原来的生命系统里，没有其他生命形式继承他们。曾几何时，一个文明盛极而衰，总有新的文明在旧文明的死灰中崛起。现在只有一个文明了，所有的其他种族，甚至其他的物种，都灭绝了，只剩下植物。人类种族已经过于老迈，无法赋予植物智力和活动能力。也许成熟期的人类是能做到的。

其他世界也在那一百万年里被人类占据——全盛百万年。太阳系的每颗行星和每颗卫星都有人类的踪影。现在只剩下行星上还有人，卫星都被遗弃了。冥王星在我降临前就被遗弃了。在我停留的那段日子里，海王星上的人也在朝着太阳和他们的母星回归。这些过于安静的人类大多数是人生中头一次看见赋予他们种族生命的这个星球。

然而当我从飞船里出来，看着它浮上半空离我而去，我看得出来为什么人类种族会衰亡。我回头看向那些人的脸，在他们身上找到了答案。在那些依旧伟大的头脑中有一种品质消失了——他们的头脑比你我的好上许多。我不得不求助他们中的一人来帮忙解决我的问题。在太空里，你知道，有二十个坐标值，其中十个为零，六个有固定值，另外四个代表我们熟悉的、不断变化的时空维度。也就是说，时空集合不是在二维、三维或是四维，而是在十维上进行的。

我花费了太多的时间，一个人永远不可能解决必须厘清的所有问题，因为我用不了他们的数学机器，而我的机器自然被留在了七百万年以前。其中一个人很感兴趣，帮助了我。他完成了四维和五维的集合，其中可变指数界限内的四维集合甚至是在大脑中完成的。

我要求他计算，于是他就计算了。因为那种令人类伟大的特质已经远离了他。我刚一降落，他们的表情和眼神就让我意识到了这一点。他们看着我，对这个看起来很不普通的陌生人感兴趣，随即就走开了。他们过来看了看飞船进港。你瞧，这是很少见的事儿，但他们不过是以友好的方式欢迎我，却一点都不好奇！人类丧失了好奇的本能。

噢，并不完全！他们对机器感到疑惑，对星星感到疑惑，却不会有所行动。好奇心还没有完全丧失，却也差不多了，好奇心正在死去。跟他们在一起的六个月里，我学到的东西比他们在机器包围中生活了两三千年学到的更多。

你能感受到这种境况下我那几近崩溃的孤独吗？作为一个热爱科学的人，我在科学里看见……或者说看见过救赎和人类的崛起——看看那些奇妙的机器，人类成功的巅峰，就这样被遗忘了、误解了。那些奇妙的、完美的机器，呵护着、保护着、照料着那些温柔又善良的……遗忘了一切的人。

他们迷失在了科学中。城市对他们而言是一座宏伟的废墟，是在他们周围拔地而起的巨大存在。是无法理解的，是自然世界的一部分。城市就是如此，不是谁建造的，只是存在于此。跟山脉、沙漠和海洋里的水一样。

你明白吗——你能明白，从那些机器全新制造出来到那个时候所经历过的岁月，已经比人类诞生至今更为长远吗？我们知道我们最早的祖先流传过什么传奇故事吗？我们记得他们那些关于森林和洞穴的传说吗？敲击燧石直到石头边缘锋利的秘密？追踪和杀死剑齿虎而同时保证自己不被杀的秘密？

他们现在面临着相似的窘况，但经历的岁月更长，因为语言已经得到长足进步，趋于完美，也因为机器帮他们维持了一切运转，经历了一代又一代。

为什么呢，冥王星被完全抛弃了，但冥王星上其中一个最大的金属矿还能定位，机器还在运转。整个太阳系里存在着完美的统一，一个完美机器的统一系统。

而那些人知道的只是对某个控制杆做某个操作就能得到某些结果。就好像中世纪的人只知道将某种材料——木头放在烧红的另一块木头旁，它就会消失，变成热量。他们不明白木头氧化了，并在形成二氧化碳和水的过程中释放了热量。所以人们不明白是什么东西给他们提供食物、衣服，充当他们的交通工具。

我跟他们相处了三天，接着去了杰克镇，还有约城。约城真是太大了，横贯了……呃，最北边是今天的波士顿，最南边是今天的华盛顿——这就是他们的约城。

我就没相信过，他讲故事那会儿，吉姆打断了自己的叙述。我知道他是真的不信。如果相信了，他早就在“约城”范围内购买土地等升值了。我了解吉姆。在他的概念里，七百万年就跟七百年差不多，或许他的曾孙就能把土地卖掉了。

无论如何，吉姆继续说，他说那是因为城市扩张。波士顿朝南、华盛顿朝北，约城就全面扩张开来，中间的城市融入其中。

这就是一架庞大的机器，秩序井然、运转完美。它们有一套交通系统，能在三分钟内把我从最北端送到最南端。我计了时。他们学会了抵消加速推动力。

接着我搭上了一艘前往海王星的大型太空客轮。还有一些客轮在运行。有的人，你瞧，要从海王星回来。

那艘船很大，基本上是一艘货轮。它从地面上浮起来，是一个长度为四分之三英里，半径为四分之一英里的巨大金属圆筒。穿出大气层后它开始加速，我看着地球迅速缩小。我曾坐过我们那会儿去火星的客轮，在 3048 年我用了五天到达目的地。而半小时后地球就变成了一颗小星星，旁边还伴随着一颗更小、更暗淡的星星。一小时后我们经过了火星，八小时后在海王星降落。那个城市叫莫瑞恩，比我那个年代的约城更大——没有人居住。

这颗行星冰冷黑暗——冷得可怕。太阳是一个又小又苍白的圆盘，没有热度，也几乎没有光。然而城市非常舒服。空气清新、凉爽、湿润、带着花香——弥漫着花香。创造了这个城市，并且还在照顾这个城市的伟大机器发出带着强力节奏的嗡鸣，整个巨大的金属框架都随着这种嗡鸣微微颤动。

我解码了记录，因为我拥有古老语言的知识，而他们那时的语言——人类走向灭亡时说的语言，是以这种古老语言为基础的。从这些记录我了解到，在我出生后又经过了三百七十三万零一百五十年，这个城市诞生了。从那一天开始，任何一台机器都没有被人碰过。

然而空气十分宜人。悬于空中的粉银色温暖光晕是唯一的光源。

我探访了另外一些还有人的城市。在人类领域的边缘之地，我第一次听见了《渴望之歌》，这是我起的名字。

还有另一首，《遗忘回忆之歌》。你听……

他又唱了一首歌。我就知道一件事，吉姆说，歌声显得更让人困惑了。讲到这里我猜自己已经比较了解他的感受了。因为啊，你得记得，我只是听了一个普通人的翻唱，而吉姆听到了一个亲身经历的目击者的原唱。那个人并不普通，有着管风琴般的声音。无论如何，我猜吉姆这么说是对的："他可不是什么普通人。"普通人可想不出那样的歌。它们不太对劲。他唱的那首歌有更多悲伤的小调旋律，我感觉到他在搜肠刮肚，回忆已经遗忘的东西，某些他极力想要记起来的——他知道自己原本应该熟稔于心的——那些东西已经永远离他而去了。我感到那样东西随着歌声离他越来越远，那孤独而疯狂的搜寻者尝试回忆某样东西——能救赎他的东西。

我听着他发出一声挫败的呜咽——而后歌声终止。吉姆试着唱了几个音。他的乐感不怎么好，但那首歌如此强大，令人难以忘怀。只是几个哼唱的音符，我猜想吉姆没有什么想象力，否则那个来自未来的男人唱歌给他听时，他就已经疯了。那首歌不该唱给现在的人听，这不是给他们听的歌。你听过动物发出撕心裂肺的尖叫，那种几乎像是人类在尖叫的声音吗？一个疯子——他现在听起来就像一个被残忍杀害的疯子。

太让人难过了。那首歌让你确实感受到歌者的意愿——因为它听起来不像人类，却饱含真实的人性。我想，那歌声中凝聚了人性的最后一次惨败。你总会同情那些拼命争取却失去一切的家伙。啊，你能感受到所有的人类拼命争取——却正在失败。而且你知道他们输不起，因为他们再也无法重来了。

他说他也曾有过兴趣，此刻也并不为那些停不下来的机器感到心烦，只是这一切对于他来说过于沉重了。

那以后，他说，我就知道自己无法跟这些人一起生活。他们正在死去，而我活在这个种族青春年少时。他们看着我，带着渴求和无望的困惑，就像他们看向星星和机器时一样。他们知道我是什么人，却无法理解我的存在。

我开始做离开的准备工作。

我花了六个月准备。要离开很困难，当然了，因为我的仪器都没了，而他们的仪器采用了不同的度量单位，再说了，他们那儿的仪器也不多。机器不懂如何读取仪器的数据，只会在数据的基础上进行工作。仪器对机器而言就像是感觉器官。

不过里欧·蓝透能帮上忙时都尽力帮忙。所以我回来了。

我走之前做了唯一一件可能帮助他们的事。没准我会尝试回去。你知道，就去看看。

我说过他们有能够真正思考的机器吗？但很久以前有人把那些机器关停了，没人知道如何启动它们。

我找到了一些记录，进行了解码。我启动了那些机器中最后也是最好的一台，让它开始处理一个很复杂的问题。它肯定能解出来。机器可以处理那个问题，一千年未必足够，但如有必要，它能工作一百万年。

事实上我启动了五台这样的机器，按照记录上的指示把它们联结在一起。

这些机器要制造一台拥有人类已丧失特质的机器。这听起来很滑稽，但请你在大笑以前先停下来想一想，记住在里欧·蓝透用力推动开关之前的地球，就像我站在内华城地面上看见的那样：

时至黄昏——太阳已经下山。远处的沙漠色彩神秘莫测。那座伟大的金属城市笔直地矗立在人类城市上方，点缀着尖顶、高塔和绽放香花的高大树木。上方的天堂花园笼罩着粉银色的光晕。

那伟大的城市结构随着机器稳定柔和的节奏震颤、发出嗡鸣，那些完美不死的机器诞生于三百万年以前——此后再没有人类碰过它们。它们继续运转。死去的城市。人类活过、期望过、建造过——而后死去，留下那些小人，他们只会观望、疑惑，渴求某种已被遗忘的陪伴。他们在这些祖先建造的巨大城市里徘徊，对城市的了解比机器更少。

还有那些歌。我想它们把故事讲得最好。渺小的、无望的、徘徊的人类，面对巨大的未知和三百万年前启动的、盲目的机器——永远不知道如何关停。他们已是尸体，却无法死去，无法停止。

所以我又启动了一台机器，给了它一个任务。接下去的时间，它都会加以执行。

我命令它制造一台机器，那台机器将会拥有人类已经丧失的特质：一台好奇的机器。

然后我想赶紧离开，回来。我出生在人类曙光乍现之时，并不属于人类黄昏那苟延残喘的沉沉暮光。

所以我回来了，稍微来早了一点，但我花不了多少时间就能回去——这一次会回到准确的时间点。

“嗯，这就是他的故事，”吉姆说，“他没说‘这是真事’——压根儿没提。他让我那么费劲儿地思考，结果我们在雷诺停下来加油时，我都没注意到他离开了。

“但是……他可不是什么普通人。”吉姆重复着，语气带着点儿挑衅。

吉姆号称自己连一个字都不相信，你知道。但他是相信的，这就是为什么他每次说那个陌生人不是普通人时都格外坚决。

不，他不是普通人，我想。他活过，然后死去，很可能在三十一世纪的某个时点。我想他也看见过这个种族的黄昏。

（恺兮　译）

点子机器

我对科幻的简短定义之一是：一种点子文学。

1930 年代和 1940 年代的科幻读者更关注的是小说的点子，而非其他方面的质量，时至今日，部分科幻读者（或许是全体科幻读者）仍是如此。一个新点子只要书写恰切，便常常被奉为突破之作，而旧点子即使叙事技巧高超，也会被视为寻常。

事实上，角色塑造在科幻小说里不像在奇幻小说和传统文学里那么重要。在奇幻小说中，非常之事发生在个人身上，这个人往往还是非常之人；除了在彻头彻尾的奇幻世界里（即托尔金所说的“第二世界[1]”），故事里的事件不会随随便便就发生在普通人身上，否则故事就不能成为奇幻。在传统小说中，个体对重要事件的独特反应非常重要，特别是当他或她“学会规则”并去适应或规避这个规则时。科幻小说中的角色往往并非性格独特的个体，更多的是作为整个人类的代表存在；角色越是典型，他就越能代表整个社

1. 托尔金在《查尔斯 · 威廉斯纪念论文集》和《论仙境故事》中提出的奇幻文学世界观架构理念。

会乃至整个物种，读者也就越能将个中寓意代入到自己真实的世界之中。

多数科幻小说的写作方式都如罗伯特·斯科尔斯教授[1]所言："熟练工的散文，有用但不优雅。"一些最受崇敬的作家行文之笨拙恰如西奥多·德莱塞[2]。有时会有作家因驾驭文字的能力，或是氛围、场景、人物塑造而受到赞誉，甚至过誉，或许是因为这种尝试殊为难得。但有用的散文未必就是缺陷：简洁的文字风格不是缺点，当运用准确时甚至相当有效，特别是在诠释点子之时，点子文学的理想语言应该是清晰的，甚至是透明的。就像斯科尔斯后来所述的那样："如果科幻作家都能像斯威夫特[3]或威尔斯那样驾驭英语，那科幻就已经有一种充分的语言了。"

点子先行，1930 年代的许多优秀科幻小说都因点子而显得出众：加速进化，低温冷冻，拥有原生质大脑的机器人，体积缩小，甚至是亚显微形态的人，非人外星生物，直到世界尽头的时间旅行，金星人对地球人的奴役，月球上的外星人，通过长期自陷昏迷观测未来，原子宇宙，太阳周边开始孵化的卵状行星，平行宇宙，原生质生物污染使其他世界逃离地球进而造成宇宙膨胀，科学家随着越来越小的行星式原子缩小，能模仿一切、洞悉人心的外星人，智慧的单细胞星际殖民者退化为多细胞生物最终成为人类，反物质，坚不可摧的高墙包围的城市，以及无数其他构思。

这些点子起初都来源于某一位作家，有时甚至来源于科幻领域之外的科学家和哲学家，随后被其他作家当作基石进行创作，或是进行驳斥。科幻之家由社群共同建造，点子就是他们的砖石。

1. 美国文学教授，文学评论家和理论家。
2. 美国自然主义作家，批评家认为他的文字冗余笨拙。
3.《格列佛游记》作者。

F. 奥林·特里梅因在《惊异》中将这类点子故事命名为“思维变体”。他洞察到了读者兴趣的核心，并鼓励作者想出能适配这个标签的有趣点子。威廉·菲茨杰拉德·詹金斯（William Fitzgerald Jenkins）就是他所接洽的作者之一。

对科幻读者而言，詹金斯的另一个笔名默里·莱因斯特或许更为耳熟。他自小便有成为科学家的理想，但却未能读完八年级。作为科学家的他主要是一位发明家，拥有多项设备专利，包括用于拍摄背景图像的正面投影系统和电影特效。他做过许多工作，直到 21 岁正式成为一名全职作家。

他很早便获得成功。尽管没有得到稿酬，但他的首部作品在他 13 岁时即已问世。17 岁时，他开始为《新潮派》（*The Smart Set*）杂志补白[1]，并很快开始把故事卖给纸浆杂志，特别是《阿尔戈西》，他的第一篇科幻小说《失控的摩天大楼》于 1919 年发表于该杂志上。在接下来的 50 年里，他的写作生涯一直十分成功，并获得了“科幻作家学院院长”的赞誉，尽管他也写作许多非科幻的作品。

在这些年里，他为一大票杂志创作了接近 1 500 部短篇小说，还发表了近 100 部书。他用笔名“威尔·F. 詹金斯”撰写非科幻小说，为光面纸杂志写作时也是如此，即使内容是关于科幻的。而他发表在科幻杂志中的作品则大多使用默里·莱因斯特这个名字。

西奥多·斯特金[2]（Theodore Sturgeon）曾说他“只写了少量伟大的故事，但从未写过坏故事”。他的行文难脱匠气，角色都是功能性的，但他的点子却巧妙独特。他也深谙写作之道，善于将点子变为中短篇、中篇、长篇小说——与创作总量相比，他的短篇小说占比不高。鉴于多数出版商按字数付钱，这样的本领合情合理。

---

1. 补白即填补空白，指以短文填充报纸或期刊的空白之处。
2. 美国著名科幻作家，现代科幻小说奠基人之一。以他命名的西奥多·斯特金奖是最重要的科幻奖项之一。

他的杰出之处主要在其独创性：在一个与点子打交道的行当里，他是第一流的点子大师，而他原创的许多点子都将在其后成为整个科幻文类的共同财产。在 1920 年的作品《疯狂的行星》（“The Mad Planet”）中，他描绘了这样一个行星世界，在这里，植物和昆虫都被放大，人类成了被捕猎的小矮人。《时间的侧面》（“Sidewise in Time”，1934）开一代平行宇宙小说之先河。《第一次接触》（“First Contact”，1945）无疑是与外星人相遇这一主题的终极解决方案。他的长篇小说《谋杀美利坚》（*Murder of the USA*，1945）可能是第一个讨论原子攻击的故事。《名为乔的逻辑机》（“A Logic Named Joe”，1946）探讨了家用电脑终端可能引发的问题。《约翰·金曼异闻录》（“The Strange Case of John Kingman”，1948）描绘了一个被关在精神病院 162 年的男人，人们发现他是个外星人。他的中短篇小说《探险队》（“Exploration Team”）获 1962 年雨果奖。

他还有许多其他作品，其中便包括《惊异》1935 年刊中的一篇《比邻星》（“Proxima Centauri”）。它或许是第一部在爱因斯坦相对论给出的限制——光速上限——下探讨恒星际旅行的小说。去往这颗最近的恒星至少需要 14 年时间，于是飞船被设计成一个自给自足、独立维持的世界。

这是一个此后将被无数次用到的点子，罗伯特·海因莱因的短篇小说《宇宙》（“Universe”，1941）和哈伦·埃利森[1]（Harlan Ellison）的多台联播星际连续剧《迷失星空》（*The Starlost*，1974）显然便是基于这一点子。

《比邻星》描绘了一个无法进行交易和协商的外星种族。而在莱因斯特最为著名的中短篇小说《第一次接触》中，他阐明了这样

1. 美国著名科幻作家，获得 10 次雨果奖和 4 次星云奖。

一个观点：心怀善意的生物总能找到一种调和方式，这比尝试征服对彼此更好。两相对比，或许能够充分说明点子文学这桩生意的灵活性。

（憬怡　译）

比邻星

［美国］默里·莱因斯特

一

不远的地方，“飞向群星号”[1]已经被那颗越来越近的恒星照得闪闪发亮。扫描这艘巨大飞船外壳的视像盘向船内的显像板发送着暗淡的光像，在显像板上显示出那巨大的球形金属船体以及上面纵横交错的梁架。这些梁架实际上相当笨重，要不是这艘飞船的强劲动力，恐怕很难移动它们。在显像板上，直径五千英尺的球形船体隐隐发光，仿佛一动不动地停在太空中。

这景象其实是一种错觉。这艘船确实很大，让人无法想象用什么样的动力才能驱动，但是她现在确实正被一股力量推动着。她那泛着微光的船体侧面有十几处开口，开口处流出了纤细的紫色火焰。火焰发出的微光比前方的恒星要暗淡得多，但正是这火箭产生的裂解喷射将“飞向群星号”从地球表面送入了太空，并在七年的时间里推着她穿越星际空间，飞往离人类所在的太阳系最近的恒星，半

1. 原文为拉丁语 adastra，可意译为飞向群星。

人马座比邻星。

现在，这股火焰已经不再继续推着她猛冲了。这艘巨大的飞船正在以每秒三十二点二英尺的速度减速，这样的加速度可以让船体内部维持相当于地球引力的重力。她是人类第一艘横跨两个恒星系的飞船。几个月来，飞船一直处于刹车状态，她会从接近光速的最高速度慢慢减速，最终在距离恒星表面大约六千万英里的地方达到机动速度。

前面很远很远的地方，比邻星闪耀着诱人的光芒。飞船船体上映着它那暗淡的影子。视像盘把这一景象送到了船体内部与之配对的显像板上，在主控制室里，这幅图像被放大了许多倍。一个穿制服的白胡子老人若有所思地看着。就仿佛之前经常这么说似的，他慢条斯理地说道：

“那光环真是古怪。和土星的光环一样，也分为两部分。土星有九颗卫星[1]。我很好奇这颗恒星会有多少行星。”

女孩不安地说：“我们很快就会知道了，对不对？咱们快到了，而且已经了解了其中一颗行星的旋转周期！杰克说……”

她的父亲不慌不忙地转头问道：“哪个杰克？”

“加里，”女孩说，“杰克·加里。”

“亲爱的，”老人和善地说，“他似乎心地不错，能力也挺强，但要记住，他是个哗变者[2]！”

那女孩咬了咬嘴唇。

老人毫无敌意地继续慢吞吞地说道：“很不幸，我们的船员之间出现了这样的分歧，他们本来应该带着十字军一般的信念进行科学

---

1. 迄今为止，人们已经发现的土星卫星有百余颗，但本书写作的20世纪30年代，人们只知道其中的9颗。

2. 原文为mut，是英文中“哗变者”（mutineer）的缩写。其中mut这个词在英语中意为“狗”或“笨蛋”，有贬义。

考察。你大概不记得这一切是如何开始的了吧。但是，我们这些主管可是记得非常清楚，哗变者们费了多大劲儿想要破坏我们这次航行。这个杰克·加里是个哗变者。在某种程度上，他很聪明。我本来还想让他加入主管区的，但是阿尔斯泰尔调查了一下，得到了一些令人不快的发现，所以这也就泡汤了。”

“我才不相信阿尔斯泰尔呢！”女孩不以为然地说道，“不管怎么说，发现这个信号的是杰克。不管他是主管还是哗变者，他都是做这份工作的那个人！反正他是个人类。现在信号又该出现了，你要靠他来处理它们。”

老人皱起了眉头。他小心地迈着稳稳的步子走到座位旁，带着那种老人惯有的谨小慎微坐了下来，看上去都让人觉得有些可怜。当然，“飞向群星号”和行星际飞船不同，人们在操纵过程中没有必要一直保持警惕。在这片虚空之中，没必要去留心流星、交通状况之类的问题，以及当初那些会让行星际飞船陷入危险的莫名其妙的怪异力场。

总之，这艘飞船非常庞大，小小的陨石伤不了它。而且就现在的速度而言，飞船产生的感应场也能提前报告那些较大的陨石，以便船员进行观测，并在必要时改变飞船的航线。

控制室的一扇侧门被猛地推开了，一名男子走了进来。他相当专业地扫视了一遍那一排排的指示器。一台继电器咔嗒一声，他立刻把目光投了过去。接着，他转过身，向老人敬了个非常标准的礼，还朝那女孩笑了笑。

“啊，阿尔斯泰尔，”老人说，“你也觉得这些信号很让人好奇吧？”

“是的，长官。当然！作为飞船的二把手，我更要关注这些信号。加里是个哗变者，我可不希望他自己收集了什么信息，又不告诉我们这些主管。”

“胡说八道！”女孩激动地说。

“也许吧，”阿尔斯泰尔也附和了一句，“希望如此。我甚至也是这么觉得的。但我觉得最好还是提防着点儿。”

蜂鸣器响了起来。阿尔斯泰尔按下一个按钮，一块显像板亮了起来。一张黝黑严肃的脸从里面盯了过来。

“啊，加里。”阿尔斯泰尔草草回应道。

他又按下了另一个按钮。显像板黑了下去，接着又亮起来，上面显示出一条长长的走廊，一个人影沿着走廊走了过来。他走近了，是同一张毫无表情的脸。阿尔斯泰尔的语气更加草率了：“其他的门都开着，加里。你可以直接过来。”

“我觉得这也太荒谬了！”显像板关掉之后，女孩愤怒地说，“你明知道你得相信他！你也必须得相信他！但是每次他来主管区的时候，你那反应就好像他双手都拿着炸弹，身后还跟着一大帮人似的！”

阿尔斯泰尔耸耸肩，看了一眼那位老人，老人疲惫地说：

“阿尔斯泰尔是副指挥官，亲爱的，在返回地球的旅途中，他会成为指挥官。我希望你不要这么无礼。”

但是女孩故意把目光从穿着漂亮制服的阿尔斯泰尔那活泼的身影上移开，双手托着下巴，眉头紧锁地凝视着对面的墙壁。阿尔斯泰尔走到那组指示器的边上，仔细地观察着。换气扇轻轻地发出嗡嗡的声音。一台继电器自鸣得意地发出奇怪的声音。此外，一点儿其他声音也没有。

“飞向群星号”是人类最伟大的成就，它疾驰在太空中，巨大的船体上暗淡地闪烁着一颗奇怪恒星的光芒。十二道紫色火焰发出的微光从她身体前部的洞里冒了出来。她正在减速，每秒三十二点二英尺，在船体内部维持相当于地球引力的效果。

离开地球已经七年了，地球早已经落在了亿万英里之外。如今，行星际旅行在太阳系中早已司空见惯，即使已经无法从火星上那死亡的城市中搜刮不可思议的财富，金星上繁荣的殖民地和木星最大的卫星上危险的前哨站，都使太空贸易得以繁荣发展。但是只有“飞向群星号”尝试去探索冥王星以外的深空。

她是最伟大的飞船，是人类有史以来建造过的最庞大的机械结构。实际上，一开始她的设计便被许多人嘲笑说是纸上谈兵，但后来正是这些人将她造了出来。她那框架结构上的横梁简直巨大无比，一旦完成铸造，无论使用什么样的起重设备，都无法让其按照工程师们的要求移动一分一毫。因此，人们只好在飞船上预定安装横梁的位置设置了模具，把金属液倒进里面。她的火箭喷管可谓硕大无朋，为了中和考德威尔场的裂解效应，每根发射管都必须在三十个独立位置产生超音速振动，否则燃料的裂解效应会蔓延到发射管本身，接着是那巨大的船体本身，甚至最后连地球也会随之爆炸成一团摇曳的紫色火焰。在全速加速的状态下，一组十二根管子每秒可以裂解五立方厘米的水。

飞船的直径超过五千英尺。她的储气罐携带着未经净化的备用空气。船内的仓库、车间，以及各种原材料和成品，数量简直太多了，所以把它们一一列举出来也无非是复述一些毫无意义的数字而已。

她甚至有四百英亩的粮食种植空间，在那里，作物在太阳灯的照耀下生长。这些作物利用有机废物作为肥料，将呼出的二氧化碳重复利用，把一部分化为氧气，一部分化为碳水化合食物。

“飞向群星号”本身就是一个世界。有了动力，她便可以永远地供养船员，生产粮食，无损净化船内的空气，人类甚至可以在与外界隔绝的情况下利用船体空间满足自己的每一样需求。

因此在踏上这场有史以来最令人惊叹的旅程之时，她正式被赋予了自治世界的地位，她的指挥官有权制定和执行一切必要的法律。要飞往一个四光年外的目的地再返回地球，至少也需要十四年。没有哪一批船员能经历如此漫长的航行而不减员。因此，这次远航的应征对象并不是个人，而是家庭。

从地球表面升空时，“飞向群星号”上有五十名儿童。在她航行的第一年，又有十多个孩子出生了。在地球上的人们眼中，这艘巨大的飞船可以提供充足的营养，拥有足够的娱乐和教育设施，不仅能够永远供养她的船员，还可以让船员们繁衍延续下去。甚至完成一次长达千年的航行，也和仅仅前往比邻星一样切实可行。

虽然事实确实如此，但是实际上，人们却没有预想到一个虽不必要却源于人性的问题，那就是单调乏味。在不到六个月的时间里，这次旅行就不再是一场大冒险了。特别是对女性船员们来说，随飞船航行变成了死气沉沉的例行公事。

“飞向群星号”本身就像一座巨大的公寓大楼，没有报纸，没有百货商店，没有新电影，没有新面孔，甚至没有多变天气带来的那令人宽慰的烦恼。对这场航行极为彻底的准备工作让航行本身变得波澜不惊，而这就意味着单调乏味。

单调乏味则意味着躁动不安。而且由于船上的女性船员都曾设想过这会是一场精彩至极的大冒险，她们的躁动不安就意味着后患无穷。她们的丈夫不再是光彩照人的英雄，只不过是平平常常的人而已。同时男性船员们也遭遇了类似的幻灭。离婚申请如洪水般淹没了指挥官的办公桌——根据法律，指挥官是所有法律问题的裁决者。第八个月，发生了一起谋杀案，随后的三个月里又发生了两起。

在离开地球一年半之后，船员们都进入了一种源于极度无聊的半哗变状态。两年后，主管居住区就与“飞向群星号”内部的大部分区域隔离了开来，船员们也都被解除了武装，需要哗变者们参与的工作也只能在手持枪支的主管们的监督下进行。三年后，船员们要求返回地球。但是等到“飞向群星号”可以开始减速并且从她那令人难以置信的高速慢慢停止的时候，它离目的地就已经很近了，到时候再返航与完成整个航程也没有什么明显的区别。因此在剩下的时间里，船员们只得在没有任何实际工作需要的情况下尽量随便通过各种嗜好与消遣来缓解那极度的单调。

主管区的人开始习惯用“哗变者”这个词来指代下属。船员们开始讨厌和主管们打交道。尽管阿尔斯泰尔疑虑重重，但是，飞船里不再有发生起义的危险了。一种心理平衡建立了起来——虽然建立得太晚。

“飞向群星号”上的大部分船员的状态已经从与世隔绝的公寓楼居民般的崩溃，变成了与世隔绝的村庄居民的心理。这两者差异非常大。特别是那些在漫长的太空旅行中长大成人的孩子，他们已经很好地适应了与世隔绝的环境和生活。

杰克·加里就是其中之一。他是一位火箭喷管工程师的儿子。旅行开始的时候，他已经十六岁了，那位工程师在旅程的第二年就去世了。海伦·布拉德利是另一个例子。她的父亲是这艘伟大的飞船的设计者和指挥官，她十四岁那年，她的父亲亲手按下了控制键，启动了巨大的火箭。

航行开始之时，她的父亲就已经人过壮年。在掌管这艘飞船七年之后，他已经是一名老人了。他知道（海伦也知道这一点，不过她不愿承认），他不可能在这场长途旅行中活到最后。阿尔斯泰尔将取代他的位置，继承随之而来的权威，他想要海伦为妻。

她想着这些事情，手托着下巴，在控制室里沉思着。除了排气扇的嗡嗡声和控制自动机械的继电器偶尔发出的那明快的咔嗒声，“飞向群星号”上一切正常。

有人敲门。指挥官睁开了惺忪的眼睛。他现在确实是老了，都打起了瞌睡。

阿尔斯泰尔立刻说道：“请进！”杰克·加里走了进来。

他朝指挥官敬了个礼，这符合条例的规定，但是阿尔斯泰尔的眼中却闪过一道寒光。

“啊，是你啊，”指挥官说，“加里。又到了接收信号的时间了，对不对？”

“是的，长官。”

杰克·加里一声不响地进行着他的工作，一心扑在了工作上，只有一次例外，那就是他瞥了海伦一眼。他的眼睛在这几分之一秒的时间里向她诉说了什么，她的脸上马上就泛起了满足的红晕。

尽管这一瞥很是短暂，阿尔斯泰尔还是看到了，他严厉地问：

“加里，在破译信号方面有什么进展？”

杰克正在调试一台泛波接收器的示数盘，扫视着计算板上的铅笔记录。他继续设置着接收模式。

“没有，长官。开头仍然是一段声音，这肯定是某种呼叫信号，因为这段声音的一部分也会出现在结尾处用作签名。经指挥官允许，我在我们的应答信号中使用了这段声音的第一部分作为签名。但在查看信号记录时，我发现了一些似乎很重要的东西。”

指挥官和善地问道：“是什么，加里？”

“几个月来，我们一直在用密集波束向前发送信号，长官。您的想法是提前发出信号，这样的话如果恒星周围的行星上有文明居民，他们就会认为我们是和平使者。”

“当然！”指挥官说，“首次星际沟通如果不友好岂不是一场悲剧！”

“近三个月来，我们一直在收到给我们的回复。总是每间隔三十多个小时一次。当然，我们假设信号源是一处固定的发射台，而且它每天都会在处于最合适的位置的时候向我们发送一次信号。”

“当然，”指挥官缓缓说道，“这样我们就可以知道发出信号的那颗行星的自转周期了。”

杰克·加里调试完了最后一个示数盘，打开了开关。一阵低沉的嗡嗡声响了起来，然后消失了。他又扫了一眼示数盘，检查了一下。

“长官，我一直在比对这些记录，考虑与他们进行接触的合适方法。因为我们正以非常快的速度缩短与那颗恒星之间的距离，我们今天的信号抵达比邻星所需的时间比昨天短了几秒钟。那么如果他们实际上也会在行星时间的每一天同一时刻发出信号的话，他们的信号也应该每天都固定提前一段时间出现。”

指挥官亲切地点点头。

“起初确实如此，”杰克说，“但是在大约三周前，时间的提前量发生了全新的变化。信号强度也变了，波形也出现了一些不同之处，就仿佛有一处新的发射台在发送信号一样。这种变化出现的第一天，收到信号的时间比我们以当前速度前进应该收到信号的时间要早一秒钟。第二天早三秒钟，第三天早六秒钟，第四天早十秒钟，以此类推。直到一周前，信号提前量的变化量还呈现出以线性函数变化的趋势。随后，这种变化率又开始下降。”

“胡说八道！”阿尔斯泰尔严厉地说。

“记录就是如此。”杰克简短地回答。

“那你怎么解释，加里？”指挥官和善地问。

“他们正从一艘飞船上发射信号，长官，”杰克简短地回答，

“而这艘飞船正以四倍于我们最大加速度的加速度向我们飞来。和以前一样，他们依旧根据自己的时间，以同样的时间间隔向我们发出信号。”

对话中断了一会儿。海伦·布拉德利温柔地笑了笑。指挥官仔细思索了一会儿，然后承认道：

“很好，加里！好像很有道理。那么接下来呢？”

“啊，长官，”杰克说，“一周前这种变化率发生变化的时候，似乎那艘飞船又开始减速了。这是我的计算结果，长官。如果信号发送的时间间隔与之前那一个多月保持一致，那就是有另一艘飞船正朝我们飞来，它正在减速停下，然后掉转方向。在四天零十八个小时之后，它就会与我们的航线一致且速度相同。他们认为这样与我们见面，会让我们大吃一惊。”

指挥官的脸上露出了笑容。“太好了，加里，他们的文明肯定非常先进！这是相隔四光年的两个种族之间的交流！我们会学到多少神奇的东西啊！想想看，他们竟然派了一艘飞船，来到自己的恒星系之外，来迎接我们！”

杰克的表情依然严峻。

“希望如此，长官。”他干巴巴地说。

“现在怎么办，加里？”阿尔斯泰尔生气地问。

“啊，”杰克不紧不慢地说，“他们仍然假装信号来自他们的星球，并且是在以他们自认为的同一时间发出的。如果愿意的话，他们可以一天二十四小时不断与我们互送信号，并且编写出一套可以用于交流的代码。然而他们想要欺骗我们。我的猜测是，他们至少已经做好了战斗准备。如果我的想法是对的，他们的信号将在三秒钟内准确地抵达。”

他闭上了嘴巴，看着接收器的示数盘。从接收器中输出的那条记录接收到的电波的纸带和另一条记录调制信号的纸带全都一片空白。但是仅仅三秒钟之后，突然间，一根针跳动了起来，细细的白色线条出现在不断卷动的纸带上。扬声器也开始发出了声音。

那是一种说话的声音。一切都很清晰。声音刺耳而嘶哑，更像是昆虫在尖声鸣叫。但是这声音却抑扬顿挫，没有哪种昆虫可以像这样进行变调。它们很明显构成了一些词汇，虽然没有元音或辅音，却具有表达性，在音高和音色上各不相同。

控制室里的三名男子以前曾多次听到过这种声音，那女孩也是。但是她头一次从中感受到了威胁和恐吓，一种让她毛骨悚然的暗藏杀气。

二

飞船在太空中疾驰，她的火箭喷管中闪着微弱的紫色火焰，没有烟，没有气，看起来仿佛只是空旷的沼泽中莫名其妙地燃起的小火苗。

她的外表没有变化。在这一点上，这么多年来也都没有什么值得一提的事情。每隔很长一段时间，才会有人从气闸里面出来，在她身边飘来飘去，加热灯的强烈光线照射着他们和他们脚下的钢板，以免钢板的冷气透过航天服，像烙死蚂蚁一样冻死那些人。但是很长一段时间以来，这样的探险并不必要。

直到现在，在遥远的比邻星那微弱的光芒下，一个穿着航天服的男人从一处小小的气闸里出现了。他刚刚离开气闸就向前飞扑，立刻绷紧了细丝般的安全绳。飞船不断减速不仅在船内模拟了重力，任何参与其运动的物体都会被施加同样的效果。飞船在减速，站在减速方向前端的那个人被自己的动量抛向了远离船体的方向——当他在船内的时候，正是这份力把他的脚按在地板上。

他费力地把自己拉了回来，臃肿的航天服让他的动作显得格外夸张笨拙。他紧紧抓住把手，把自己挂在合适的位置上，用电钻钻孔，然后更为笨拙地移动到另一个地方继续钻孔。然后是第三处，第四处，第五处。接下来的半个多小时，他艰难地在似乎一直悬在他头顶上方的巨大钢板表面上架起一排排错综复杂的电线和框架结构。最后，他似乎满意了，挣扎着爬回气闸，钻了进去。“飞向群星号”继续向前飞驰，一切都还是老样子，只不过船体表面多了一块大约三十英尺见方的细小方格装饰，看起来很像一张小小的带刺铁丝网。

在“飞向群星号”船内，杰克脱下了航天服，海伦·布拉德利过来热情地迎接了他。

“真是吓死人了！”她告诉杰克，“你在那边晃来晃去的！身下就是无底的虚空啊！”

“如果我的绳子断了，”杰克平静地说，“你父亲会掉转船头追上我的。咱们来打开感应器，看看新装的接收栅怎么样。”

他挂好了航天服。两个人转身穿过门口的时候，手不小心碰到了一起。他们面面相觑，手足无措，然后停下了脚步。海伦的眼中闪着爱意。他们不由自主地向彼此靠了过去。杰克的手热情地伸了过来。

附近传来了脚步声。飞船的副指挥官阿尔斯泰尔转过一个转角，突然停下了脚步。

“你们这是在干什么？”他怒吼道，“加里，就算指挥官把你放进了主管区，他也没允许你把你们哗变者那套浪漫把戏带进来！”

“你竟敢这么说！”海伦愤怒地喊道。

杰克脸上的红晕一下子变成了愤怒的死白色。

“你最好收回你的话，”他平静地说，“否则我就让你看看哗变者的聚力枪枪法。作为一名主管，我现在也带了一把枪！”

阿尔斯泰尔冲着他叫骂着。

“你父亲病了，”他生气地对海伦说，“他觉得航程即将结束。过去的几个月里，这种期待一直撑着他，但现在，他……”

女孩哭着逃开了。

阿尔斯泰尔向杰克挥了挥拳头。“我什么话也不会收回的，”他厉声说，“根据指挥官的命令，你现在是一名主管。不过你也是一名哗变者，等我成为‘飞向群星号’的指挥官之后，你就当不了几天主管了！我警告你！你在这里干什么？”

杰克的脸色白得要命，但是“飞向群星号”的主管身份，以及随之而来的见到海伦的机会，实在是太珍贵了，除非走投无路，否则不能放弃。此外，他的手头上还有工作。如果不再是主管，他的工作自然就继续不下去了。

“我在船体表面安装了一套干涉网格，”他说，“想借此找到给我们发射信息的发射台的位置。你也知道，在一定范围内，它还可以充当一台感应器，在它的工作范围内，它比船上的主感应器要精确得多。”

“那就去做你那该死的工作吧，”阿尔斯泰尔厉声说道，“把全部精力都放在工作上，少玩点儿浪漫！”

杰克把他那套新网格的引线插到了泛波接收器上。在接下来一个小时的工作中，他的表情越来越严峻。有些地方非常不对劲。“飞向群星号”上的感应器都是一片空白。干涉网格则显示出一个相当大的物体，位于“飞向群星号”航向一侧不超过两百万英里的地方。突然，那个物体存在的所有迹象都消失了。泛波接收器上的所有示数都回到了零。

“真该死！”杰克低声说。

他在控制器上建立了一个新的模式，计算了一会儿，还故意改变了主感应器备用库的模式，然后同时将两台仪器切换到了新的频率上。他屏住了呼吸，等了将近半分钟。新频率的感应波需要很长时间才能抵达两百万英里之外，然后进入分析仪，报告出它在太空中发现的那些会让它产生变化的物体。

二十六秒，二十七秒，二十八秒。在这巨大的飞船上，每一处警钟都疯狂地响了起来！各处应急门发出嘶嘶的声音，闭合到位，把每个出入口都变成了一间间的气闸。几秒钟后，主控制室的显示板闪了起来。

“火箭控制台，请报告情况！”“空勤部，请报告情况！”“能源供应部，请报告情况。”

杰克干脆地说道：“主感应器报告，一个物体正从两百万英里之外向我们接近。指挥官病了。请通知副指挥官阿尔斯泰尔。”

紧接着，控制室的门砰地打开了，阿尔斯泰尔本人怒气冲冲地走进了房间。

“真见鬼！”他怒气冲冲地说，“你竟敢拉响全面警报？疯了吗？感应器……”

杰克指了指主感应器。每个示数盘都证实了仍在狂响的警报信息。阿尔斯泰尔茫然地盯着它们。看着看着，所有的示数都回到了零。

阿尔斯泰尔的表情像示数盘一样一片空白。

“他们摸出了我们那些感应器的甄别方式，”杰克冷冷地说，“放出了某种能够进行中和的辐射。所以我设置了两个频率，进行了一些改动，这样他们就无法及时调整他们的中和器来阻止我们发出警报了。”

阿尔斯泰尔一动不动地站在那里，努力压抑着他心中的怒火。然后他微微点了点头。

“不错。你做得很好。边上等着吧。”

尽管没有什么事情要做，他还是沉着冷静地指挥着这艘庞大的飞船。事实上，在五分钟内，应对紧急情况的所有准备工作都已经就序了，他转身面对杰克。

“我不喜欢你，”他冷冰冰地说道，“作为一个男人面对另一个男人，我尤其不喜欢你。但是作为副指挥官和现在的代理指挥官，你戳穿了我们的朋友要的这个小把戏，防止我们在毫无防备的情况下闯进他们的攻击范围，我不得不承认，在这方面，你确实干得不错。”

杰克什么也没说。他皱着眉头，但那是因为他想到了海伦。“飞向群星号”体形巨大，动力强劲，但并不容易操纵。她确实非常结实，却不能用来冲撞攻击。这艘飞船几乎拥有无限的破坏力，可以产生用来裂解一切物质的考德威尔场，但是她所携带的武器只有一台二千千瓦的涡流炮，设计本意是在可能的着陆地点摧毁危险的动植物。

“对此你有什么看法？”阿尔斯泰尔简短地问道，“你估计现在形势如何？”

“他们看起来似乎正在策划敌对行动，”杰克简要回答道，“他们的加速度四倍于我们的最大加速度，所以我们根本无法逃脱。有了这样的加速度，那艘飞船应该更加灵活，所以我们也无法躲闪。我们完全不知道他们携带了什么武器，但我们知道，除非他们的武器威力很弱，否则我们完全无法与他们战斗。依我看只有一种可能。”

“是什么？”

“他们想要偷袭。看来打算不宣而战。但也许他们在害怕，只想在我们没有机会发动攻击的情况下研究一下我们。这样的话，我们唯一的选择就是用我们的信号束扫过他们的飞船，让他们意识到我们知道他们的位置，并且仍然没有采取敌对行动。之后他们可能猜不到我们无力应战，并且认为我们想表示友好，最好别对我们这样一艘戒备森严的飞船挑起事端。”

“很好。就派你负责沟通的工作，”阿尔斯泰尔说，“去执行那个计划。我咨询一下火箭工程师们，看看他们能拼凑出什么样的作战装备。去吧！”

他的语气很是尖刻，显得非常傲慢。这刺痛了杰克的神经，使他怒发冲冠。但他不得不承认，阿尔斯泰尔坦率的厌恶并没有危害到这艘飞船的安全。实际上，阿尔斯泰尔是那种野心勃勃的主管，平时不受人待见，但是一有紧急情况，他的能力就会显现出来。

杰克来到通信控制室。没花多长时间就重新调整了发信机的波束。然后发信员便开始单调地将“飞向群星号”记录下的最后一条信息重复发送到那颗环绕着带光环恒星的遥远未知行星上。就在信号一遍又一遍地发射出去之时，杰克呼叫观测控制中心，想要观察那艘奇怪的飞船。

现在人们已经把一台扫描器对准了那艘飞船，通过把亮度调到最大，再将图像放大到老式网版打印的那种粗糙程度，他们把这艘奇怪的飞船在显像板上显示成了一个六英寸的微缩模型。

这艘飞船呈蛋形，表面非常光滑，看不出外置梁架、突出的大气导航鳍以及水泡般凸起的逃生舱。除了可能是舷窗的小点以及不时有火焰闪烁的火箭喷管之外，上面完全没有任何特征。而且为了与“飞向群星号”的速度和航线保持一致，它仍然在减速。

“你们拿到分光镜报告了吗？”杰克问。

“有的，”观测员有条不紊地回答，“我简直不敢相信。他们使用的是燃料火箭，用的燃料还是某种有机化合物。报告说，那东西的船体是纤维素制成的，不是金属。也就是说它的外面是木头。”

杰克耸了耸肩。没有武器存在的迹象。他便回去做他自己的工作了。那边的飞船正被信号波不断地穿透。它的接收器肯定在报告说有一束密集波束正射向这边，跟踪着它的每一个动作，因此那艘来自太空的巨型飞船了解它的存在，清楚它可能肩负的任务。

但是杰克自己的接收器却完全没有反应，里面输出的纸带全都一片空白。不对——有一条奇怪的、杂乱无章的、模糊不清的线条，就好像分析仪无法处理传过来的电波频率似的。杰克注意到了热效应的读数。另一艘飞船正向“飞向群星号”源源不断地注入五千千瓦的能量。这不是信号。杰克面色凝重地用五米长的电路对波形进行了外差分析，读出了它的频率和类型。他呼叫了主控制室。

“他们正在不断向我们发射一种短波，”他生硬地向阿尔斯泰尔报告，“是功率大约五千千瓦的三十厘米波，在地球上我们用这种波来杀死小麦上的象鼻虫。对动物而言，它应该是致命的，当然我们的船体会将它吸收。”

海伦闪过杰克的脑海。“飞向群星号”现在停不下来。他们要前往比邻星。尽管飞船正在减速，但是他们没有办法在离那个恒星系足够远的地方停下，再说他们已经被一艘加速度是他们最高加速度四倍的飞船攻击了。对方正向他们不断发射致命的电波——这种频率的电波在地球上用来消灭害虫。海伦……

“也许他们认为我们都死了！他们知道我们的发信机是一种机械。”

通用通信听筒突然响起了阿尔斯泰尔的声音。

“全体主管请注意！敌人的飞船正向我们不断发射一种电波，显然要置我们于死地，现在，他们正在全速向这里接近！我命令绝对不要进行任何操作，连一丝一毫都不能动。绝不能让‘飞向群星号’

显出里面有任何智慧生命的迹象。你们都要在所有控制台旁待命，准备在必要时进行操作。但我们要造成一种假象，那就是‘飞向群星号’是自动控制的！明白了吗？”

杰克可以想象其他控制室发出的报告。突然，他的那台接收器又动了起来。呼叫信号仿佛是在啸叫一般，那声音非常熟悉，甚至听上去像是在说话。接着是杂乱无章的噪声——是人类的声音在说话。又是一段刺耳的声音。接着是完全正确的英语单词。这些英语单词带着“飞向群星号”上某位主管的语调和口音，显然对方清楚地录制了这段声音又发射了回来。

“通信人员！”阿尔斯泰尔厉声说，“不要回答这个信号！这是想要查明他们的射线攻击有没有杀光我们！”

“明白。”杰克说。

阿尔斯泰尔是对的。杰克注视着接收器，听着它那持续不断的声音。它停了下来。安静十分钟。又响了起来。“飞向群星号”飞快地向前驶去。来自太空的嘈杂声音结束了。过了一会儿，通用通信听筒又响了起来：

“敌方的飞船开始加速，大约四小时后到达。显然他们相信我们都已经死了。除非我发出警报，否则接下来三小时恢复正常监视。”

杰克向后靠在椅子上，皱着眉头。他看出了阿尔斯泰尔打算采取的战术。这种战术并不高明，但是“飞向群星号”这种毫无抵抗能力的飞船也只能如此了。颇具讽刺意味的是，“飞向群星号”在七年太空航行即将结束时收到的问候竟然是地球上用来消灭害虫的辐射。

但是，这一轮攻击没有起到效果并不意味着所有的攻击都同样无用。而“飞向群星号”根本无法在数百万英里的距离内让自己停下来。即使阿尔斯泰尔的铤而走险解决了这一批特定袭击者和他们的特定武器，这也不意味着“飞向群星号”或其中的船员们就能够侥幸得以自保——根本不可能！还有海伦……

三

现在，即使不用放大，显像板上也能够清楚地显示出那艘奇怪的飞船。它在离“飞向群星号”不到五英里的地方停了下来。飞船呈完美的蛋形，除了尾部的火箭喷管之外，表面没有任何突起，它一动不动地与来自地球的飞船保持着距离，这意味着上面的领航员早就分析出了她的减速率，并且精确无误地与她的航线参数保持一致。

海伦的脸上仍然留有泪痕，她看着杰克打开放大镜和照明灯。她的父亲突然完全垮了。他现在正在安静地休息，几乎一直在打盹，脸上带着极其满意的表情。

他驾驶着“飞向群星号”第一次接触了另一个恒星系的文明。他已经完成了他毕生从事的工作，打算彻底休息了。当然，他并不知道与那艘奇怪的飞船的第一次真正接触是一段可以让所有动物丧命的短波信号。

杰克转动着旋钮，显像板上的飞船变大了起来。他把船体放大到看上去仅仅隔着几百码。随着亮度的增强，就算仅仅利用照在船体上的星光也足以将船体表面的细节看得一清二楚。但实际上上面什么细节也没有。没有铆钉，没有螺栓，没有接缝。那排舷窗漆黑一片，死气沉沉。

“这就是木头！”杰克重复道，“是用某种纤维素制成的，可以抵御太空中的严寒！”

海伦疑惑地说：“我看，它更像是种出来的，不是造出来的。”

杰克眨了眨眼。他张开嘴好像要说些什么，但是他手边的接收器突然发出了一阵尖啸，这是那艘蛋形飞船发出的信号。接着是从“飞向群星号”之前的信号中录制下来的英语单词，更多没有元音的、变调的胡言乱语。听起来就好像是另一艘飞船中的生物迫切想要开启通信交流，并且坚持认为他们已经掌握了“飞向群星号”发出的信号的关键。这实在令人忍不住想回应。

“不管怎么说，他们肯定有头脑。”杰克冷冷地说。

信号被切断了。一片寂静。杰克瞥了一眼纸带上的波形。上面的显示和之前一样，一片模糊。

“波长更短了。在这个距离上，它不仅可以杀死我们，甚至还能给飞船内部整体消毒。幸运的是，我们的船体是由高磁滞重合金制成的。那种辐射一点儿也穿不进来。”

寂静持续了很久很久。纸带显示，一道三十厘米波的波束还在不停地照射在“飞向群星号”上。杰克突然接通观测人员并提出了一个问题。没错，飞船外壳的温度正在升高，在十五分钟内上升了半度。

“没什么好担心的，”杰克嘟囔道，“这种能量最多能让温度提高十五度。”

输出的纸带清晰了起来。所谓的致命辐射也不再射过来了。那艘蛋形的船猛地向前驶去。然后在二十分钟或更长的时间里，杰克不得不从一个外部视像盘切换到另一个外部视像盘，让那艘飞船保持在视野之内。它警惕而好奇地在“飞向群星号”的巨大船体周围盘旋。刚才还在半英里外，现在已经来到了不到二百码处，那东西凭借着惊人的加速度与制动能力四处乱窜。它只在蛋形船体那较小的一头有一些火箭喷口，所以想要转弯只能猛地调转船身，它里面的陀螺仪肯定强大无比。尽管如此，那么急速的掉头还是让人心惊肉跳。

“我可不想待在里面！”杰克说，“他们的正常航行方式会把我们压成肉酱。他们不是我们这样的人类，承受能力比我们要强。”

外面的那个东西似乎有知觉，好像是活的一样，那急切的动作让它似乎显得更加可怕了。它在这艘巨大的飞船周围飞来飞去，已经认定这是一具畸形的棺材。

它突然掉转方向，径直朝着“飞向群星号”冲了过来。二百码，一百码，一百英尺。它贴着地球飞船的表面停了下来。

“现在我们就要看到他们了，”杰克干脆地说，“他们正好降落在了气闸上。很明显，他们知道那是什么地方。我们很快就会看到穿着航天服的客人了。”

但是海伦倒吸了一口冷气。这艘奇怪的飞船侧面有一处似乎突然膨胀起来。那里像水泡一样鼓了出来，接触到了“飞向群星号”的表面，似乎粘住了。接触面越来越大。

“天哪！”杰克茫然地说，“它是活的吗？它要吃掉我们的飞船吗？”

通用通信听筒响个不停：

“全体主管立刻拿起武器前往 GH41 气闸！比邻星人正在从外面打开气闸。在那里等候命令！气闸的显像板都开着，有问题我们会通知你们。行动起来！”

听筒咔嗒一声关上了。杰克抓起一把重型枪，这款聚力步枪开足火力之后，足以在一千八百码内打晕一个人，在六百码内致人死亡。他把手臂挂在枪套上，转身向门口走去。

“杰克！”海伦绝望地喊道。

他吻了她。这是他们的嘴唇第一次相碰，但此时此刻，这似乎是世界上最自然不过的事情。他沿着“飞向群星号”的长廊奔向集合地点。奔跑的时候，他的脑子里完全没有一名科学家以及首次从地球进入星际空间探险的主管此时此刻应该有的想法。杰克回忆着与海伦的嘴唇激烈的触碰，回忆着她柔软的身体紧紧地贴在身上的感觉。

就在他向前跑的时候，一台通用通信扬声器在他头顶上低声说道：

“他们进了气闸，不费吹灰之力就把它打开了。他们现在正在检测我们的空气。显然，这空气也能供他们呼吸。”

杰克气喘吁吁地跑着，扬声器被他落在了后面。还有别人跑在前面。有五六个人，哦，十几个人聚集在走廊的尽头。从墙边传出了轻轻的低语声。

“……在内闸门前。显然他们只有四五个成员会进入飞船。等到他们远离气闸再下手。你们去隐蔽的地方守着。紧急气闸关闭就是你们的行动信号。使用你们的重武器，火力从最小值开始慢慢提高，直到他们瘫痪为止。制伏他们可能需要很强的火力。不到万不得已尽量不要杀死他们。做好准备！”

在场的有十几名主管。有胖胖的火箭长、瘦瘦的航空官，还有其他部门的几名副官。那名火箭长挤出去的时候还在不断呼哧呼哧地喘着。然后是气闸内闸门的咔嗒声。那处气闸通往前厅。门那边传来了低沉的啸叫声。那些东西，不管他们是什么，正在检查那里的航天服。那些啸叫声有明显的区别，声调也很清楚。但是他们突然开始喋喋不休了起来。不止一个家伙在说话，声音里带着激动，带着渴望，带着胜利的喜悦。

这时，有什么东西在气闸门口动了一下。一个影子越过了门槛。然后，地球人看到了那些入侵飞船的生物。

有那么一瞬间，它们看起来就好像是人类。它们有两条腿，还有两根晃来晃去的东西——显然具备手臂功能的触手。这触手越往下越细，在末端分成了会动的细丝。触手和腿似乎整个都是软软的。这些比邻星人没有人类用来走路的“关节”，而是操着滑稽的步法一拱一拱地前进。

然而最令人吃惊的一点在于它们没有头。这些怪物摇摇摆摆地走出了气闸舱，每个人在一只“手”的末端都拿着一个奇怪的半圆柱形黑色物体，似乎是某种武器。它们身上都背着金属包，身上好像长着奇怪的“木纹”。人们都觉得这些纹理熟悉得很。

杰克疑惑地瞪着眼睛，在对方身上寻找着眼睛、鼻孔和嘴巴。他只看到了两条裂缝。他猜测那是它们的眼睛。他没有看到任何嘴巴存在的迹象，身体上也没有毛发。但是他看到一个怪物的后背上有某种粗糙的褐色物质，看起来好像树皮。它开始兴奋地向其他怪物尖啸。突然一道光照在了杰克身上。他差点儿就叫出了声，但是他只是低下头，静静地把聚力枪的杠杆拉到了最大火力处。

那些怪物还在继续前进，来到一条走廊的岔路口。它们挥舞着手臂，发出清晰的尖叫声，然后分成了两组。它们消失了，声音也变小了。还没有收到发动攻击的信号。被留在这里的主管们不安地躁动了起来。但是通用通信听筒低声说：

“稳住！它们以为我们都死了，还在分散队伍。我们也许能够关闭紧急出口，将这些怪物一个一个地隔离开来，然后再去料理它们。你们看好气闸！”

沉默。附近某处的排气扇还在嗡嗡作响。突然，远处传来一个人的尖叫，紧随着他的叫声又传来了一个怪物的声音。那是一声高亢的尖叫，带着胜利的喜悦和不可名状的恐怖。

其他的尖叫声应和着。还有什么东西迅速移动的声音，好像其他的怪物跑去了第一个那边。然后传来压缩空气的嘶嘶声和马达的嗡嗡声。所有的门都啪的一声关上了，封住了飞船的每一块区域。就在他们这个封闭隔间的死寂中，绷紧神经的主管们突然听到了仿佛询问的啸叫声。

又有两个怪物从气闸里跑了出来。有个人动了动。那怪物看见了他，便把它那半圆柱形物体指向了他。那个人——是通信官，突然尖叫了起来，身体不断抽搐着。他的肌肉因为不断地抽搐而紧绷，但是人已经死了。

那怪物发出了高亢的叫声宣示着自己的胜利，这声音就和他们听到的另一段可怕的声音一模一样。接着它迅速地向那具尸体冲了过去，甩动着一根越往下越细的长长触手，去碰死者的手。

接着杰克的聚力武器响了。他又听到两次开门的声音。瞬间，空中仿佛挤满了愤怒的蜜蜂，发出了疯狂的嗡嗡声。又有三个怪物从气闸舱里跑了出来，但是它们都倒在了密集火力之下。空气突然涌入船闸，表明敌舰已经受惊并在急速逃离。这时这些人才敢停止射击，不再让火力填满那道门。现在必须要赶快封住气闸。只有这样，人们才能抓住那些入侵“飞向群星号”的怪物。

两小时之后，杰克走进了主控制室，标准地敬了个礼。他的脸色相当苍白，表情坚定而果决。阿尔斯泰尔转身看着他，皱起了眉头。

“我派人找你过来，”他严厉地说，“是因为你很可能会惹麻烦。指挥官死了。你听说了吗？”

“是的，长官，”杰克冷冷地说，“我听说了。”

“因此，现在我是‘飞向群星号’的指挥官，”阿尔斯泰尔挑衅般地说道，“你们应该记得，在发生哗变的情况下，我有权力决定生死，而且‘飞向群星号’上的婚姻也只有在我签署行政命令批准之后才合法。”

“我知道，长官。”杰克的表情更可怕了。

“很好，”阿尔斯泰尔故意说，“为了严肃纪律，我命令你不要再和布拉德利小姐来往。我将把违抗命令视为哗变。我打算娶她。你还有什么要说的吗？”

杰克也故意说道：“我不会理会这一命令的，长官，因为你没有傻到真的打算让这个威胁成为现实！难道你真是个傻瓜，竟然看不出我们只有不到五百分之一的机会摆脱这一切？如果你想和海伦结婚，你最好先好好努力给她一个活下去的机会！”

一阵暗流涌动的沉默。两个人怒视着彼此，一个接近中年，另一个却还风华正茂。然后，阿尔斯泰尔咧开嘴巴，脸上露出了一丝笑意。

“作为一个男人面对另一个男人，我非常不喜欢你，”他严厉地说，“但是作为‘飞向群星号’的指挥官，我希望能有更多你这样的人。我们已经在这艘该死的飞船上过了七年波澜不惊的生活，主管区里的每个人都因为这突然发生的紧急情况乱了方寸，没有一点用处。他们只会服从命令，但没有一个人适合下命令。那个通信官是被那些恶魔杀死的，是吗？”

“是的，长官。”

“很好。你现在就光荣地晋升为通信官了。我对你是恨之入骨，加里，而且毫无疑问你也恨透我了。但你有脑子，那就好好把它利用起来吧。你最近在做什么？”

“我正在调整听写器，长官，利用它从比邻星人的话中获取词汇表，然后再连接起来做一台双向翻译器，长官。”

阿尔斯泰尔惊讶地盯着他，然后点了点头。当然，听写器只能简单地将一个单词分解为语音部分，进行分析，然后根据公式挑选出一张与之相匹配的卡片。一般情况下，这种卡片会启动一台打印机。但是，这里的卡片会包含这个单词在另一种语言中的等价词的录音，然后启动扬声器发出声音，而不是把字符打出来。

由于需要大量的词汇储备，这种机器在地球上的使用范围有限，但在某种程度上，它已经被用于进行印刷品和演讲的直译了。杰克建议把比邻星人的词汇和其在英语中的等价词都录制下来，听到那个奇怪的生物发出的那些奇怪的叫声，听写器就会挑出一张卡片，让扬声器清楚地说出其在英语中的同义词。

当然，反过来也是一样。用这样一张事先准备好的词汇表，不必理解或模仿另一种语言的语音就可以对话。

“太棒了！”阿尔斯泰尔简单说道，“但可能的话先让别人来做这份工作吧。开始着手之后，这份工作应该相当简单。我需要你去做些其他工作。你知道一些比邻星人的情况，对吧？”

“是的，长官。它们的单兵武器和我们的聚力枪没什么两样，但似乎要管用得多。我亲眼看到它杀死了通信官。”

“但是那些生物本身也很可怕！”

“我帮忙绑住了一个。”

“你对它有什么看法？我有一份医生的报告，但上面的内容连医生自己都不敢相信！”

“我不怪医生，长官，”杰克冷冷地说，“它们根本不是我们想象中的智慧生物。我们还不知道它们究竟是什么。在某种意义上，它们是植物。也就是说，它们的身体似乎由植物纤维构成，就像我们的身体由肌肉纤维构成那样。不过它们很聪明，简直聪明得可怕。

“在地球上，和它们最为相似的是某些食肉植物，比如猪笼草之类。但是它们远远比猪笼草高级得多。就好比人和海葵都是动物，而人要比海葵更高等。我的猜测是，长官，它们既不是植物也不是动物。它们的身体组成成分和地球上的植物相同，但是本身却像地球上的动物一样可以四处移动。它们让我们大吃一惊，但我们也可能会让它们惊奇不已。很可能在它们的星球上，典型的动物和我们地球上的植物一样固定不动。”

阿尔斯泰尔语带苦涩：“在它们眼中，我们这些动物就像我们眼中的植物一样！”

杰克面无表情地说：“是的，长官。它们会用手臂上的洞吃东西。杀死通信官的那个怪物抓住了他的胳膊。它似乎分泌了一些液体，瞬间就把他的身体液化了。它立刻把那些液体吸了回去。如果让我猜测一下的话，长官……”

“说吧，”阿尔斯泰尔立刻说道，“其他人都在团团乱转，不是惊诧不已就是惊恐万状。”

“长官，那群怪物的首领戴了一件看起来好像装饰品的东西。它的一条胳膊上围着一根皮带。”

“真是见鬼了……”

“我们损失了两个人。一个是通信官，此外还有一名传令员。我们最终制伏那个杀死传令员的比邻星人的时候，它已经吃掉了他身体的一小部分，但传令员身体的其余部分似乎因为那怪物随身携带的化学物质而发生了某种奇怪的干燥过程。”

阿尔斯泰尔喉咙一紧，好像要吐了：“我看到了。”

“我有一个设想，”杰克严肃地说，“在这种生死关头，那个比邻星人还把传令员的尸体干燥保存，如果一个人类陷入那些比邻星人现在的处境之中，被困在一艘外星飞船里，那么在这种情况下他还要绑在身上的东西……”

“可能是黄金，”阿尔斯泰尔立刻说道，“也可能是白金，还可能是珠宝之类拼死也要拿到的东西！”

“就是这样，”杰克说，“这只是我的猜测，那些生物不是人类，甚至不是动物。可它们以动物为食，就像人类珍惜钻石一样珍惜动物食品。它们会佩戴动物的遗骸与皮革作为装饰品。在我看来，动物组织在它们的星球上相当罕见，十分贵重。因此……”

阿尔斯泰尔站了起来，面部抽动：“那么我们的身体对它们来说就和黄金钻石一样了！加里，我们根本不可能和这些恶魔交朋友！”

杰克冷静地说：“对，我想确实如此。如果一个浑身上下全由金子组成的种族降落在地球上，我敢说它们肯定会被谋杀的。但还有一个问题，那就是地球。根据我们的航线，这些生物可以辨认出我们来自哪里，而且它们的飞船相当不错。我想我得让其他人去解决听写器的问题，去看看能不能向家里发条消息。尽管无法知道地球会不会收到我们的信息，但他们应该在等我们的消息。也许地球已经改进了接收设备呢，之前他们就有这样的打算。”

“如果收到警告的话，人类可以在太空中与那些生物的飞船交手，”阿尔斯泰尔严厉地说，“这样火炮也许就能解决它们，如果不行的话还可以用考德威尔鱼雷。或是派出一支敢死队，用他们的身体做诱饵。这么说话就像我们已经死了似的，加里。”

“我想，长官，”杰克说，“我们死定了。”然后他又补充道，“我会让海伦·布拉德利去解决听写器的问题，再派一个警卫看着那个比邻星人，把它绑得紧紧的。”

这番话其实表明阿尔斯泰尔那条要求杰克回避她的命令已经被取消了。对他来说，再把这件事重复一遍简直是一种挑衅。阿尔斯泰尔两眼冒火，好不容易才控制住自己。

“该死的，加里，”他粗鲁地说，“滚出去！”

在杰克离开控制室之后，他转身看向了显示着敌舰的显像板。

那艘蛋形飞船如今正位于两千英里之外，正在减速停下来。在这段飞行期间，它像疯了一样到处乱窜，什么武器都不可能击中它，就连密集波束辐射都很难照射在船体上。接着，它让自己与“飞向群星号”保持相对静止，观察着，很可能正在酝酿新的阴谋。反正阿尔斯泰尔是这样认为的。他忧心忡忡地看着那艘飞船。

从地球上起飞时，“飞向群星号”所携带的资源在当时看来显得非常充裕，但可悲的是，那些东西却无法应付她所面对的另一种情况——敌意。她本可以将人类文明的宝藏倾囊相授给统治这个恒星系的种族。她本可以提高野蛮人的发展水平。甚至在面对比人类更优秀的种族时，她也可以提供人类的友谊和求知的渴望。但是这些生物……

那艘飞船一动不动。可能是在给母星发消息，请求下一步的命令。一份份报告被送到了“飞向群星号”的主控制室，阿尔斯泰尔阅读着。毫无疑问，这些比邻星人会从空气中吸收二氧化碳。就像氧气之于人类，它们的新陈代谢离不开这种化合物。在纯净的空气中，它们无法生存。

但是它们的新陈代谢速率比地球上任何一种植物都要快得多，足以与地球上的动物相媲美。除了身体构造，无论根据哪种定义，它们都不是植物，就好像海葵，除非进行化学分析，否则算不上是动物。

比邻星人有着高度有序的神经系统，相当于大脑，同时拥有极高的智商和语言能力。它们会利用体内一个特殊空腔当中的摩擦发声器官发出刺耳的声音。它们也有情绪。

在面对各种各样的物体时，那个被俘虏的比邻星生物对机器表现出了特别浓厚的兴趣，它敏锐地意识到了小型录音机的用途，并向它发出一连串经过深思熟虑的完整声音。它急不可耐地触摸着人类的衣服，发觉是棉布或人造丝的，便会丢弃到一边，但摸到羊毛衬衫的时候，则显示出了极大的兴奋，给它一条皮带，它甚至更欣喜了。它只看了一眼皮带的原理，便把皮带系在身体中间，不慌不忙地扣紧了。

它从衬衫上拆下了一根线，把它吞下去，着了迷似的前后摇晃着。把肉放在它的面前，它兴奋得仿佛要发狂了。它津津有味地立即吃掉了一部分肉，着魔般晃动着。然后它从身上携带的一个小金属包里取出一些物质，通过一种奇怪的化学过程保存了其余的肉，为此它还做了一些手势。

它的视觉器官在身体上部的两条细缝后面，人们没有对它的眼睛本身进行过详细的检查。但是阿尔斯泰尔面前的报告特别指出，比邻星人每次看到人类，都会表现出一种贪婪的渴望。这种渴望很令人不安。

这就好像是看到羊毛和皮革的时候展现出的那种兴奋的感觉，不过要强烈得多。报告说，好像是出于本能似的，这个被俘的比邻星人第一次看到人类的时候，好几次做了一个似乎在把武器对准某个人类的手势。

阿尔斯泰尔阅读了这一份还有其他一些报告。在接受杰克指派前去工作的仅仅两个小时后，海伦·布拉德利就提交了报告。

"真抱歉，海伦，"阿尔斯泰尔不客气地说，"你不应该被叫去工作的。加里坚持要你去。我会让你一个人待着的。"

"我倒是很高兴他做出了这个决定，"海伦倔强地说，"父亲过世了，没错，但是他走的时候很满意。他还不知道那些比邻星人是什么样子就死了。工作对我很有好处。我取得的成果比预想的要好得多。我负责的那个比邻星人是入侵这艘飞船的那支小队的首领。它几乎一眼就知道了听写器是做什么的，而且我们已经录下来很多词汇。如果你愿意的话完全可以和它谈谈。”

阿尔斯泰尔瞥了一眼显像板。敌船仍然静止不动。当然，这很容易理解。虽说“飞向群星号”与比邻星的距离已经从几千万亿英里缩短到了上亿英里，但是用另一个术语来说两者之间依然隔着好几光时。如果那艘飞船刚刚向它的母星请示，那现在它仍然在等待回复。

阿尔斯泰尔心情沉重地前往海伦负责的生物实验室，海伦也负责照管生物样本——兔子、绵羊以及一眼数不清的小型动物。在这次航行中，人们会把这些动物培育为食物来源；如果那颗带着光环的恒星有一颗适合殖民的行星，人们还计划将它们放生。

比邻星人被无数条绳索牢牢地绑在一把椅子上。他——她——它此刻彻底孤立无援。在椅子旁边，听写器和扬声器连在了一起。比邻星人尖声啸叫，机器正在把它的话翻译过来，每个词之间都夹杂着沙沙声。

“你——是——这——船——指挥官？”机器语调平板地把这句话翻译了过来。

“是的。”阿尔斯泰尔说，机器发出音乐般的啸叫。

“这——女人——男人——死了。”在那个并非动物的非凡生灵发出更多的声音之后，机器又用单调的语调说道。

海伦很快插了一句：“我告诉他我父亲死了。”

机器继续：“我——买——船上——所有——死人——给——你——喜欢——金子。”

阿尔斯泰尔把牙咬得咯吱作响。海伦脸色苍白。她想要说话，却被这些话噎住了。

“这，”阿尔斯泰尔郁闷而尖刻地说，“就是我们希望建立的星际友谊的开始！”

然后通用通信听筒突然响了起来：

“呼叫阿尔斯泰尔指挥官！前方射来辐射！几种不同波长，强度很大！显然是好几艘飞船发射出来的，不过我们没法从中分辨出信号！”

然后杰克·加里走进了生物实验室。他脸色苍白，表情冷酷，敬了一个标准的礼。

“我都不需要费多少事，长官，”他讽刺地说，“上一任通信官多少把他的工作当成了闲职。我们已经有七年没有收到信号了，他也没想到能收到信号。但是这几个月来，确实有信号传了过来。

“这些信号是在我们出发三年之后离开地球的。一个叫卡拉韦的小伙子似乎发现，圆偏振波产生的波束可以永久性地聚在一起。毫无疑问，多年来他们一直在向我们发送信息，现在我们正在收到其中的第一批。

“他们已经建造了第二艘‘飞向群星号’，而且已经有人驾着飞船出发了——见鬼！四年前就出发了！他们现在就在来这里的路上！至少还要走上三年，他们还不知道这些恶魔正在等待着。即使我们把自己炸得粉身碎骨，长官，还会有另一艘来自地球的飞船来到这里，他们和我们一样手无寸铁，撞上这些魔鬼的时候肯定来不及了……”

通用通信听筒又响了：

“阿尔斯泰尔指挥官！观测部报告！在过去的三分钟里，船体外壳的温度上升了五度，而且还在继续上升。有什么东西正以惊人的速度向我们注入热量！”

阿尔斯泰尔转身面对杰克，冷冰冰又不失礼貌地说：

“加里，我们再像这样继续互相憎恨下去已经没有什么用了。我们会一起死在这个地方。可为什么我还是想杀了你呢？”

但是这个问题不过是一句反问。原因很清楚。听到这三重可怕的消息，海伦忍不住轻声哭起来。她没有多想，就扑进了杰克的怀里。

四

事实上，情况比最初的那些迹象显示的还要糟糕。比如船体的外部温度是总体温度，也就是所有外部温度计的平均值。只要通过可视电话接口瞥一眼温度计组，你就会发现“飞向群星号”的后半部分实际上还算正常。正在升温的是飞船的前半部分，也就是离比邻星较近的那一侧。这一半也并不是在均匀升温。那些闪着红灯的指示器都紧紧挤在一起。

阿尔斯泰尔冷静地透过显像板看着它们。

“从它们的角度看，正好是我们飞船的圆心位置，”他冷冰冰地说，“肯定是那支舰队。”

杰克·加里利落地分析道：“长官，我们抓获的比邻星人俘虏乘坐的那艘飞船比我们预计的早几个小时与母星进行了联系。它们肯定不止派遣了一艘载有发信机的飞船，而是派遣了一支舰队，并在前面安排了一艘侦察船。那艘侦察船报告说，我们给它们的船员设了陷阱，所以它们就开火了！”

阿尔斯泰尔尖声对着一台通用通信发信机说：

“G90 区段立即疏散，马上封舱，里面的所有船员立刻穿过气闸离开。除值班人员外，邻近区段也要撤离，让他们立即穿上航天服。”

他关掉话筒，平静地补充道：“G90 区段部分区域的外部温度现在是四百度，已经显出了暗红色，五分钟后就会熔化。半小时后它们就会在我们的飞船上面钻出一个洞。”

杰克连忙说道：“长官！我要提醒你，它们之所以发动攻击是因为侦察船报告说我们给它们的船员设了一个陷阱！我们也许还有一线希望……”

“什么？”阿尔斯泰尔尖厉地质问，“我们什么武器都没有！”

“是听写器，长官！”杰克大声说道，“我们现在可以去和它们谈谈！”

阿尔斯泰尔严厉地说：“好吧，加里。我现在任命你为大使。去吧！”

他立刻站起身来，飞快地离开了控制室。过了一会儿，他的声音从通用通信听筒里传出来：“呼叫火箭长！立即用私人可视电话进行联系。紧急情况！”

声音被切断了，但杰克没有意识到这一点。他接入了通信系统，要求将通信光束加到最大功率，并且加宽发射范围。他一个接着一个地下达着命令，同时迅速向海伦做着解释。

她立刻领会了他的意思。当然，生物实验室里的比邻星人还被绑着。人们无法从它那狭缝中的视觉器官里看出什么表情。但是海伦知道词汇卡片上的词，她对着听写器的麦克风平静而急切地说着话。扬声器里面传出了噪声般的啸叫，比邻星人动了起来。声音从它那里通过扬声器呆板地传了出来：

“我——飞船——行星——说话。是的。”

经过检查的发言从通信控制中心发射了出去，那令人诧异、刺耳、不和谐的噪声语言回响在整个生物实验室中，然后被主发信机加宽的光束传了出去。

一万英里之外，比邻星人的侦察船还在盘旋。“飞向群星号”继续朝着那颗带有光环的恒星前进，那曾经是人类最大胆的探险的目标。在一万英里外，“飞向群星号”似乎只是一个小点，但是比邻星人却可以用望远镜把她看得一清二楚。在一千英里外，她也许就像一个玩具，表面布满了复杂交错的加固部件。

然而到了相距几英里的近处，她的巨大船体就可以充分地显现出来了。在虚空中那些看不见的遥远影子之间，最大的那个和她那五千英尺的直径相比也是相形见绌。那些影子组成的敌方舰队正向她发出致命的波束。

从几英里远的地方就可以看到辐射产生的效果。“飞向群星号”的船体是由合金钢制成的，非常坚韧，磁滞率肯定也很高。比邻星人的辐射在合金钢中产生的交流电甚至可以熔化铜制的船壳。但是现在合金钢已经变得非常热了。船体的颜色都变了。有一百英尺见方的区域发着淡淡的红光。

那个区域里的一根火箭喷管突然不再喷出摇曳的紫色火焰。它被切断了。其他火箭稍微加大推力对它进行了弥补。钢铁上那暗红色的光芒变强了，显出了胭脂红，接着无情地慢慢带上了一点黄色，最后变成了鲜黄色，就要变成蓝色了。

蒸汽从船体表面升起，飘离了饱受折磨、正在熔化的船体表面，仿佛被遥远的恒星吸走了似的。蒸汽越来越浓，亮着耀眼的光芒，形成了一团名副其实的金属雾。突然，“飞向群星号”发光那半侧的中心剧烈爆开来。外壳被熔穿了。船内的空气猛地涌入了虚空，抛出了大量液化甚至汽化的金属。这些金属令人难以置信地飞速扩散开来，瞬间烧成了彗尾一般稀薄微暗的薄雾。

“飞向群星号”内部的显像板模糊了。前方的恒星顿时暗淡失色。这艘来自地球的飞船失去了一部分大气，这些气体翻滚着逃往了前方。它们已经扩散到了广袤的宇宙空间里，密度早已无从测量，但仍然比无比空旷的太空的密度大得多。在“飞向群星号”前方，一片稀薄的星云填满了整个宇宙。

在飞船船体上的巨大裂口边缘，厚厚的金属板冒着泡，烟气升起，飞船的内部隔墙开始亮起不祥的暗红色强光，很快那光就变成了胭脂红色，继而变成了淡黄色。

在主控制室里，阿尔斯泰尔痛苦地观察着，直到G90区段的内部熔化到了一起。他非常平静地对着面前的麦克风讲着话。

“我们的时间比我想象的还要少，”他不慌不忙地说，“你得赶快了。情况很难确定，你必须要记住，这些恶魔无疑会从各个方向刺穿我们，确保船上绝对没有任何生物存活。你必须想出个办法来，而且要赶快，按我的意思去做吧！”

一个近乎歇斯底里的声音传回了他的耳边。

“但是，长官，如果停止火箭中的音速振动，我们会变成一颗闪光弹的！只要一瞬间！燃料的裂解效应就会蔓延进管路，整艘飞船都会爆炸！速度非常快！”

“你这个傻瓜！”阿尔斯泰尔咆哮道，“还有一艘来自地球的飞船正在路上！他们没有收到警告！像我们一样手无寸铁！根据我们的航线，那些魔鬼可以知道我们是从哪里来的！我们就要死了，没错！而且我们不会死得很舒服！但是我们要确保这些恶魔不会率领一支太空舰队前往地球！我们不能白死！必须死得其所！我们必须保护人类！”

阿尔斯泰尔对着显像板高声咆哮，他的表情既不像一位殉道者，也不像一名高尚的自我牺牲者，而是一个正在威胁恐吓下属，想要迫使其就范的人。

一束辐射波照在他的飞船上，金属船体吸收了辐射，把它们转化成热能。阿尔斯泰尔不断对这个部那个处大发雷霆。第二道隔墙爆炸了，汽化的金属和滚烫的气流第二次从这个庞然大物身上喷发出来。在数百万英里外，一个由许多蛋形飞船组成的巨大圆环一动不动地悬在那里，没有一点儿生命的迹象，就好像睡着了的怪物。但是从它们身上，无情的辐射波束迅速射出，聚焦在“飞向群星号”船体的一个点上。那里喷出金属泡沫和翻滚的气体，不时还飞出一些依稀可辨的物体并且突然爆炸。

在这艘巨大的飞船无数的舱室里，人们对即将降临的厄运表现出来的反应和人们本身一样各不相同。有的人尖声惊叫。有些本就郁郁寡欢的船员似乎发疯了，见人就杀。还有一些人闯进了仓库，有些匆忙但并不慌乱地把自己喝得昏昏沉沉。一些妇女抱着她们的孩子不住地哭泣，其中有些人疯了。

但阿尔斯泰尔愤怒的咆哮声至少在某些舱室里还维持着表面上的纪律。在一个机械车间，工人们一边愤愤地工作一边咒骂着，不断犯着错误，这令他们的工作全都派不上用场。一个瘦瘦的航空官在他负责的区域里不断踱着步，手里还拎了一把巨大的扳手，一看到哪里有惊慌的迹象就义愤填膺地开始敲击。火箭长气喘吁吁地表现出了意想不到的骂人天赋，火箭一直在太空中稳定地喷着淡紫色的火苗。

但是生物实验室却是另一番景象，那里一片寂静，人们的精神高度集中。绑得结结实实的比邻星人显得毫无特色却神秘莫测，整个房间都回响着它那奇特的语言。听写器轻轻地沙沙作响，呆板地分析着每一个发音，寻找着词汇卡片，将其翻译成英语词汇。不时会有一张卡片能对上号。于是机器便将比邻星人说出的这个单词翻译出来。

“——飞船——”一长串声音，在音调、强度和重音上变化很快，“——人——”另一长串声音，“——人交谈——”

比邻星人那尖啸一般的声音停了下来。不一会儿，它非常谨慎地又开口了。听写器把它们都翻译了出来。这个比邻星人精心挑选了与海伦一起记录过的单词。

“他了解我们在做什么。”海伦的脸色非常苍白。

机器说：“你——说话——机器——说话——飞船。”

杰克平静地对着发信机说：“我们是朋友。我们有许多你们想要的东西。我们只想要交朋友。除了自卫，我们没有杀你们的人。我们希望和平：如果没有得到和平，我们将战斗。但我们希望和平。”

机器沙沙作响，扬声器大声尖啸，杰克低声对海伦说：“说开战是虚张声势。但我希望能管用！”

一片寂静。数百万英里之外，那些看不见的飞船将致命的辐射波束密集地射向了“飞向群星号”圆形船体的中央。说来也怪，这种辐射对人体完全无害，只会穿透过去，一点也不会被觉察到。

但是这艘地球飞船的合金钢制船体以涡电流的形式阻挡并且吸收了辐射。涡电流变成了热。舱壁、家具，甚至“飞向群星号”内的空气都通过那热量熔出的洞，像一座小火山一样被喷进了太空。

生物实验室里的确很安静。接收器里一片沉默。一分钟。两分钟。三分钟。载着杰克声音的无线电波以光速传播，但用了差不多九十秒的时间才抵达了正在撕碎“飞向群星号”的辐射波束的源头。那边也会花一些时间，接着再过九十秒，另一束波会带着回复以每秒十八点六万英里的速度穿过太空。

接收器毫无节奏地啸叫着，听写器沙沙作响，接着，扬声器不带一丝感情地说：

“我们——朋友——现在——不——战斗——飞船——带——你——行星。”

与此同时，“飞向群星号”船体上的微型火山喷发得没有那么剧烈了，慢慢地，熔化到冒泡的钢板边缘也不再飘出蒸汽了，接着连泡也不冒了，颜色也从汽化钢铁的蓝白色冷却到黄色，再冷却成了胭脂红色，然后慢慢地冷却为暗红色，接着在没有氧气的情况下更慢地冷却成了闪闪发光的银白色金属表面。

杰克清晰地对着控制室的麦克风说：“长官，我已经和比邻星人联系过了，它们已经停火了。它们说要派遣一支舰队把我们带到它们的行星上去。”

“很好，”阿尔斯泰尔痛苦地说，“特别是现在，似乎没有人能够想出一种在我们死后还能管用的计划。接下来呢？”

“我认为此时最好给那个比邻星人松绑，”杰克说，“当然，我们可以继续看着它，如果它胆敢捣鬼的话，就用枪把它打瘫掉。我认为这样做很讲究外交策略。”

“你才是大使，”阿尔斯泰尔讽刺地说，“现在我们有时间工作了。但是如果你觉得你可以调整发信机，向地球发出他们所使用的那种电波，最好还是让其他人来担任大使，你先发送信息回地球再说。”

他的身影消失了。杰克转身看着海伦。他突然感到很累。“这就是问题所在，”他沮丧地说，“地球那边希望我们也能以他们发送给我们的那种电波回复，因为以我们的发信功率，他们几乎什么消息也收不到！但是我们收到了他们上次发来的信息的中间部分，信息最后描述了他们在地球上用于发送信息的设备。毫无疑问，他们会再描述一遍那台设备，或者更确切地说，他们会在四年前再把它描述一遍，我们如果能活久一点儿，就能收到。但是我们根本无从猜测那会是什么时候。你打算继续和这个——这个生物一起工作，继续扩充词汇库吗？”

海伦不安地望着他，把手放在他的胳膊上。

“它很聪明，”她急切地说，“我会向它解释清楚，让其他人和它一起合作。我和你一起去。毕竟，我们在一起的时间不多了。”

“大概只有十个小时吧。”杰克疲惫地说。

他忧郁地等待着，而她则在用精心挑选出来的词汇解释着——听写器把这些措辞翻译成了比邻星语。她有一名助手和两个警卫。他们放开了那个无头怪物。它没有实施任何暴力行为，而是急不可耐地想要继续建立翻译词汇表。双方要通过这张词汇表才可以进行完整的思想交流。

杰克和海伦一起去了通信室。他们播放了到目前为止收到的那些来自地球的信息。其中的内容仿佛一道非同寻常的大杂烩。四年前，地球曾经热衷于向它最大胆的冒险家们传递信息。一束无形的能量不知疲倦地穿越了遥远得难以估计的空间，赶上了三年前出发的探险家们。根据内容判断，这条消息是在第一条消息发出后不久发出的。当时它曾在全球播放，无疑，数以百万计的人一想到他们听到的话将跨越两个恒星系之间的宇宙空间，就会激动不已。

但这些话对“飞向群星号”的人来说毫无帮助。这是一场逗人开心的演出，由一个流行四重唱组合开场，接着是地球上收入最高的喜剧演员讲的俏皮话——“飞向群星号”上的人对他的笑话都很熟悉，接着是一位著名政治家的贺词，还有其他一些乱七八糟的东西。简而言之，参与者无非是在利用地球广播沽名钓誉，演出本身则是一堆垃圾大杂烩。

“飞向群星号”的船体已经被烧穿了，船员们正直面死亡，而且很可能全人类都会因为这次航行而遭到毁灭。对于船员们来说，这种节目毫无帮助。

杰克和海伦坐在那里静静地听着。他们的手不知不觉地交握在了一起。更奇怪的是，他们所剩的时间极为短暂，这种夸张的感情表达显得有些可笑。他们听着地球的那些俗不可耐的信息，却没有真正听进去。两个人不时地对视着。

在生物实验室里，词汇的积累工作进行得很快。图画开始起了作用。第二个比邻星俘虏也被释放了，它的绘画技巧证明了这些植物人的眼睛与地球人的眼睛功能几乎一样，因此这些图片既扩充了定义和等价词汇库，也帮助人们更深入地了解了比邻星文明。

把这些信息拼凑在一起，它们的文明便开始呈现出了一种与人类文明的怪异相似性。比邻星人也拥有人工建筑，那些建筑无疑是住宅。它们也有城市、法律、艺术——第二个比邻星人的绘画就是证明——还有科学。特别是它们的生物学极为发达，在某种程度上取代了人类文明中冶金术的地位。它们的建筑是生长出来，而不是建造出来的。它们可以控制原生质的生长速度和生长方式，用这些东西而不是金属来满足自己的各种目的。

房屋、桥梁、交通工具——甚至飞船，都是由生物物质构成的，这些生物物质长到理想的形状和尺寸之后，就会进入无生命的静止状态，而且还可以随心所欲地再次活化。因此这些物质具有各种神奇能力，诸如产生气泡状结构用来连接他们的飞船与“飞向群星号”。

到目前为止，比邻星文明确实非常奇怪，但仍然还算可以理解。如果地球上的文明是从另一个起点上发展起来的，那么人类可能在某种程度上也能取得这样的进步。然而比邻星人的经济学，虽然立刻就能让人理解，但是那些了解了它的人都会觉得可怕。

比邻星人起源于食肉植物，而人类起源于食肉祖先。但是在发展早期，人类就开始崇拜黄金。这种兴趣转移现象并没有在比邻星出现过。人们为了金子摧毁城市，砍伐森林，开采矿山，无情地毁灭一切来换取黄金或其他可以用来交换黄金的东西，而比邻星人也以同样的劲头猎杀动物。

就在人类灭绝了美洲的水牛，用牛皮换取黄金的时候，比邻星人无情地灭绝了它们星球上的动物。但是对比邻星人来说，动物组织本身就相当于黄金。随着岁月的流逝，出于生存需求，它们已经学会了勉强把植物作为食品。但是对肉的那种非理性欲望仍然存在。它们发明了将动物性食品无限期地保存起来的方法。它们已经捞光了海里最后一只最小的甲壳类动物。甚至太空旅行在它们眼中也变得有利可图起来，接着它们的愿望实现了，因为望远镜显示，在它们的恒星系里，其他行星表面也有植物，因此同样有可能生存着动物。

比邻星的三颗行星都具有适合植物和动物生活的气候和大气，但是现在只有一颗行星，而且是其中最小最远的那颗，存在着动物生命的痕迹。即使是在那里，比邻星人也在疯狂地捕猎，在冰封大陆上寻找日益减少的最后的小型四足动物群落——这些动物为了藏身动辄就会挖出数百英尺深的地洞。

很明显，“飞向群星号”是一艘载满了宝藏的大船——而那宝藏就是人类。任何一个比邻星人都不曾想象过这样的存在。现在，情况已经非常清楚了，如果能够前往地球，它们就能控制整个种族的所有资源。数以十亿计的人类！数以万亿计的鸟兽！海洋中无数的生物！所有的比邻星人都会疯狂地渴望入侵那个满是宝藏的梦幻王国，任何比邻星人在食用它们史前时代的食物时都会体会到这种如梦如幻的感觉。

五

毫无特点的蛋形飞船立刻从四面八方靠了过来。温度计组上的警报信号开始不慌不忙地努力增多。一个刻度盘上发出疯狂的红光，然后又暗了下去，接着是另一个，再接着又是另一个，因为比邻星人的飞船已经就位。当然，每一次这样的警报都是由于辐射波束对“飞向群星号”船体的瞬间照射造成的。

在最后一道波束彻底瘫痪了“飞向群星号”的二十分钟之后，一艘蛋形飞船靠近了这艘地球飞船，非常精确地停在了它前端的气闸上方。它的船体鼓出了一个很大的泡泡，附着在钢板上。

阿尔斯泰尔注视着显示这一景象的显像板，他脸色苍白，双手紧握。杰克·加里那紧张而嘶哑的声音从生物实验室的通信器中传来。

“长官，有一条来自比邻星人的消息。一艘飞船已经降落在我们的船体上，上面的船员将通过气闸进入我们的飞船。当然，我方任何敌对的举动都意味着瞬间毁灭。”

“我们不会抵抗比邻星人，”阿尔斯泰尔严厉地说，“这是我的命令！那简直是自杀！”

“即便如此，先生，”杰克野蛮地说，“我仍然认为这是个好主意！”

“坚守你的岗位！”阿尔斯泰尔愤怒地说，“通信方面有什么进展？”

“我们有了将近五千张词汇卡，已经几乎可以和它们讨论任何话题了，而且所有话题都非常令人不快。卡片正在复印，几分钟后就会印好。之后，我们会把第二台听写器和第二份词汇卡立即送给你。”

从显像板上，阿尔斯泰尔看到了“飞向群星号”的一处气闸口出现了无头的比邻星人。

“那些比邻星人已经进入了飞船，”他厉声说道，这是对杰克的命令，“你是通信官！去迎接它们，带它们的指挥官来这里！”

“明白！”杰克冷冷地说。

这道命令就像是在宣判死刑。在实验室里，他的脸色确实非常苍白。海伦紧紧地靠着他。

之前被俘虏的比邻星人好奇地冲着听写器大声尖啸。扬声器翻译了它的话。

“什么——命令？”

海伦做了解释。人类如此迅速就习惯了这种不可思议的事情，就好像对着麦克风讲话，然后听到一个非人类声音发出的尖啸声和鸣叫声带着同样的意思飘满了整个房间，似乎这仅仅是一件再自然不过的事情而已。

“我——也——去——他们——不——杀。”

比邻星人摇摇晃晃地先出发了。虽然只是看过要怎么开门，它依然非常灵巧地打开了门。杰克带头。他身上的枪套里仍然插着作为随身武器的聚力枪，但是那东西此时什么用也没有。他也许可以杀死身后的植物人，但这么做什么好处都没有。

前方传来了模糊的尖啸声。那个植物人发出了响亮而刺耳的声音。对方对它进行了回应。杰克看到了那群新的入侵者，有二三十个，每个植物人都拿着那种半圆柱形的物体，比第一批植物人携带的还要大。

看到杰克，大家都很兴奋。无头树干两侧伸出的像胳膊一样的触手激动地颤抖着。它们本能地暗自摆弄着武器，听到一声命令般的大喊之后才都停了下来。但是从它们身上散发出来的那纯粹的肉食欲望却让杰克起了一身鸡皮疙瘩。

他的向导——之前那个俘虏——和新来的怪物们用那种难以理解的声音交流着。植物人的队伍一阵兴奋。

“跟我来吧。”杰克简短地说。

他带路来到了主控制室。在路上，他们听到有人正发出单调的尖叫声。一名女子在厄运降临之时崩溃了。一阵叽叽喳喳的啸叫打破了杰克身后那些笨拙的怪物中的寂静。又是一个威严的声音让他们安静了下来。

控制室里，阿尔斯泰尔看上去就像一尊大理石雕像，只不过他的眼睛里燃着暴怒到近乎疯狂的火焰。他身边的显像板显示，又一队比邻星人源源不断地从第二个气闸口走了进来，显然有几百个。海伦拿进来一台听写器。一看到控制室里有那么多的怪物，她本能地发出了惊恐的大叫。

“把听写器设置好。”阿尔斯泰尔说，他的声音像冰一样，那么刺耳，那么冷漠。

海伦颤抖着努力服从了命令。

“我准备好发言了。”阿尔斯泰尔对着麦克风严厉地说。

机器轻轻地沙沙作响，进行了翻译。这支新来的小队的领队发出响亮的尖啸声作为回应。他命令所有船员将飞船设定到自动操作模式，然后到这里报到。在翻译比邻星人所说的“自动”的等价词时，机器遇到了一些困难，这个词不在词汇表中。这耽误了一些时间。

阿尔斯泰尔下达了命令。他的脸上冒出了冷汗，但他的自制力却如同钢铁。

第二道命令理解起来也有一定难度。所有技术记录的副本，以及所有与这艘飞船的建造有关的书籍（这一点也花了一些时间才被理解），都要送到这些怪物进入飞船时所通过的气闸室去。机械、发电机和武器样品也要送到同一个地方。

阿尔斯泰尔再次下达了命令，他的声音很脆弱，甚至空洞，但没有颤抖或中断。

那个比邻星人首领尖啸着发出了一道命令，听写器徒劳地沙沙响着。它的下属们迅速地走到了控制室的各处入口。它们分散开来，只留下四个比邻星人。杰克飞快地冲到了阿尔斯泰尔身边。他迅速抽出了聚力枪，狠狠地顶在指挥官的腰间。比邻星人并没有做出什么反应。

“去你的！”杰克气得嗓子都哑了，“你让它们夺走了飞船！你打算买你的命！该死的，我要杀了你，然后杀出一条血路前往火箭喷管，把这艘飞船变成一团净化火焰，杀死那些恶魔！”

但是海伦哭叫道：“杰克！不要！我知道不是这么回事！”

因为她就在听写器的麦克风前，就像回声一样，她的话以比邻星语的尖啸声重复着。阿尔斯泰尔脸色铁青，快要疯了，他用最低沉的声调严厉地说：

“你这个傻瓜！这些恶魔可以去地球，现在它们知道那样做很值得！因此，就算它们杀死了船上除了主管以外的所有人——它们很可能会这样做，我们也必须前往它们的星球，并在那里着陆。”他把声音压到了近乎耳语的音量，怒气冲冲地说道：“如果你认为我想活下去，那就开枪吧！”

杰克僵硬地站了一会儿，然后退后一步，标准地敬了个机械的礼。

“抱歉，长官，”他摇摇晃晃地说，“以后我一定全力协助你。”

“飞向群星号”的一名主管跌跌撞撞地走进了控制室。然后是另一名。接着还有一名。他们慢慢地走了进来。三十名主管只来了六个。

一个比邻星人走进来，用那种奇怪的姿势一拱一拱地走着，它不耐烦地走到听写器跟前，发出一些声音。

“这些——所有——主管？”机器发出了单调的声音。

“航空官枪杀了他的家人，然后自杀了，”航空部的一名下属喘着粗气说，“一群哗变者控制了火箭喷管，火箭长赶走了他们。然后他的脖子上就挨了一刀，失血过多而死。仓库管理员……”

“别说了！”阿尔斯泰尔用尖细的声音说道。他扯了扯自己的衣领，走到麦克风前，轻轻地说：“这就是还活着的主管了。但我们可以操纵这艘飞船。”

那个比邻星人每只手臂上都系着一条宽宽的皮带，腰间也系着一条，它摇摇摆摆地走向了通用通信话筒边。它用一只手臂末端的卷须熟练地操纵着开关。它发出一种奇怪的声音，顿时一片混乱！

房间里的所有显像板都响起了尖声大叫。简直太可怕了，简直太恐怖了。这声音比紧紧追赶着一头惊慌失措的鹿的一群饿狼还要可怕。杰克曾听到过这种声音，“飞向群星号”的第一批入侵者看到人类并当场杀死他的时候发出的就是这种声音。显像板中还传出了其他一些声音，有人们的尖叫声，甚至还有一两次爆炸。

但是接下来是一片寂静。控制室里的五个比邻星人全身都颤抖了起来。它们满怀着一种不顾一切的嗜血情绪。正是这种不顾理性的、盲目而本能的对食物的渴望，让这些食肉植物进化成了能够移动的物种。

那个戴着皮质饰品的比邻星人再次走到听写器前，大声喊道：

“要——两个——人——离开——船——学习——他们——现在。”

主控制室里传来了一声细不可闻的声响，那是一滴冷汗从阿尔斯泰尔的脸上落到了地板上。他似乎已经束手无策了。他脸色发灰，闭着眼睛。但是杰克沉着地看着那一名又一名的主管。

“我想这大概是要进行活体解剖吧，”他严厉地说，“可以肯定的是，它们计划前往地球，否则像它们那么聪明，就算是为了宝藏，也不会消灭除我们以外的其他所有人。它们想在人体上试验武器之类。长官，我自愿参与试验，现在所有的部门中就数通信部最没用了。”

海伦倒吸了一口冷气：“不，杰克！不要！”

阿尔斯泰尔睁开了眼睛：“加里是自愿的。还需要一个人自愿参加活体解剖。”说这话的时候，他声音哽咽，费了好大的劲儿保持着头脑清醒。“它们想知道如何杀死人类。它们的三十厘米波不起作用。它们知道，熔化我们船体的波无法杀人。我不能当志愿者！我必须留在船上！”他的声音里带着绝望，“还需要一个人自愿被这些魔鬼慢慢杀死！”

四下一片沉默。刚刚发生在眼前的事情，还有“飞向群星号”无数个舱室里正在发生的事情，确实让六个人中的大多数都被吓昏了。他们简直已经无法思考了，被自己面对的纯粹的恐怖弄得精神恍惚，情感麻木。

然后海伦跌跌撞撞地投入杰克的怀抱。“我也要去！”她上气不接下气地说，“我们都要死了！你们不需要我！我可以和杰克一起死。”

阿尔斯泰尔呻吟着：“求你了，别这样！”

“我要去！”她的胸口急速起伏着，“你阻止不了我！我要和杰克在一起！”她看着杰克说，“无论你去哪里……”

接着她哽咽了起来，紧紧靠在杰克身上。系着皮带的比邻星人不耐烦地朝着听写器尖啸。

“这——两——来。”

阿尔斯泰尔用一种奇怪的语调说：“等等！”他像机器人一样挪到了桌子前，拿起了一支电子笔。他双手颤抖着写下了些什么。“我疯了，”他轻声说道，“我们都疯了。我想我们已经死了，下了地狱。不过你们拿着这个。”

杰克把这张写着命令的字条塞进了口袋。系着皮带的比邻星人不耐烦地啸叫着。它迈着奇怪的步子，一拱一拱地领着他们走向这些植物人进来的时候走过的气闸。那些四处游荡的怪物看到他们三次，每次都发出令人毛骨悚然的尖厉长鸣。系着皮带的比邻星人发出命令般的尖叫，那些怪物就退了回去。

还有一次，杰克看见四个怪物围着地上的某件东西前后摇晃着。他伸出双手，遮住海伦的眼睛，走过之后才把手放开。

他们来到气闸处，领路的比邻星人指了指气闸口。两个人服从了命令。橡胶状的长长触手抓住了他们，海伦嘴里喘着气，身体一动不动。杰克拼命反抗着，喊着海伦的名字。然后有什么东西狠狠地打了他一下。他倒了下去。

醒来的时候，他感到身上压着什么重东西。他动了一下，那重量随着他的动作消失了。有一道光，不是人们在地球上见到的那种光，而是装在透明球体内的一道不断跳动的闪光。空气中也有一种奇怪的气味，动物的气味。杰克坐了起来。海伦躺在他身边，没有被绑着，显然也没有受伤。附近似乎没有比邻星人。

他无助地碰了碰海伦的手腕。他听到一阵突突的响声，每一阵噪声响起时他都感到一阵瞬间加速。火箭，燃料火箭。

“我们在它们的一艘该死的飞船上！”杰克冷冷地说。他摸了摸他的聚力枪。枪不见了。

海伦睁开了眼睛。她茫然地看着四周，最后把目光落在杰克身上。她突然打了个寒战，紧紧靠在了他身上。

“出了……什么事？”

“我们得弄清楚。”杰克冷静地回答。

他脚下的地板突然倾斜起来。出于本能，他瞥了一眼舷窗，此前他只是下意识地注意到那里有个什么东西。他凝视着外面，那熟悉的黑色太空被许许多多小光点似的恒星照亮。他看到了一个带着环的恒星和另一些光点似的行星。

其中一个光点就在附近。它那圆形的行星本身和极地的雪冠清晰可见，从行星的大气层以外看，不同的色块模糊地交替出现，绿色区域是大陆，而带着难以形容的颜色的区域是海洋。

沉默。没有比邻星人使用的那种没有元音或辅音的奇怪语言。一时间什么声音也没有了。

“我想我们是要去那颗星球，”杰克平静地说，“我们必须看看能否在着陆前弄死自己。”

然后远处传来了低低的声音。那是一种奇怪的、柔和的低语，一点儿也不像植物人那奇怪的声调。杰克小心翼翼地探索着，走出了他们刚刚醒来的小房间，海伦紧紧地抱着杰克。除了遥远的低语声，四下一片寂静。又是一阵微弱的火箭喷射声，整个飞船明显地开始加速。动物的气味越来越浓烈。他们穿过一个形状奇怪的出口，海伦大声喊道：

“是动物们！”

曾放在“飞向群星号”上的笼子乱七八糟地堆在一起，每个隔间里都装着一种本来用于培育食物的动物样本，如果有一颗适合殖民的星球环绕着比邻星旋转，这些样本就会被释放出来。再往前走就是一大堆书、机器和各种各样的箱子——这些物品是根据那些植物人首领的命令运过气闸的。四周还是没有比邻星人的迹象。

但是在更遥远的地方，那种微弱的低语声听起来非常像人类的声音，简直难以置信。杰克仍然小心翼翼地向声音的源头走去，海伦不知所措地跟在后面。

找到了。那声音来自一个机械装置，这个装置的外壳质地是地板、墙壁及船的每一部分所用的那种没有光泽的暗褐色物质。里面传出的是人类的声音。更重要的是，那是阿尔斯泰尔的声音——痛苦万状，粗糙刺耳，近乎歇斯底里。

“——你们现在肯定已经恢复意识了，该死的，那些恶魔想要知道你们是不是还活着！我告诉它们飞船的加速度会让你们失去知觉，于是它们降低了加速度！加里！海伦！发射信号！”

停顿了一下，又是那个声音：

“我再重复一遍。你们现在所在的飞船是那些恶魔通过一道密集波束引导操控的。你们会降落在一个曾经存在动物生命的星球上。现在那里除了植物什么也没有。而你们以及飞船上装载的那些动物和书籍什么的，都是留给统管这些魔鬼的大魔王的一些特殊财产。它之所以派了一艘由外部控制的飞船带着你们，是因为它认为在面对你们和其他动物这样的宝藏的时候，它的同类当中谁也不值得信任！

“它会把你们留下来作为知识储备，翻译我们的书籍，解释我们的科学什么的。除了它自己的飞船以外，其他任何飞船都不允许降落在你们要去的星球。现在你们能发出信号吗？就是传出我的声音的扬声器上的一个把手。拉三下，它们就会知道你们没事，不会再派一艘飞船来给你们的尸体加防腐剂，以免浪费这些无价之宝！”

比邻星人的接收器并不是为了发出人类那种复杂的声音而制的，那刺耳的声音歇斯底里地笑了起来。

杰克伸手拉了三次把手。阿尔斯泰尔的声音继续说道：“这艘飞船现在就是地狱，不再是一艘飞船了，而是燃烧的硫黄坑。我们有七个人活着，正在指导比邻星人操作控制设备。但是我们告诉它们，不能关闭火箭来展示内部的工作原理，因为火箭要重新启动的话，附近就必须得有一颗行星的质量场来引起空间的形变。它们会在见证这一场景之前让我们继续活下去。它们也有一套书写方法，在听写器把我们的话翻译完成之后，它们会记下我们说过的每一句话。非常科学……”

声音突然中断了。

“我们收到了你们的信号，”过了一会儿，那声音再次说道，“你们会在身边找到食物的。空气应该可以维持到你们着陆。你们还有四天才能到达目的地。过一会儿我还会再呼叫你们的。不要担心导航的问题，那些全都已经处理好了。”

那个声音又完全消失了。

他们两个人，一个男人和一个女孩，把比邻星人的飞船探索了一遍。与“飞向群星号”相比，这艘飞船要小多了，只有大概一百多英尺长，最大直径可能有六十英尺。他们发现了一些小房间，里面都空空荡荡的，但是毫无疑问，这地方曾经挤满了植物人。

这些房间都可以进行冷藏，很可能在低温条件下比邻星人就像地球上冬天的植物一样，会进入休眠状态。这样的设计可以让飞船运载大批船员，到作战或登陆的时候再把他们复活过来。

“如果它们以这种方法改装‘飞向群星号’，驶回地球，”杰克严肃地说，“至少可以带上十五万比邻星人，甚至可能更多。”

人类就要遭到这些怪物的侵犯进攻了，这种想法苦苦地困扰着杰克。他为此备受折磨。海伦竭力展现着女人的温柔，用他们目前还安全这件事，尽力使他高兴起来。

“我们是自愿接受活体解剖的，”在他们恢复意识的第二天，她可怜巴巴地告诉他，“不管怎样，我们暂时还算安全。而且……我们还在一起……”

“到了阿尔斯泰尔再次进行通话的时候了。”杰克严厉地说。距上一次通信已经过了三十个小时。比邻星人也和地球或是来自地球的飞船上的规定一样，例行公事地维持着相当于它们的行星自转一周的时间单位。“我们最好去听听。”

他们去听了。阿尔斯泰尔痛苦的声音从那奇形怪状的扬声器中传了出来，比前一天显得更紧张，更加缺乏理智。他向他们讲述了那些怪物学习操纵“飞向群星号”的进展情况。它们已经不需要六名幸存的主管来维持船上设备的正常运转了。特别是空气净化设备被关了，因为它会清除空气中的二氧化碳，使比邻星人无法呼吸船内的空气。

植物人还允许六个人活着，来满足自己对信息贪得无厌的欲望。他们处于永无休止的逼供拷问中，他们大脑里所有的资源都被囚禁者们用那怪异的符号记录了下来。六个人中最年轻的是一名航空副官，他在记忆和期待的双重压力下发疯了。他毫无知觉地尖叫了好几个小时，然后被干掉了，他的尸体立刻被比邻星人用那种奇怪的干燥剂变成了木乃伊。其余的人都已经身心憔悴，听到一点儿声音都会被吓得跳起来。

“我们的减速度发生了改变，”阿尔斯泰尔的声音很脆弱，“在你们着陆两天之后，我们也会降落在这些魔鬼称之为家的星球上。奇怪的是它们没有殖民的本能。我想，我们中又有一个人要崩溃了。顺便说一句，它们现在拿走了我们的鞋子和皮带。这些都是皮革制成的。热爱黄金的我们不也希望能把西瓜上的金色条纹揭下来吗？都一样，这些……”

他突然又大发雷霆，歇斯底里起来：

“我是个傻瓜！我自己还待在地狱里，却把你们两个送走了！加里，我命令你不要碰海伦！我命令你们两个不要说话！我命令……”

过了一天。然后又过了一天。阿尔斯泰尔又进行了两次通信。

听他的声音，每一次他都越来越绝望，越来越神经紧张，越来越近乎疯狂。第二次，他哭了起来，还在咒骂杰克待在一个没有植物人的地方。

“现在那些魔鬼只把我们当成动物，对其他一切不感兴趣了。我们的大脑也没有什么用了！它们正在系统地摧毁这艘船。昨天它们把我们种植区的蚯蚓抓走了！现在我们每个人都有一个警卫看管。今天早上，我的卫兵拔了我的一撮头发吃了下去，兴奋得前后摇摆。我们连羊毛衬衫都没了。简直是群畜生！”

又过了一天，阿尔斯泰尔一只脚已经踏入了歇斯底里状态。飞船上只有三个人还活着。他给杰克发了一些指示，事关那艘蛋形飞船登陆那颗无人居住的星球的过程。杰克到时候应该进行协助。他们离目的地已经很近了。那颗已经占据了半边天空的行星即将成为他和海伦的监狱。“飞向群星号”将要飞往的另一颗行星在阿尔斯泰尔眼中也成了一个圆盘。

在比邻星的光环之外一共有六颗行星，而这颗监狱行星位于植物人家园外侧相邻的位置上。这里的气温比它们的最适宜温度要更冷一些，不过一千年来，它们的猎肉探险队一直在这颗行星表面搜寻，直到哺乳动物、鸟类、鱼甚至甲壳类动物都被捕尽了为止。再往外是一个冰雪覆盖的世界，接下来就只剩下在虚空中旋转的冰冷星球了。

“现在，你已经了解牵引光束放开大气层内控制系统之后，要如何接管那艘飞船了，”阿尔斯泰尔的声音在抖，仿佛说话的时候，他的牙齿正因神经紧张而打战，“你们会享受到宁静的。那里有树木、花朵，还有一些像草一样的东西，如果它们的图片准确的话。我们即将迎来地狱历史上最盛大的一次庆典。每一艘飞船都回家了。整个星球上的所有比邻星居民都会拿到一点点动物的肉片来吃。能拿到动物身上的东西，它们就足以感受到那种残忍的快乐了。

“那个种族的所有成员！去死吧！我们成了它们梦寐以求的最丰富的宝藏。它们在我面前毫无顾忌地说话，我已经疯狂到能听懂它们彼此之间的一些语言了。它们的最高首领正在计划培育有史以来最大的飞船。它将带着三百艘飞船启程前往地球，大多数船员都会处于沉睡或休眠状态。那些飞船上会装着三百万来自地狱的魔鬼，它们会用那些该死的波束在一千万英里以外熔化掉地球上的飞船。”

显然，说话有助于使阿尔斯泰尔保持清醒。第二天，杰克和海伦乘坐的蛋形飞船像铅锤一样，从空旷的太空坠落到了大气层里。光滑的船体擦过空气发出疯狂的呼啸声。接着杰克控制住了飞船，让它缓缓地下降，降落的速度越来越慢。最后，飞船在一片绿色的林间空地中停了下来，周围是一片奇怪但令人安心的树林。此时，在这颗行星上，恒星已经快要落山了，他们还没来得及四下探索，夜幕就降临了。

然而，无论是第二天还是第三天，他们都没有进行太多的探索，因为阿尔斯泰尔几乎一直在说话。

“又有一艘地球上来的飞船要到了，”他的声音嘶哑，“另一艘飞船！她至少在四年前就出发了，再过四年就能到这里了。你们两个也许能见到她，但是明天晚上我就要死了或者疯了！真是滑稽！每当我想起你的时候，海伦，我都会感觉疯狂近在咫尺，让杰克吻吻你吧！你知道，海伦，在我还是个男人的时候，在我变成一具尸体看着我的飞船被拉进地狱之前，我爱你。我非常爱你。我很嫉妒他，当你眉目含情地看着加里的时候，我恨他。我还是恨他，海伦！啊，我恨死他了！”阿尔斯泰尔的声音仿佛来自鬼魂，炼狱中的鬼魂，“我真是个傻瓜，竟然给他下了那样的命令。”

杰克眼含怒火，不住地踱来踱去。海伦把手放在他的肩膀上，他心不在焉地对她说着话，声音里充满了仇恨。他的心中充满了绝望而狂热的欲望，想要杀死比邻星人。他开始在机器中搜寻，专心致志地用一些奇怪的零件组装了一把十千瓦的涡流枪。他为此工作了好几个小时。然后他听到海伦也在忙着什么，而且似乎很费劲。这让他很不安，于是他走了过去。

她刚刚把最后一个曾放在“飞向群星号”上的笼子拖到了空地上。此时她正把里面的小动物放出来。鸽子满怀期盼地展翅飞翔，兔子刚出笼子就开始高兴地咀嚼着脚下那些陌生但却令人满意的植物。

她四下望着。除了一只摇摇晃晃的跛脚小羊羔，还有六只羊。小鸡啄来啄去，但是这个世界上并没有昆虫。它们只能找到种子和草木。四只小狗在阳光下扎人的绿色草地上欢喜地滚来滚去。

“无论如何，”海伦强辩说，“它们可以享受一段快乐时光！它们和我们不一样！我们还需要担心！这个世界可能成为人类的天堂！”

杰克忧郁地望着这片美丽的绿色世界。没有讨厌的动物，也没有害虫，这颗星球上不可能有任何疾病，除非人类有意把它们带进来。这将会是一处天堂。

飞船里传出人类轻轻的说话声。他痛苦地跑过去听，海伦跟在他后面。他们站在一个奇怪的小房间里，这是控制室。墙壁、地板、天花板、仪表箱——所有这些都是由毫无光泽的暗褐色材料制成的，比邻星人可以把这些材料培育成它们想要的形状。阿尔斯泰尔的声音出奇地平静，少了许多的歇斯底里，显得非常沉着冷静。

“我希望你们没有去别处探险，海伦和加里。今天，它们在这里举行了庆祝活动。‘飞向群星号’着陆了。我操纵她降落。我是唯一还活着的人。我们来到了魔鬼城的中央，来到了这些很适合被当成地狱的建筑物之间。在我现在所在的空地旁边，就是最高首领的宫殿。

“今天，它们在庆祝。我从来没想过‘飞向群星号’上居然有那么多动物制品。它们甚至发现了我们的制服曾用马毛加以硬化。毛毯、鞋子，甚至一些肥皂也源自动物，而且它们把这些动物制品进行了‘精炼’。它们可以非常高明地回收所有动物物质，就像我们的化学家可以回收金和镭一样。奇怪吧？”

扬声器沉默了一会儿。

“我现在神志清醒了，”那声音坚定地说，“我想我疯了一阵子。但是今天看到的东西让我清醒了过来。我看到数以百万计的恶魔把它们的手伸进巨大的水槽里，所有来自‘飞向群星号’的动物组织都溶解在里面。那位最高首领为自己留下了很多！我看到它的警卫队把东西带进了它的宫殿。其中一些曾是我的朋友。我看到一座城市在无限的欢乐中陷入疯狂，恶魔们在狂喜中前后摇摆，它们吸收了地球上的战利品。我听到最高首领在王座上发表着庄严的演说。我已经学会了理解它们这些啸叫声。

“它告诉听众们，地球上到处都是动物。人类、野兽、鸟类、海洋中的鱼类。它告诉听众们，有史以来规模最大的舰队将很快成长起来，这些飞船将使用人类的推进方法，我们的火箭，加里，第一支舰队将带上无数它们的成员去占领地球。它们也会把那些宝藏送回来，这样，它的每一个臣民都会像今天一样，经常享受这样的狂欢。这些魔鬼疯狂地来回摇摆，发出尖叫声。数百万个魔鬼。”

杰克轻轻地呻吟着。海伦捂住了眼睛，好像想把她想象中的景象挡在外面。

“现在，从你们的角度来看，情况是这样的，”身为数百万英里之外的血腥植物人行星上唯一的人类，阿尔斯泰尔镇定地说，“它们的科学家现在要过来，让我给它们展示火箭内部的工作原理。明天会有人去问你们两个一些问题。但是我要给这些恶魔看看我们的火箭。我敢肯定——非常肯定，它们这个种族的每一艘飞船都回到了这颗行星上。

“它们来到这里共同庆祝，因为它们每个人都得到了来自首领的免费礼物，它们辛勤劳作一辈子也未必拿得到这么多动物组织。在这里，血肉比金子更珍贵。比较而言，血肉的价值约莫位于铂和镭之间。所以它们都回家了。它们每一个人！路上还有一艘从地球来的飞船。再过四年她就要到了。你们必须记住这一点！”

扬声器里发出了一阵从远处传来的不耐烦的尖啸声。

“它们来了，”阿尔斯泰尔坚定地说，“我要向它们展示火箭。也许你们能看到一场好戏呢。这取决于你们那边是什么时间。但是记住，‘飞向群星号’的姐妹船正在路上！加里，我最后给你那条命令纯粹是疯子的行为，但我很高兴我这么做了。再见，你们两个！”

扬声器里传来的尖啸声越来越微弱了。在很远很远的地方，在那座魔鬼之城里，阿尔斯泰尔正和那些植物人一起前进，他要向它们展示火箭内部的工作原理。它们希望能够了解到这艘大飞船在推进系统方面的所有知识，从而也能建造或培育这么大的飞船，载着成群结队的它们飞到另一个有许多动物的恒星系。

“我们到外面去吧，”杰克严厉地说，“他说过他会这么做，因为他没有办法找一台可靠的机器来帮他做这件事。但我当时还以为他疯了。那颗行星似乎不可能继续存在下去了。我们出去看看天空吧。”

海伦跌跌撞撞地走到了外面。他们站在青青的草地上，仰望着头顶的苍穹。他们等待着，凝视着。杰克脑海中浮现出“飞向群星号”那巨大的火箭舱。他似乎看见那支奇怪的队伍走了进去，一大群可怕的植物人，然后是阿尔斯泰尔，他的脸像大理石一般冷静，他的手也像大理石一样镇定。

他打开了其中一台火箭的后膛部，解释了裂解场，裂解场使氢原子的电子坍缩，使得它的原子量与氦原子相同，再把氦原子变为锂原子，而水中的氧原子被分解成中子与纯粹的力。阿尔斯泰尔会回答一些尖啸着提出的问题。超音速产生器被他解释成了控制力和方向装置。他没有说出火箭喷管的材料只有以这些振动产生器产生的频率振动时，才能经受住裂解场的作用。

他不会向它们解释，如果这些振动产生器没起作用，开启的火箭喷管就会随着燃料发生裂解，唯有一种物质在唯一一种振动频率的条件下才能免于裂解。换句话说，这些管道、飞船乃至整个行星都会一起消失在剧烈的紫色火焰中。

不，阿尔斯泰尔肯定不会解释这一点，他只会向比邻星人展示如何开启考德威尔场。

男人和女孩看着天空。突然一道强烈的紫光使头顶上那有着光环的恒星也黯然失色。一秒钟、两秒钟、三秒钟，紫色的光一直闪烁着。没有声音。一阵令人难以忍受的酷热突然袭来。然后一切又都恢复了原样。

那有着光环的恒星明亮地照耀着。这里的云也像地球上的一样，静静地飘在天空中，不过要比地球上的淡一点。来自“飞向群星号”的小动物们心满意足地咀嚼着脚下的叶子。鸽子欢快地飞翔，自由自在地拍打着翅膀。

“他做到了，”杰克说，“每艘飞船都回家了。已经没有植物人了。它们的星球，它们的文明，或者它们伤害我们地球的计划都已经荡然无存了。”

即使在太空中，比邻星人的母星过去所在的地方如今也是空无一物。甚至连一点儿或冷或热的气体也没有留下。它消失了，仿佛从未存在过一样。来自地球的一对男女站在一个可以成为人类天堂的星球上，另一艘飞船很快就要来了，带着他们的更多同类。

“他做到了！”杰克平静地重复道，“愿他的灵魂安息！而我们呢，我们现在只需考虑如何活下去，而不是死亡。”

他那张严峻的脸慢慢地放松了下来。他低头看着海伦，轻轻地把胳膊搭在她的肩膀上。

她高兴地贴紧了他，把过去的一切都抛在了脑后。过了一会儿，她轻声问道：“阿尔斯泰尔给你的最后一道命令是什么？”

“我还没有看过。”杰克说。

他在口袋里摸索着，掏出了那张破破烂烂的命令。他读了一遍，然后拿给了海伦。根据“飞向群星号”离开地球之前通过的法令，这个人造世界上法律的制定权和执法权都被委托给了这艘巨大飞船的指挥官，而且还特别规定，“飞向群星号”上的合法婚姻，必须有指挥官签署的官方结婚令才能生效。阿尔斯泰尔递给杰克的纸条就是这样一张结婚令。正当杰克踏上一条他眼中的黄泉之路时，阿尔斯泰尔实际上给了他一张结婚证书。

两个人相视而笑。

“这……这不重要，”海伦犹豫不决地说，“我爱你。不过我很高兴！”

一只被放飞的鸽子在地上发现了一根稻草。它用力地拽着。它的配偶严肃地观察着它。它们互相发出鸽子的叫声，然后衔着稻草飞走了。一阵讨论之后，它们认为，这根稻草非常适合筑巢。

（繁星 译）

火星上的“世界排险员”

要充分理解 20 世纪三四十年代的科幻小说，甚至是迄今为止所有的科幻小说，就必须正视这一类型文学的商业属性。从根斯巴克开始，出版商们一般都会尽力盈利，编辑们想看到的是能让杂志大卖的故事，而全职作者们则是无论如何也得努力把足够多的故事卖给编辑，好维持生计。

当然，所有的小说——实际上，是所有希望能卖给付费读者或者是上演给付费观众看的文学作品——都有某种程度的商业性质。莎士比亚离开故乡斯特拉特福就是为了赚钱，而塞缪尔·约翰逊则坚定地声称：“如果不是为了钱，脑壳坏掉了的人才会去写作。”最为前卫，只被少数人欣赏的作者也会希望时来运转，他的小说卖掉上百万册，让他得到社会的认可，作品获得应有的经济回报。

不过科幻小说作者所指望的回报没那么大，即便是那少数试图靠科幻杂志谋生的作者们也只是在廉价出卖劳动力。在第二次世界大战之前，每个词一美分就是他们能指望的最高稿酬了。布莱恩·奥尔迪斯在《地狱制图师》（*Hell's Cartographers*）中指出，“稿酬越低，篇幅越长”。不过，作者的动机也不会是纯商业的；他们完全可能在其他领域进行写作，获利还更多（在别的领域写了不少东西的艾萨克·阿西莫夫就说，科幻小说比起其他任何作品都更难写——带来的满足感也更强），但他们还是选择了写科幻小说，因为他们喜欢科幻中的自由，又或是因为他们享受科幻的氛围，享受它带来的反馈或者是乐于和同道交流，又或是他们热爱自己所写的作品。

然而，他们若打算以此为生的话，就不得不写个不停，运笔如飞，匆匆而就，就算有修改也很少。快嘴快舌，平铺直述在他们那儿是美德，偶尔，那个沉没在他们内心深处的艺术家——如果有的话——能冒出头来吸几口气也是不错的能力。不过，从市场角度看来，这往往是错的。

如此一来，所写的内容就会偏向于冒险和动作，因为这些容易写，需要的字数也多，不仅如此，这也是读者最喜欢看的。编辑们也偏爱这些。在《星云奖十二年获奖作品选》（*Nebula Winners Twelve*）中阿尔吉·巴崔斯写道，所有的编辑都相信，“会讲故事的人的书会比一般作者的好卖”，并且这点是有销售数据为证的。坎贝尔倒并不完全属于这一阵营。没错，他很喜欢冒险故事，并出版了史密斯博士的“透镜人”系列和其他的系列冒险小说，但他希望作者们会尽可能地围绕一个原创的点子，或者是一系列的点子来写作，就像是范·沃格特的“非A世界”（*Null–A*）系列[1]，或是哈尔·克莱门特（Hal Clement）的《重力使命》（*Mission of Gravity*）那样。

部分是由于坎贝尔的影响，部分是由于现实的作用，科幻冒险故事越来越难写；今天，彻头彻尾的冒险故事更可能是奇幻类型的，它们无须受到和现实世界妥协的压力。而且，写冒险故事的作者，

1. A代表“亚里士多德逻辑”。系列故事的舞台是一个亚里士多德式逻辑不成立的世界。

他们时不时也会偏离自己的定位，这种时候，身为作家那种写出些更细腻、更有内涵的东西的冲动（这种冲动从不会完全消失）会让他们写出些别的类型的小说。

对于1930年代的科幻小说来说，写得糟糕不足为奇，令人惊奇的倒是在这个阶段出现了一些生气勃勃的故事，其中既有原创性，也有一定的写作技巧，超越了创作出它们时的大环境。

话说回来，1930年代最受欢迎的作家仍然是冒险故事的作者。埃德蒙·汉密尔顿就是其中之一。他富于想象力——那个时代的科幻作家必须如此，但他的作品大都落入了冒险故事的窠臼。

1926年，受A. 梅里特的奇幻故事的启发，汉密尔顿在《怪谭》上发表了他的第一篇小说，题为《马木斯的魔神》（“The Monster-God of Mamurth”）。这位22岁的作者是宾夕法尼亚州一个家庭中唯一的儿子，有三个姐妹。他14岁就念完了高中，但大三的时候因未参加礼拜而被赶出了校门[1]。他当过一段时间的铁路站场会计，然后改了行，从此做了职业作家。

汉密尔顿的多年好友杰克·威廉森曾说，《怪谭》从没拒过汉密尔顿的稿。他用自己的真名和六个假名在上面发表作品，成了最受欢迎、发文最频繁的作家之一。他还创作了一系列关于一支星级巡逻队的故事，那支队伍由来自许多个不同世界的生灵组成，其任务是保卫银河系的文明。威廉森在书中写道：“这些作品有助于构建人类将会征服群星的神话，这个神话至今仍然是科幻的一个重要主题。”

汉密尔顿最喜欢写的一类情节是，邪恶势力会对某个太阳系或者银河系构成威胁，而后被人单枪匹马阻止。由此他得到了一个绰

1. 他念的这所威斯敏斯特学院是美国基督教长老会教派的教会学校。

号——“世界排险员”，有时候则是“世界拯救者”。他把他的故事卖给了许多杂志，包括《惊奇故事》、《神奇故事》及其后续杂志，还有早期的《惊异》。不过，坎贝尔从来没收过他的故事。他有一个短篇曾在 1938 年 12 月的《惊异》上出现过，但那应该是坎贝尔接手主编之位前就已经收进的作品。

1939 年，标准杂志（《惊人故事》和《惊险神奇故事》[1] 的出版商）的编辑部主任利奥·马格利斯创办了《未来队长》[2] 杂志，并雇佣汉密尔顿来撰写脚本；整个系列的 21 个长短篇小说，除了 3 个之外均出自汉密尔顿之手。1969—1970 年间系列故事以平装书的形式被重新发行了一遍。

1946 年，汉密尔顿和另一位科幻作家利·布拉克特（Leigh Brackett）成了婚。利也写了些冒险传奇故事，但她还写剧本，包括《大梦》[3]（*The Big Sleep*, 1946, 与威廉·福克纳 [4] 合编），后来又写过些别的剧本，包括几部约翰·韦恩的电影。她也写悬念小说，后期则续写以一位早先曾受人喜爱的角色埃里克·约翰·斯塔克（Eric John Stark）为主角的系列科幻小说 [5]。

汉密尔顿花了许多年构建“超人”系列漫画，但同时他也继续写科幻小说。1949 年出版了《群星列王》（*The Star Kings*）。1951 年有《世界末日的城市》（*City at the World's End*）。《火星什么样？》（“What's It Like Out There?”）发表在 1952 年的《惊险神奇故事》杂志上，但并不显得落伍。它的初稿作于 1933 年，被好几个编辑拒绝了，于是被束之高阁将近 20 年之久，而后再被拿出来修订，在新时

1. 这两本科幻杂志前者创刊于 1939 年，后者创刊于 1929 年，均在 1955 年停刊。
2. 该杂志主要刊登同名超级英雄的故事。实际第一期要到 1940 年才出版。1944 年因二战导致的纸张短缺而停刊。
3. 根据钱德勒同名小说改编。
4. 美国著名小说家、编剧，诺贝尔文学奖得主。
5. 早期（1940 年代）为短篇，后期为长篇。讲述发生在火星废土上的冒险故事。

代获得了认可。奇妙的是，故事里将探索火星的时间定在了 20 世纪 60 年代中叶[1]。

这个故事反映出，太空飞行成为现实，科学开始揭示其他行星真实情况之后，人类征服太空的神话也被相应地修正了。同时，它还展示出了若干通常潜藏在通俗文学作品的外表之下的艺术技巧。

（何锐　译）

1. 1965 年美国的“水手 4 号”第一次成功对火星进行了探测。

火星什么样?

[美国] 埃德蒙·穆尔·汉密尔顿

1

离开医院的时候，我原本不想穿制服的，但我在那儿没别的衣服，而且能出院我太高兴了，高兴得不想计较这事。但是，一登上当地飞往洛杉矶的飞机，我就后悔穿这身制服了。

人们呆呆地看着我，开始窃窃私语。空中小姐对我露出了与众不同的粲然一笑。她肯定跟飞行员也提了，因为他回来跟我握了握手，说道："哎呀，我猜，这样的旅行对您来说有点跌份吧。"

一个小个子男人走了进来，四处找座，然后坐到了我旁边的座位上。他五六十岁年纪，戴着眼镜，有些吹毛求疵，花了几分钟才安顿下来。然后他看了看我，盯着我的制服瞧，还有制服上那个写着"二队"字样的黄铜小纽扣。

"怎么，"他说，"你是二号远征队的队员之一啊！"然后，他好像刚想明白似的，又说，"哟，你去过火星！"

"没错，"我说，"我是去过那儿。"

他朝我绽开了笑容，带着点惊奇之色。我不喜欢这样，但他的好奇显得相当友善，让我实在讨厌不到哪里去。

“跟我说说，”他说，“火星什么样？”

飞机正在爬升，我望向窗外，看着亚利桑那沙漠从下方不远处掠过。

“不一样，”我说，“跟这儿不一样。”

这个答案似乎彻底满足了他。“我敢肯定就是不一样，”他说，“你这是要回家吗？怎么称呼呢？”

“哈登，弗兰克·哈登中士。”

“你是回家吗，中士？”

“我家在俄亥俄州，”我告诉他，“我先去洛杉矶看望一些人，然后再回家。”

“嗯，挺好。希望你玩得开心，中士，你受之无愧。你们那些小伙子在火星上表现得可真棒。嘿，我看报纸上说，等联合国再派出几支远征队之后，我们就会在那儿建立城市，还有定期的客运专线什么的。”

“听我说，”我说，“这些话太荒唐了。你还不如在这底下的莫哈韦兴建城市呢，而且距离还近得多。现在去火星只有一个目的，就是铀。”

我看得出来，他不太相信我的话。“噢，当然了，”他说，“我知道，那也很重要，如今我们的发电站全都用铀来发电。可那不是全部的理由，对吧？”

“在相当长的一段时间内，那就是全部的理由。”我说。

“可是你看，中士，报上的这篇文章说……”

我没有再说什么。等他讲完报纸上的那篇文章之后，我们就降落洛杉矶了。下飞机时，他拉着我的手摇来晃去。

“好好享受一下吧，中士！你肯定会喜欢的。我听说，二队有很多哥们儿都没回来。”

“是啊，”我说，“我听说了。”

等到了洛杉矶市中心的时候，我又开始觉得难受了。我走进一家酒吧，喝了两杯波本威士忌，这让我稍微感觉好了一点。

我出了酒吧，找了个出租车司机，请他载我出城，到圣盖博去。司机是个胖子，宽阔的脸庞上红光满面。

“上来吧，老兄，”他说，“喂，你是去火星的那帮伙计当中的一个，对吧？”

我说：“没错。”

“嘿，嘿，”他说，“跟我说说，火星什么样？”

“在某种程度上来说，那就是一桩挺无聊的苦差事。”我对他说。

“我敢肯定就是这样！”当我们开始在车流中穿梭时，他说，“我呢，二十年前，第二次世界大战的时候，我就在军队里。跟你说的一模一样，十有八九的时间里，那都是一桩无聊的苦差事。我看哪，全是老样子。”

“这回可不是什么军方的远征队，”我解释道，“是联合国的远征队，不是军方的——但我们也有军官和纪律，跟军队一样。”

“当然了，还是一回事。”出租车司机说，“老兄，你用不着告诉我那是个什么样儿。哎呀，是1942年那会儿还是1943年来着？反正我记得，原先那会儿……”

我靠在座椅上，看着亨廷顿大道在眼前掠过。阳光倾泻而下，照在我身上，好像很热，空气似乎相当潮湿浑浊。在亚利桑那高原上的时候还没这么糟糕，但在这个地势低的地方呼吸倒有点困难。

出租车司机想知道圣盖博的具体地址。我从口袋里掏出那一小包信，找出了背面写着“马丁·瓦利内”和街道地址的那一封。我把地址告诉司机，把那包信又放回了口袋里。

我现在真巴不得自己从来没回过这些信。

可是，在医院的时候，当乔·瓦利内的父母给我写信时，我怎么能不回呢？吉姆的女朋友和沃尔特的家人也是一样。我没法不给他们回信，我知道的第一件事就是我曾经答应过要来看望他们，现在，如果我不这么做，而是直接回俄亥俄去，我就会觉得自己是个混蛋。眼下，我倒巴不得自己当初就打定主意当个混蛋。

这个地址位于圣盖博南区，所处的这片区域仍然隐约带着一丝墨西哥气息。这儿有一间小小的杂货店，旁边有座小房子，院子周围有一圈尖桩篱笆，非常整洁。但在华而不实的加州灰泥背后，这地方却给人一种奇怪的家一般的温馨感。

我走进那间小杂货店，一个身材高大、皮肤黝黑、眼神平静的男人看了我一眼，低声唤了一个女人的名字，然后绕过柜台，握住了我的手。

“你就是哈登中士，”他说，“没错，当然。我们一直盼着你能来。”

他的妻子从后面匆匆赶来。她看上去年纪太大了点，不像乔的母亲，因为乔还只是个孩子。不过话又说回来，她看着倒也没那么老，只是有些憔悴。

她对瓦利内说：“请给他拿把椅子。你没看见他累了吗？而且他刚从医院出来。”

我坐下来，目光从他们中间穿过，看着一箱罐装辣椒。他们问我感觉如何，问我回家是不是很高兴，还希望我的家人都平安无事。

他们很有教养，只字未提关于乔的事，只是等着我说点什么。我觉得很为难，因为我跟乔并不熟，算不上了解。他在发射前几周才刚调到我们小队，由于他成了我们当中的第一名伤亡人员，他的情况我始终了解得不多。

最后，我还是不得不尽快了结这件事，我能想到的话只有这么一句：“他们给你们写信细说了乔的情况，对吧？”

瓦利内沉痛地点了点头：“对——说他在发射后二十四小时内死于休克。那封信写得很不错。”

他妻子也点了点头，喃喃地说：“非常不错。”她看着我，我猜，她看出了我不太清楚该说些什么，因为她说：“你可以给我们再多讲讲。不过，倘若这让你觉得难过的话，那就千万别说了。”

我可以给他们再多讲讲的。哦，是啊，如果我愿意的话，我可以告诉他们多得多的情况。这件事全都清楚地记在我脑子里，就像一部电影，看了一遍又一遍，直到铭记于心。

我可以把与那次让他们的儿子送命的发射有关的一切都告诉他们。我们排成长队，穿着制服的背影正准备登上四号火箭和其余所有的十九架火箭——高原上闪耀的灯光，机器的隆隆声，阵阵呼啸声，以及我们爬上火箭中央井的梯子时巨型火箭内部的模样。

这部电影又在我的脑海中播放起来，清晰得如同水晶一般，我仿佛又回到了四号火箭上的14号室，时间一分钟又一分钟地过去，每当其余火箭中的某一架呼啸着升空时，舱壁都在震颤，我们十个人待在吊床上，被囚禁在那间形状古怪、没有窗户的金属屋子里，等待着，等待着。直到那只巨手伸出，将我们狠狠往下一砸，深深压进后座弹簧，碾得我们喘不过气来，让我们拼命挣扎着呼吸，血涌进脑袋，尽管事先吞了那么多晕车药，胃里仍然直犯恶心，耳中听见那响亮的笑声：卜隆——！卜隆——！卜隆——！

碾啊碾，一遍又一遍，击打着我们的内脏，掐断了我们的呼吸，有人难受，还有人在啜泣，而那笑声还在继续，让我们痛不欲生：卜隆——！卜隆——！然后那巨人不再发笑，也不再把我们往下砸，我们能感觉到酸痛发抖的身体，心中怀疑它是不是还在。

沃尔特·米利斯在我下面的吊床上连珠炮似的咒骂着，我们当时的小队长布雷克·杰根从束带中痛苦地爬出来，查看我们的情况。然后，一道刺耳的细小声音透过众人的声音传来，犹豫地说："布雷克，我想我受伤了……"

当然了，那就是乔，他们的儿子，他嘴唇上沾着鲜血。他没戏了——我们瞧见他第一眼的时候，就知道他没戏了。这是个俊美的孩子，手放在腰间，抬眼看着我们，此时他的面色已变得蜡黄。一号远征队已经证明，每次发射中都会有一定比例的人遭受内伤，而在我们小队，在我们这间没有窗户的小舱室里，遭受内伤的人恰恰是乔。

要是他立刻就死掉倒好了。可他暂时还死不了，他还得在吊床上躺那么些小时。医护人员过来为他套上约束衣，给他用了麻醉药，就这样了，时间一小时又一小时地过去。我们自己都害怕得六神无主，难受得死去活来，对他没有产生原本应有的同情——直到他开始呻吟，求我们替他脱掉约束衣。

最后，沃尔特·米利斯想替他脱，而布雷克不许，他们争吵起来，我们听着他们吵，这时呻吟声停止了。除了呼叫医护人员之外，再也不必为乔·瓦利内做点什么了，医护人员来到我们这间小小的铁牢，把他带走了。

当然，我可以把他们家的乔是怎么死的告诉瓦利内夫妇，对吧？

"求你了。"瓦利内太太小声说，她丈夫看着我，无声地点了点头。

于是我告诉了他们。

我说："你们知道，乔死在了太空。他在发射的冲击力中不省人事，失去了知觉，什么感觉也没有。然后临死之前，他又醒了过来。他似乎没有感觉到任何疼痛，一点儿也没有。他躺在那里，望着窗外的星星。太空中的星星很美，就像天使一样。他望着星星，然后小声说了句什么，往后一躺，就这么去了。”

瓦利内太太轻声哭了起来：“死在那儿，望着天使一样的星星……”

我起身要走，她没有抬头。我走到这间小杂货店的门外，瓦利内陪着我出来了。

他跟我握了握手：“谢谢你，哈登中士。非常感谢。”

“不客气。”我说。

我上了出租车，拿出那包信，把那一封撕得粉碎。我向上帝祈愿，巴不得自己从来没收到过这封信。我真希望手上其余那些信我一封也没收到过。

2

我坐上了飞往奥马哈的早班飞机。到达之前，我在座位上睡着了，然后开始做梦，不是什么美梦。

有个声音说：“我们正在降落。”

我们正在降落，四号火箭正在降落。我们置身于我们小队的舱室中，全都被束在吊床上，胆战心惊地等待着，巴不得有扇窗户，这样就能看见外面的情形。希望我们的火箭可别是坠毁的那一架，希望所有的火箭都别坠毁，哪怕真有坠毁的，也别是我们这架……

“我们正在降落……”

降落，我们下方再次响起了轰隆的呼啸声，狠狠击打着我们，不像发射时那样稳定，而是轰隆——隆——隆，然后又是轰隆——隆。

从舱室对面传来布雷克的声音，他在呼唤我们，但我听不清，因为在轰隆声的间隙之中，我的耳朵里仍在轰鸣。不，那轰鸣声并不在我耳朵里，而是从我旁边的舱壁上传来的：我们已经来到了大气层，我们正在进入。

轰隆声如同闪电一般连续不断，砰——砰——砰——砰——砰！我仿佛被压在群山之下，就这样吧，别让我们这架坠毁，拜托了，上帝，别让我们这架坠毁……

接着是嘣的一声，漆黑一片，最后，有人在我耳边嘶哑地叫喊，布雷克·杰根脸色惨白，俯身对我说：

“弗兰克，解开束带，出去！全体从吊床上起来——全体出去！”

我们已经着陆，没有坠毁，但我们都半死不活了，而他们想立刻撵我们出去，我们可办不到。

布雷克正冲我们喊道：“戴上呼吸面罩！戴面罩！我们必须出去！”

“我的上帝啊，我们才刚着陆，都快被撕成碎片了，我们办不到！”

“我们必须出去！有一些火箭在着陆时坠毁了，我们得去救里面还活着的人！戴面罩！快！”

我们办不到，但我们还是照办了。他们这几个月来对我们的纪律训练没有白费。吉姆·克莱默已经站了起来，在我下面的沃尔特正试着解开束带，不知什么地方传来一阵阵发疯似的尖啸声，有人嘶哑地叫喊着。

我落到地上时，膝盖直打晃。我旁边的扬·拉森想说点什么，接着便瘫作了一团。吉姆朝他弯下腰去，但布雷克却在门口大喊：“随他去吧！快来！”

沿着梯子爬下中央井时，尖啸声一路响彻在我们耳边，面罩夹弄痛了我的鼻子。在井底，一个蓬头垢面的军官正朝我们大喊大叫，要我们出去与第五小队会合，舷梯在我们脚下摇晃着。

冷。寒气刺骨，黄铜般的天空中，缩小了的太阳发出暗淡的光辉，我们周围是一片绵延起伏的赭石色红沙平原。我们一支支小队跟随着沃尔船长，朝远处那个金属堆走去，金属堆以古怪的角度倾斜着，支离破碎地躺在一座浅浅的小山谷中，我们行走时，脚下的沙子便向旁边滑开。

“跟上，伙计们——快！赶紧！”

当然了，这一切全是一场梦，我们走路的时候鞋底灌了铅，每走一步都要把脚步往后拖一拖，这副样子犹如梦幻一般，透过面罩共振器传来的声音低沉而遥远。

只不过，当我们来到倾斜的金属堆边，看见七号火箭经历了什么的时候，这不是一场美梦，而是一场噩梦——金属船体像纸一样被撕裂了，寥寥几人正从残骸中爬出来，身上沾着鲜血，燃料正从破碎的燃料箱里往外流淌，发出汩汩的声音，还有呜咽的人声：“急救！急救！”

只是这尚未发生，这根本还没有发生，因为我们还在四号火箭上，还在进入大气层，我们根本还没着陆，但我们随时都会着陆。

“我们正在降落……”

这一切我可不能从头再经历一回了。我大叫着，拼命想挣脱吊床上的束带，然后我醒了。我坐在飞机的座位上，一个吓坏了的空中小姐离我有一英尺远，她对我说：“中士，到奥马哈了。我们正在降落。”

其余的乘客全都看着我，我猜，我刚才说梦话来着——我后背上的汗水还在往下淌，跟在医院里我总是半夜惊醒的那些夜晚一样。

我坐直了身子，他们都迅速将目光从我身上移开，假装刚才并没有盯着我瞧。

我们降落在机场。时值正午，我出来的时候，内布拉斯加州炽热的阳光照在我后背上，感觉很舒服。我很走运，因为当我在公共汽车总站打听去卡芬顿的车时，有一辆公共汽车已经准备就绪，可以出发了。

一个农民在我身旁坐下，这是个身材魁梧的青年，他递给我几根烟，告诉我到卡芬顿只有几小时的车程。

“你家在那儿吗？”他问道。

“不，我家在俄亥俄，”我说，“我有个朋友是那儿的人，姓克莱默。”

他不认识，但他记得镇上有个少年加入了去火星的第二支远征队。

“是啊，”我说，“那就是吉姆。”

他再也忍不住了，问道：“火星到底什么样？”

我说：“很干，干得吓人。”

“我敢肯定就是这样，”他说，“说实话，今年这儿太干了，这样的天气不适合种小麦。去年还好。去年……”

内布拉斯加州的卡芬顿有一条商店林立的宽阔街道，其余街道上是树木和老房子，放眼望去，周围目力所及之处都是金黄的麦田。天气十分炎热，我高兴地在公共汽车总站坐下来，一边翻阅薄薄的小电话簿。

电话簿里有三家人都姓格雷厄姆，但我刚打第一个电话就找到了要找的人——伊拉·格雷厄姆小姐。她语速很快，语气兴奋，说她马上就过来，我说我会在公共汽车总站前面等她。

我站在遮阳篷下，望着这条安静的街道，心想，这大概可以解释吉姆·克莱默这人为什么总是那么安静，动作那么慢吞吞的。这地方有种放松感，就像他以前那样。

一辆双门小轿车停了下来，格雷厄姆小姐打开车门。她一头棕发，并不算特别漂亮，却是人们心目中的那种好姑娘，是个相当不错的姑娘。

她说：“你看着可真疲倦，我请你在这稍作停留，现在看你这么累，我感到很内疚。”

“我没事，”我说，“回俄亥俄的路上，在几个地方停留一下也不算麻烦。”

当我们开车穿过这座小镇时，我问她，吉姆在这里是不是举目无亲。

“他的父母在若干年前的一场车祸中过世了，”格雷厄姆小姐说，“他跟一个叔叔住在格兰德维尤外面的一座农场里，但他们相处得并不好，后来吉姆就进了镇子，在发电站找到了一份工作。”

我们拐过一道弯时，她又说：“我母亲租了个房间给他。我们俩就是这么认识的。我们俩就是这么——这么订婚的。”

“是啊，不错。”我说。

这是一所四四方方的大房子，有一条幽深的前廊，周围绿树环抱。我在一把柳条椅上坐下，格雷厄姆小姐带着她母亲走了出来。她母亲讲了点吉姆的事，说她们有多想念他，还有她多希望他就像自己的儿子一样。

等她母亲进了屋，格雷厄姆小姐给我看了一小捆蓝色的信封：“这些是吉姆给我写的信。不是很多，也不是很长。”

“我们只获准每两周发送一条六十个字的信息，”我告诉她，“我们有几千人在那儿，他们不可能允许我们一直占着信息发射器。”

“吉姆能在短短几句话里表达出这么丰富的意思，真是太妙了。”她说着，把其中几封信递给我。

我读了两三封。其中一封写道：“我得掐自个儿一下，才能意识到，我是第一批站在外星球上的地球人之一。寒夜里，我抬头看着那颗绿星，也就是地球，还不能充分认识到自己已经出力实现了一个年代久远的梦想。”

另一封写道：“这颗星球阴森、孤寂而神秘。我们还不太了解它。到目前为止，除了一号远征队报告过的地衣，还没人见过任何生物，但这里说不定什么都可能有。”

格雷厄姆小姐问我：“难道那儿就只有地衣吗？”

“有地衣，还有两三种仙人掌类的怪东西。”我说，“以及岩石和沙子。就这些了。”

等我又读了一些蓝色的短信之后，我发现，如今吉姆去世了，我倒比以前任何时候都更了解他了。他身上有一些我从未想到过的东西。他的内心很浪漫。我们原先没想到过，他总是那么安静，那么慢吞吞的，可是现在我发现，对于我们所做的那件事，他的态度比我们当中的任何一个人都更浪漫。

他没有表现出来。否则的话，我们就会拿他开玩笑的。在我们厌倦了火星之后，我们管它叫“洞”。我们总是把它说成“洞”。现在我明白了，我们的玩笑让吉姆害臊得不行，所以从来没让我们知道他在脑海中把这件事美化了。

“这是他生病之前写给我的最后一封信。”格雷厄姆小姐说。

这封信里写道：“明天，我要跟着其中一支测绘探险队开始往北去。我们会经过人类从来没见过的区域。”

我点了点头：“我本人也参加了那支队伍。吉姆和我在同一台半履带车上。”

“那次旅程让他很激动，对吧，中士？”

我不知道。我记得那次旅行，跟地狱差不多。我们的工作只不过是进行初步的地形勘察，用盖革计数器查探可能存在的铀矿。

要不是开始刮起了沙暴的话，情况本来不至于那么糟糕的。

那儿的沙跟地球上的沙子不同，在那个干燥的世界，数十亿年的风将其碾成了粉。沙子钻进了呼吸面罩、护目镜、半履带车的引擎、食物、水和衣服里。整整三天时间，除了寒气和风沙以外就什么也没有了。

激动？要是换作以前，听见这话我就该笑了。可是现在我却不知道了。也许吉姆确实曾经为此激动过呢。他很有耐心，比我耐心多了。也许，他把那次糟糕透顶的旅行美化成了在陌生星球上的奇妙冒险。

“当然了，他是很激动，”我说，“我们都一样，换了谁都会激动的。”

格雷厄姆小姐把信收了回去，然后说道：“你也得了火星病，对吧？”

我说，没错，我也得了，病得很轻，正因为如此，我回来以后才不得不在康复医院待了一段时间。

她还在等着我说下去，我知道，我必须接着说：“他们还不知道，这究竟是某种病毒呢，还是仅仅是火星环境对地球人的身体造成的影响。我们当中有四成的人都得了这个病。其实不算太严重——主要就是发烧和头晕。”

“吉姆得这个病的时候，有没有受到良好的照顾？”她问道。她的嘴唇有点颤抖。

“当然，他受到了不错的照顾，得到了那儿最好的护理。”我信口胡诌。

那儿最好的护理？那就是个笑话。最早的一批病例或许得到了像样的护理吧。但他们从没想到过会有这么多人倒下。我们那个小小的医院已经住不下了——得病以后，他们只能留在铝制的活动房屋里，待在自己的铺位上。除了一名医生以外，我们所有的医生都倒下了，其中有两人送了命。

病魔袭来的时候，我们已经在火星上待了六个月，孤独早就已经把我们打倒了。我们几乎所有的火箭都已经返回了地球，只留下了四架火箭，我们独自生活在一颗死气沉沉的星球上，活动房屋组成的小镇在那难看的黄铜色天空下挤作一团，小镇之外则是望不到尽头的沙子和岩石。

你去北极露营，发现那里满目荒凉。火星上的情况比那还不如，比那还要糟糕得多。最初的兴奋劲儿早就已经过去，我们累了，想家了，那种想家的滋味以前谁都不曾体验过——我们想看一看青草、真正的阳光、姑娘的脸，想听一听流水的声音，可在三号远征队前来解救我们之前，我们办不到。难怪伙计们在那儿会大发雷霆。然后接着火星病又来了。

“我们为他做了力所能及的一切。”我说。

我们当然做了力所能及的一切。我仍然记得，我和沃尔特一起在寒夜里跋涉到医院，企图找个医护人员来，布雷克陪他待着，而我们一个医护人员也找不到。

我还记得当我们艰难地往回走时，沃尔特仰望着耀眼的天空，对着那颗翠绿的地球大星星挥着拳。

“那儿的人今晚要去参加舞会，看表演，闲坐在暖洋洋的屋子里哈哈大笑！为什么好人非得在这外头送命，才能给他们弄到廉价能源铀呢？”

“住口，”我疲惫地对他说，“吉姆不会送命的，好些人都挺过来了。”

那儿最好的护理？这可真好笑。我们能做的不外乎给他洗脸，把医护人员留下的药丸拿给他，看着他一天比一天虚弱，直至死去。

我对格雷厄姆小姐说：“凡是能做到的，大家都为他竭尽全力了。”

“我很欣慰，”她说，“我看——这也是难免的事。”

当我起身要走时，她问我想不想瞧瞧吉姆的房间。她说，为了他，她们仍然让屋子保持着原样。

我本来不想瞧的，可是这话怎么说得出口呢？我跟她上去看了看，夸屋子不错。她打开了一个大柜子，里面整齐地装满了一排排旧杂志。

“都是他小时候看的旧科幻杂志，”她说，“他一直保存着。”

我取出其中的一本。封面很鲜艳，上面有艘宇宙飞船，与我们的火箭并不相似，而是一艘流线型飞船，背景是土星环。

我放下杂志，格雷厄姆小姐把它拿了起来，小心地放回原先的位置，就好像有人还会回来，不愿看见东西被弄乱似的。

她执意开车把我送回了奥马哈，然后出城到了机场。我的离去似乎让她很难过，我想，这是因为我是她与吉姆之间最后一根真切的纽带，我这一走，一切就都永远结束了。

我不知她是否迟早会从这一打击中恢复过来，我猜她会的。人们确实可以挺过各种事。我估计，她会嫁给其他某个好男人，我不知道吉姆的那些东西他们会怎么处理——那些再也没人回来看的旧杂志。

3

但凡能想到脱身的办法，我是绝不会在芝加哥停留的，因为我最不愿意谈起的一个人就是沃尔特·米利斯了。我这人太容易一不小心就说漏嘴，泄露一些不该让任何人知道的信息。

可是在医院的时候，沃尔特的父亲曾经给我打过几回电话。在最后一次电话中，他说他要让布雷克的父母从威斯康星州过来，这样他们也能见一见我，那我还能怎么办呢？我只能说，好，我停留一下吧。但我一点也不喜欢这样，我知道，我必须得小心应付。

米利斯先生在机场等我，他与我握了手，说我帮了他们所有人一个大忙；他还说，我必定正急着赶回自己家与父母团聚，在这种情况下我还在此停留，他对此不知多么感激。

“没关系，”我说，“我刚回来的时候，我爸妈都到医院来看过我。”

他身材魁梧、相貌堂堂，看起来是个有些分量的人物，有点自命不凡。他看似十分友好，但我有种感觉：他正看着我，心想为什么我回来了，而他儿子沃尔特却没回来。唔，我不能为此责怪他。

他的车等在那里，是一辆配有司机的宽大轿车，我们开始向北行驶，穿城而过。米利斯先生指了些景物给我看，尤其是我们经过的一座大型原子能发电站，借此与我攀谈。

“这只是世界各地成千上万座原子能发电站当中的一座。”他说，“它们将会改变我们的整个儿经济面貌。中士，火星上的铀至关重要。”

我说，没错，我想也是。

我焦急万分，等着他开口询问沃尔特的情况，我还不知道我能跟他说些什么。我要是口无遮拦的话，就会给自己惹来大麻烦的，因为发生在二号远征队里的那件事应该严格保密，而且我们全都已经被人告诫过为什么务必守口如瓶。

不过眼下，他暂时把这事抛到了一边，只顾滔滔不绝。我从中听出他太太身体不大好，沃尔特是他们夫妇唯一的孩子。我还听出他是位商界大腕，而且举足轻重。

我不喜欢他。我挺喜欢沃尔特的，但他老爹似乎是个相当自负的人，说的都是些严肃的生意经。

他想知道，我认为火星上的铀要多久才能大量运过来。我说，我觉得没那么快。

“一号远征队仅仅是确定了矿床的位置，”我说，“二队也只是绘制了地图，建起了初步的基地。当然了，这个项目还在不断发展，我听说，四队会有一百架火箭。但火星计划还是挺棘手的。”

米利斯先生斩钉截铁地说我错了，世界能源短缺，在人们的推动之下，进展的速度会比我料想的要快得多。

他突然不再谈生意上的事了，而是看着我，问道：“沃尔特在那儿最好的朋友是谁？”

问出这个问题时，他带着几分歉然。他确实爱摆架子，不过在那一刻，我对他的反感全都烟消云散。

“布雷克·杰根，”我告诉他，“布雷克是我们的小队长。他差不多算是把我们小队团结在一起的人吧，从一开始，他和沃尔特就挺合得来的。”

米利斯先生点了点头，但没有再接着聊这个话题。他指着窗外远处的湖，说我们就快到他家了。

这不是一般意义上的家，而是一座很大的宅邸。我们走进宅子里，他向我介绍了米利斯太太。她脸色苍白，一副有气无力的样子，说她很高兴见到沃尔特的一位朋友。不知怎么回事，我有种感觉：虽然他很自以为是，但他对沃尔特的感情比她要深得多。

他把我带到楼上的一间卧室，说布雷克的父母会在晚餐前赶到，在此之前，我可以先稍作休息。

我坐下来，打量着这间屋子。这是我待过的最奢华的一间卧室，目睹了这处宅子和这些人的生活方式，我开始明白，为什么沃尔特比我们其他人更爱发火。

沃尔特是个好人，不过脾气挺大的，我看得出来，他有点儿被惯坏了。与我们当中的大多数人相比，对他来说，训练基地的纪律更加难熬，这就是原因所在。

我坐在那里，对即将开始的这顿晚餐心怀恐惧，我望着窗外的游泳池和网球场，心想，既然沃尔特已经去世，这些地方不知还有没有人用。一个生活在这种环境中的人居然会跑到火星上去，把自己的命给送掉了，这似乎是件怪事。

我把床上的锦缎床罩拿开，以免鞋子弄脏床罩，然后我躺下来，闭上眼，不知该对他们说些什么。麻烦的是，我并不知道官员们之前是怎么跟他们说的。

“指挥官遗憾地通知您，您的儿子像只狗一样被一枪撂倒了……”

他们绝对没有收到过这样的电报。可是他们收到的到底是什么样的信息呢？我真希望能有机会核实一下。

真见鬼，为什么这些人全都要来纠缠我？他们让那一切又开始在我脑海里重现，精神科医生告诉过我，应该暂时忘掉这一切，可我怎么忘得掉呢？

干脆把真相告诉他们可能更好。毕竟，又不是只有沃尔特一个人在那儿大发雷霆。在令人丧气的最后那几个月，有许多人都曾四处发泄心中的不满。

三号远征队不来了！

我们被困住了，他们对我们没在乎到那个份儿上，不足以使其派出救援队！

言外之意就是如此。在那段日子里，我听到许多人说过这样的话。这些人这么说也无可厚非。我们当中有四分之一的人因为火星病而倒下了，小小的墓碑填满了山脊后面的那座山谷，口粮越来越少，药品越来越匮乏，所有物资都即将告罄，我们每一个人都在仰望天空，留意着始终不曾出现的火箭。

尼科尔斯上校（既然瑞恩将军已经去世，如今他就是我们的指挥官了）解释说，地球上遇到了一点小麻烦，要耽搁一阵，但火箭很快就会启程的。我们就会获得解脱，只不过我们必须坚持住。

坚持住——我们正是这样做的。晚上，我们坐在活动房屋里，听拉森在他的铺位上咳嗽，仿佛风巨人和寒巨人在我们这堆小小的庇护所周围大哭大笑。

“该死的，要是他们不来，那我们干吗不回家？”沃尔特说，“还有四架火箭呢——可以把我们全都带回去。”

布雷克严肃的面容变得更严肃了：“听着，沃尔特，现在这事大家已经说得太多了。别说了。”

“你能怪他们这么说吗？我们又不是故事书里的英雄。如果地球上的那些人已经把我们给忘了，那我们为什么只是坐以待毙呢？”

“我们只能这么做，”布雷克说，“三队会来的。”

我一直在想，假如不是因为那道假警报，这种事本来是不会发生的。那天晚上，那道假警报让整座营地都陷入了疯狂，人们在高喊：“三队来了！火箭在岩石岭以西着陆了！”

直到冲到那里的时候，他们才发现，先前看见的根本不是什么火箭着陆，只是一场小小的微流星雨在坠落时燃烧起来了。

我想，这一切都是失望造成的。这点我不能肯定，因为事发当天，由于火星病发作，我陷入了昏迷，摔倒在地板上。我在铺位上醒过来，有人正在给我扎针，我的脑袋肿得像个气球。我并没有完全清醒，只是有那么一点点意识，但足以让一切有个模糊不清的印象。我并不知晓那场正在进行的激烈哗变，直到我醒了那么一次，布雷克正俯身对着我，我看见他此时配着一把枪，戴着个宪兵臂章。

我问他这是怎么回事时，他说，刚才有许多人口出狂言宣称要抢走那四架火箭回家去，导致宪兵队的人数增加了一倍，尼科尔斯发出了严厉的警告。

“沃尔特？”我问。布雷克点了点头：“他是领头的，等这事完了以后，他会受到军事法庭的审判。这该死的白痴！”

“我不明白——他挺有胆量的，你也知道。”我说。

“没错，但他遵守不了纪律，他向来没什么纪律性，如今在压力之下他就爆发了。好了，弗兰克，过会儿见。”

过了一会儿，我见到了他，但并不是像我所期望的那样。因为就在那一天，我们听到了枪声微弱的回响，然后是警报器的尖啸声，人们奔跑的脚步声，半履带车匆忙的启动声。当我设法从铺位上下来，走出小屋的时候，大家全都在赶往那些巨型火箭的方向，一个下士从一辆吉普车里向我大喊：“搞砸了！那帮该死的傻瓜偷走了枪，妄图接管火箭，让机组人员带着他们飞回家！”

我仍然记得吉普车载着我们过去时那令人作呕的滑行和颠簸，赫然耸立的火箭下方，有一小群人正团团乱转，一边转来转去，一边隐藏着地上的什么东西，维勒少校正在发号施令，嗓子都喊哑了。

当我看见地上是什么的时候，发现原来是七八个人，大部分都死了。沃尔特被一枪透心而过。后来他们告诉我，那是因为他是领头的，站在最前面，所以在暴乱分子中最先中枪。

有一个宪兵死了，还有一个坐在那里，制服上腰间那一片都被鲜血染红了，那个人就是布雷克，此时有人给他抬来了担架。

下士说：“嘿，那是杰根，你的小队长！”

我说：“没错，就是他。”好笑的是，当你深受打击的时候，你就说不出话来了，只能说些诸如此类的话：“没错，就是他。”

当天晚上，布雷克就死了，再也没有恢复知觉，而我自己的病还没好利索，拉森半死不活地躺在铺位上，十四小队就只剩下我们五个人了，仅此而已。

总部怎么会让这样的事传出去呢？如果他们告诉大家，二队的人精神崩溃，干出了那样一件疯狂的事——那在招募新的火星远征队员时，这消息可就成了一则好广告了！他们告诉我们要严加保密，我并不怪他们。无论如何，这种事我们也不想说。

不过眼下，这无疑让我陷入了一个困境，一个苦不堪言的困境。我要下去跟布雷克和沃尔特两人的父母聊聊，他们应该想弄明白自己的儿子是怎么死的，我可以告诉他们：“你们的儿子很可能是在那儿自相残杀而死。”

当然了，我可以这么跟他们说的，对吧？但我到底要怎么跟他们说呢？我知道，总部把这些伤亡都说成了“意外死亡”，不过具体是哪种意外呢？

得了，时间已经晚了，我非下楼不可了，我下楼的时候，布雷克的父母也在。杰根先生是个木匠，又高又瘦，冷静的蓝眼睛跟布雷克很像。他话不多，但他娇小的太太一个人就说了两个人的话。

她告诉我，我看着跟布雷克从训练基地寄回家的同伴照片里一模一样。她说自己还有三个女儿——两个已婚，其中一个住在密尔沃基，另一个住在太平洋沿岸。

她说，她当初给布雷克取名的时候，用的是罗伯特·路易斯·史蒂文森书中一个人物的名字，我说，我上高中时读过那本书。

“这是个好名字。”我说。

她用明亮的眼睛看着我说：“是啊，是个好名字。”

晚餐不错。凡是他们认为我会喜欢的菜都应有尽有，而且样样都是上好的，上菜的是个女仆，而我什么都尝不出滋味。

饭后，在宽敞的客厅里，他们全都坐在那里等着，我知道，该我开口了。

我问他们是否了解事故的细节，米利斯先生说不清楚，他们只听说是“意外死亡”。

好吧，这样就好办些了。我坐在那里，他们四个人都盯着我的脸，我开始凭空杜撰。

我说：“这属于那种概率只有百万分之一的事。你们知道，跟地球上相比，火星上撞击地面的小陨石要多一些，因为火星上的空气要稀薄得多，所以陨石燃烧得就没那么快。有一颗撞到了临时燃料库的边缘，有一堆小燃料箱开始爆炸。我当时病倒了，所以没有亲眼看见，但我全都听见了。”

我继续编故事的时候，客厅里悄无声息，静得都能听见每一个人的呼吸声。

“有两三个人被冲击波震晕了，要不是有几个小伙子拿着泡沫灭火器迅速地冲了进去，他们可能就会被烧死。他们避开了大燃料箱，但是另外有一个小燃料箱松开了，布雷克和沃尔特也在进去救援的人之列，他们当场就去世了。”

讲完以后，我觉得这故事听起来很老套，担心他们根本不会相信。可是谁也没说什么，直到米利斯先生叹了口气，说道：“原来是这样。嗯……好吧，如果非这样不可的话，倒也挺快的，算是不幸中的万幸了，不是吗？”

我说，没错，很快。

“只不过，我看不出他们为什么不能让我们知道。这似乎不公平。”

这个问题我知道该怎么回答：“这事要保密，因为他们不想让人们知道陨石带来的危险。这就是原因。”

米利斯太太站了起来，说她感觉不太舒服，请我见谅，明早她会再与我相见。我们剩下的几个人似乎彼此没多少话说，过了片刻，我上楼回自己的卧室，没人表示反对。

我正准备上床睡觉，这时传来敲门声。来人是布雷克的父亲，他走进门来，沉着地看着我。

“这只是个杜撰的故事，对吧？”他说。

我说：“没错，只是个故事。”

他目不转睛地盯着我说：“我猜，你也有你的苦衷。只要告诉我一件事就行。不管到底是怎么回事，布雷克的表现恰当吗？”

“他从头到尾都表现得像个男子汉，”我说，“自始至终，他都是我们当中最出色的一个人。”

他盯着我，我估计有什么东西让他相信了我的话。他握了握我的手，说道：“好吧，孩子。我们就让这事过去吧。”

我受够了。我可不想早上再面对他们一回了。我写了一张便条，感谢了他们所有人，又找了些借口，然后下了楼，悄没声儿地溜出了这座宅子。

天色已晚，但偶然出现的一辆卡车让我上了车，司机说他要去机场附近。他问我火星上什么样，我告诉他，那里很寂寞。我在机场里的一把椅子上睡了一觉，感觉好些了，因为第二天我就该到家了，这一切就结束了。

我是这么以为的。

4

当我们到达村子的时候已近黄昏，因为我的父母并不知道我搭乘的是较早的一班飞机，我只好在克利夫兰机场等他们。当我们的车驶进市场街时，我看见街道上方拉着一条巨大的彩绘横幅，上面写着：“哈蒙维尔欢迎太空人返回家乡！”

太空人——就是我。我猜，报纸上已经开始这样称呼我们了，因为这个简短的词很适合用作头版标题。现在大家都这么称呼我们。

我们曾经被关在一间会飞的囚室里，仅此而已——可是现在我们却成了“太空人”。

横幅下簇拥着身穿鲜艳制服的人，我看出那是高中的乐队。我什么也没说，但我父亲看到了我的脸色。

“好了，弗兰克。我知道你累了，但这些人是你的朋友，他们想对你表示衷心的欢迎。”

这固然好。只不过，当我们一路从克利夫兰开车回家时，我开始产生的那种放松感又一次烟消云散了。

这是我的家乡——俄亥俄州这片古老的乡野，这里有整洁的白色小村庄和绵延起伏的丰饶农场。六月，这里的景致看着不错，非常不错，刚才一路上我感觉越来越好。现在我觉得没那么舒服了，因为我看出来了，我还得再谈谈火星的事。

爸爸把车停在横幅底下，高中乐队开始奏乐，罗宾逊先生——他既是雪佛兰汽车的经销商，也是哈蒙维尔的市长——与我们一起坐进了车里。

他跟我握手，说道：“欢迎回家，弗兰克！火星上什么样啊？”

我说：“很冷，罗宾逊先生。冷得吓人。”

“那你真该去年二月份回来的！”他说，“零下十八摄氏度——简直创下了纪录。”

他探出身子，发了个信号，爸爸又开始往前开，乐队一边在我们车前沿路前进，一边演奏着。我们要走的路并不远，就沿着市场街在高大的老枫树下前行，经过几间教堂和一座座白色的老房子，来到四四方方的白色农庄大厅。

大厅前方有一小群人，我们开过来的时候，他们发出了一阵类似欢呼的声音——不算特别响亮，要知道，若是真的欢呼喝彩，人们会感到难为情的。我下了车，和一些我其实没看清的人握手，然后罗宾逊先生挽住我的胳膊肘，把我带进了大厅。

厅内座无虚席，人们纷纷起立，在大厅的另一头有座小小的舞台，人们在上面安放了巨大的花饰——有一个全用红玫瑰扎成的花球，上面有块牌子，写着“火星”，旁边是个全用白玫瑰扎成的花球，写着“地球”，两个花球中间悬着一艘小小的火箭飞船，也是用鲜花扎成的。

“是花园俱乐部安排的，”罗宾逊先生说，“哈蒙维尔几乎每个人都捐献了鲜花。”

“的确很漂亮。”我说。

罗宾逊先生挽着我的胳膊，走上小舞台，人人都鼓起掌来。全都是我认识的人：来自我们家附近农场的人，我的高中老师们，还有诸如此类的人。

我在一把椅子上坐下，罗宾逊先生做了一番简短的演讲，讲到了每当世界上有大事发生的时候，哈蒙维尔的小伙子们就总是挺身而出，他们参加了1812年的美英战争、美国内战和两次世界大战，现在，他们当中的一位又去了火星。

他说：“人们总是想知道火星上是个什么样儿，现在，有一位咱们哈蒙维尔的小伙子回来给我们大家讲述这一切了。”他示意我站起来，我就站了起来，人们又鼓了会儿掌，我站在那里，不知该跟他们说些什么。

有个问题一直令我们困惑不解，正当我站在那里思索的时候，我蓦然间想到了那个问题的答案。我们一直无法理解，为什么一号远征队回来的那些人不曾向我们透露过远征之旅会有多么艰险。现在我明白这是为什么了。他们之所以没有这样做，是因为这样听起来倒像是在抱怨自己所经历的一切。出于同样的原因，现在我也不能这么说。

我低下头，看着那些兴致勃勃的欢悦面孔，这些人我差不多从小就认识了，我心里清楚，我能对他们说的那些话反正也没有用。因为他们全都读过报纸上写的那些故事，“奇异的红色星球”和“英勇的太空人”，假如现在有人试着向他们描述一幅不同的图景，只会令他们感到不安。

我说：“去那里的路很长。但是，太空飞行是一件美妙的事——飞离地球，飞向群星——这是无与伦比的体验。”

我称之为太空飞行。听起来不错，很激动人心。他们怎么会知道，太空飞行意味着被绑在那间没有窗的锅炉室里，听着乔·瓦利内就这么死去，反复祈祷着坠毁的千万别是我们这架火箭？

“迈出火箭，踏上一颗全新的星球，仰望着变了个样儿的太阳，环顾着崭新的地平线，这是一种奇妙的刺激体验……”

没错，确实奇妙。尤其是对七号和九号火箭里的那些人而言更是如此，他们像苍蝇一样被压扁了，四散着躺在沙地上，呻吟着：“急救！”无疑，对于他们和我们这些必须想办法帮忙的人来说，这都相当刺激。

“我们在那儿经历了艰难困苦，但我们都知道，有一项重大任务必须完成……”

“艰难困苦”也是个好词。它并不粗俗，也不难听，不像人们因为沙尘太多，咳得心都要跳出来了的那种感觉；不像你最好的朋友就在你睡觉的那间屋子里死于火星病的感觉。“艰难困苦”，这是个美好的词，令人振奋。

“……而在距离地球那么遥远的地方，要想完成这件任务，我们唯一的办法就是团队合作。”

唔，从某种意义上来说，这一点千真万确，那现在告诉他们沃尔特和布雷克是怎么死的来扫兴又有什么用呢？

“这件任务还在继续，此时此刻，三号远征队正在那里建设一座更大的基地，四队很快就会出发。对整个地球来说，这意味着大量的铀，大量廉价的原子能。”

我就是这么说的，说到这里，我停了下来。但我心里还想接着说下去，补上这些话：“那并不值得！只是为了获取廉价的原子能，好让你们这些人能多用用洗衣机、电视机和烤面包机，并不值得赔上那么多人，并不值得我们为之经历那样可怕的困境！”

可是，你要怎么站起来对那些你认识的人，那些喜爱你的人说出这样的话呢？这又该由谁来决定呢？无论如何，也许我错了。也许在过去的日子里，那些我曾经拥有却从未思索过的东西，有许多都是通过压榨其他好人而来的。

我不知道。

总之，我能跟他们说的就这些了。我坐下来，台下响起了热烈的掌声，然后我发觉我做得对，我告诉他们的正是他们想听的，人人都很高兴。

然后活动就告一段落了，人们走到我面前，我又跟许多人握了手。终于，等我来到大厅外的时候，天已经黑了——夏夜的黑暗很柔和，我已经有很久没见过这样的夜色了。我父亲说，我们应该接着往家开，这样我就可以休息了。

我对他说：“你们往前开吧，我要走走。我会抄近路的。我有点想在镇上走一走。”

我们的农场离村子仅有几英里的路，我小时候老是抄近路，从海勒家的农场穿过，那段路程只有一英里。爸爸觉得或许我不该步行那么远，但我猜他看出了这是我心中所愿，于是他们便往前开走了。

我继续沿着市场街向前走，绕过小广场，头顶是黑黝黝的枫树和榆树，草坪上的花闻起来还是以前的味道，但也跟以前不一样了——我原本以为还是一样，但事实并非如此。

经过了奇人大厅，我便不再往前走，我在大厅那头遇见了霍贝·埃文斯，他是福特广场的汽车修理工，喝得半醉，正一路哼着小曲走来，跟往常星期六的晚上一个样儿。

“你好啊，弗兰克，听说你回来了。”他说。我等着他问出那个人人都会问的问题，但他却没有问。他说：“孩子，你瞧着不太舒服啊！要不要喝一杯？”

他拿出一个瓶子，我喝了一口，他也喝了一口，他说回头会再见到我的，然后就哼着小曲走了。他是兴致太好了，所以根本不在乎我去过什么地方。

我在黑暗中接着前行，穿过海勒家的农场，然后沿着那条小溪从高大的老柳树下走过。我在那里停了下来——小时候我就老是这样——听一听蛙鸣，它们就在那儿，还有六月里的各种声音，夜晚的声音，以及夜晚的气味。

我做了件很久都没做过的事。我抬起头，仰望星空——它就在那里，那个小小的红点，儿时读那些古老的故事时，我曾经凝视过它，在训练基地的那些夜晚，我与布雷克、吉姆和沃尔特曾经眺望过它，心想有朝一日我们是否真的会到那儿去。

好吧，他们已经到那儿去了，而且如今再也不会离开，还会有其他人去陪伴他们的，随着时间的流逝，这样的人会越来越多。

可是，是我认识的那些人，让我在抬头仰望那个红点时，感觉变得有所不同了。

我真希望能用什么办法向他们解释一下，为什么我没有说出真相，没有原原本本地说清真相。我尝试着想要解释。

“我不想撒谎，”我说，“可是我没办法——至少，我似乎是迫不得已——”

我住了口。跟远在四千万英里之外的逝者说话，这真是疯狂。他们死了，一切都结束了，就这样了。我不再仰望天空中的红点，又开始继续往家走。

但我觉得自己身上有什么东西也结束了。那就是青春。我并不觉得自己老。但我也不觉得自己年轻，而且我认为，我再也不会觉得年轻了。

（罗妍莉　译）